U0525300

大
方
sight

幸运有八只触手

Remarkably
Bright
Creatures

Shelby Van Pelt

[美] 谢尔比·范·佩尔特 著
赵思婷 译

图书在版编目（CIP）数据

幸运有八只触手 /（美）谢尔比·范·佩尔特著；赵思婷译. -- 北京：中信出版社, 2025. 4. -- ISBN 978-7-5217-7395-8

I. I712.45

中国国家版本馆 CIP 数据核字第 2025XK8450 号

REMARKABLY BRIGHT CREATURES
Copyright © 2022 by Shelby Van Pelt
Published by arrangement with Nelson Literary Agency, LLC,
through The Grayhawk Agency Ltd.
Simplified Chinese translation copyright © 2025 by CITIC Press Corporation
ALL RIGHTS RESERVED

本书仅限中国大陆地区发行销售

幸运有八只触手
著者：　　[美] 谢尔比·范·佩尔特
译者：　　赵思婷
出版发行：中信出版集团股份有限公司
（北京市朝阳区东三环北路 27 号嘉铭中心　邮编 100020）
承印者：　河北鹏润印刷有限公司

开本：880mm×1230mm 1/32　印张：14.875　字数：277 千字
版次：2025 年 4 月第 1 版　　　印次：2025 年 4 月第 1 次印刷
京权图字：01-2025-0441　　　　书号：ISBN 978-7-5217-7395-8
　　　　　　　　　　　　　　　定价：69.00 元

版权所有·侵权必究
如有印刷、装订问题，本公司负责调换。
服务热线：400-600-8099
投稿邮箱：author@citicpub.com

我被囚禁的第 1299 天

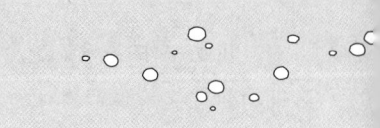

黑暗正合我意。

每个夜晚,我都期待着顶灯熄灭,整个场馆只剩下主水箱发出的光。虽然不完美,但已经足够接近了。

这种近乎黑暗的状态跟海洋中层的环境一样,那是我曾经生活的地方。我被捕之后一直被囚禁在这里。虽然记忆已经变得模糊,但我依然能感受到冰冷湍急的暗流。黑暗流淌在我的血液里。

你问我是谁?我叫马塞卢斯,但大多数人类不这么叫我。他们通常叫我那个家伙。举个例子:快看那个家伙——就在那儿——他的触手在石头后面。

我是一只太平洋巨型章鱼。这是我从自己生活区围墙的牌匾上看到的。

我知道你在想什么。是的,我识字。我能做很多让你意想不到的事。

牌匾上还罗列了其他事实:我的体型、喜欢的食物,还有,如果我自由了，最有可能在哪里生活。我是智慧型生物，有较高的智力水平，不知为什么，人类对此感到格外惊讶：章鱼是非常聪明的动物。我十分擅长伪装，因此人类在搜寻我的时候需要格外留心，因为我能伪装成泥沙。

牌匾上没有写我叫马塞卢斯。不过，当游客聚集在我的水缸周围时，水族馆的老板——那个叫特里的人——会告诉大家我的名字。他在后面，看到了吗？他叫马塞卢斯。他是个特别的家伙。

特别的家伙。的确如此。

这个名字是特里的小女儿起的。全名是"鱿鱼之子"马塞卢斯·麦克斯奎德斯。没错，这是个荒谬的名字。很多人因此误认为我是鱿鱼，这是对我最严重的侮辱。

那么该怎么称呼我呢？这取决于你。也许你会像其他人一样，默认我是那个家伙。我希望你不会那样，但我不怪你。毕竟，你只是人类而已。

我必须告诉你，我们在一起的时间可不多了。牌匾上还有一条信息：太平洋巨型章鱼的平均寿命。四年。

我的寿命是：四年——1 460天。

我来这里的时候还小，我会死在这个地方，这个水缸里。距离我终身监禁结束至多还有160天。

银币伤疤

托娃·沙利文准备就绪。她弯腰打量敌人,身后的口袋外面耷拉着一只黄色的橡胶手套,像金丝雀的羽毛。

口香糖。

"该死的。"她用拖布柄戳了戳那摊粉红色的胶体,上面满是运动鞋踩出的凹印和斑驳的污渍。

托娃一直不明白嚼口香糖有什么意思,而且人们基本不会关心它的去处,眼前这块口香糖也许就是咀嚼者滔滔不绝说话的时候被卷出去的。

她弯下腰,用指甲抠口香糖的边缘,但它粘在瓷砖上纹丝不动。最近的垃圾桶离这里不到3米远,有些人就是懒得走过去。当埃里克还小的时候,有一次托娃发现他把泡泡糖粘在餐厅的桌子下面。那是她最后一次给他买泡泡糖。当然了,他怎么样使用零花钱是他的事,青春期开始之后,很多事都是她无法控制的。

这得用专门的武器,可以试试锉刀。但她的推车上没有能撬开口香糖的工具。

她站起来时，后背响了一声。她走向储藏室，弯曲的走廊沐浴在柔和的蓝光中，她的脚步声在空旷的室内回响。就算她用拖布随便蹭几下口香糖，也没有人会责怪她。她已经七十岁了，他们不指望她能做这么细致的深度清洁。但她至少得试试。

再说了，找点事做也不错。

托娃是索维尔海湾水族馆最年长的员工。她每晚负责拖地、擦拭水缸和倒垃圾。每两周，她都从休息室的小柜子里领到一张直接存款存根。扣除必要的税金和扣款，每小时14美元。

她把存根收集到冰箱上面的旧鞋盒里，没有兑换过。这些钱躺在索维尔海湾存贷公司的定期存款期账户里，慢慢积累。

她快步走向储物室，动作干脆利落，作为一个身型瘦弱、有点驼背的老人，能有这样的状态简直不可思议。雨滴落在天窗上，水族馆隔壁是老旧的渡轮码头，安全灯的光透过头顶的窗户照进来。银色的雨滴顺着玻璃滑下，在雾蒙蒙的天空中像是闪闪发光的丝带。大家都在讨论，今年六月的天气格外糟糕。托娃并不讨厌雨天，但是，如果这雨能消停一阵，让前院的土壤干燥一点就好了。潮湿松软的泥土总是堵塞手推式割草机。

水族馆外观像一只甜甜圈，中央是主水箱，周围一圈小水箱，整座建筑不是特别大，也说不上宏伟壮观，跟索维尔海湾这个地方一样。托娃发现口香糖的地方与储藏室位于中央水箱的两端，她横穿大厅，白色的运动鞋发出吱吱的声音，在闪闪发亮的瓷砖上留下了哑光的脚印。毫无疑问，她还要再拖一遍。

她停在一处凹室前，那里有一尊实物大小的太平洋海狮铜像。几十年来，小孩子们每天抚摸、攀爬雕像，它背上的斑点和光秃秃的头颅被磨得愈发光滑，看起来十分逼真。托娃家的壁炉上摆着一张埃里克的照片，当时他大概十一二岁，跨坐在海狮雕像的背上，脸上挂着大大的笑容，举着一只手，像是一个正在抛出套索的海上牛仔。

那是他为数不多像孩子一样无忧无虑的照片。托娃按时间顺序陈列埃里克的照片：从没有牙齿的婴儿蜕变成一个英俊的男孩，比他的父亲还高，穿着棒球外套摆出各种姿势。参加返校节活动的时候，他衣服上别着胸花。还有一张是在皮吉特湾深蓝色海岸边拍的，埃里克站在临时搭建的岩石领奖台上，手里拿着帆船赛奖杯。托娃经过海狮身边时，摸了摸它冰冷的头，试着不再去想埃里克现在是什么样子。

走廊昏暗，她继续前进，人生本该如此。她在蓝鳃太阳鱼的鱼缸前停了下来。"晚上好，亲爱的。"

接下来是日本蟹。"还有你们。"

"你们还好吗？"她问狼鳗。

托娃不喜欢狼鳗，但她还是点头示意，不想表现得无礼。这些鳗鱼让她想起了她丈夫威尔去世前常看的恐怖片。威尔做化疗之后总是因为感到反胃而无法入睡，于是半夜里常常起来看有线电视台的恐怖片。最大的一条狼鳗从岩石洞穴中钻了出来，标志性的下颌骨非常醒目。锯齿状的牙齿像针一样从下颌向上突起。礼貌点说，它长得很不幸。当然了，外貌具有欺骗性，不是吗？托娃知道狼鳗不会回应她的问候，但还是礼貌性地报以微笑，它那张脸想笑也笑不出来。

　　下一件展品是托娃的最爱。她凑过去，靠近玻璃。"章鱼先生，你今天在忙什么？"

　　她找了很久才终于发现了岩石后面的橘色长条。它藏匿的位置很容易让人产生错觉，像小朋友捉迷藏时不小心暴露自己：一条从沙发后面翘起来的马尾辫，或者从床底下伸出来的一只穿着袜子的脚。

　　"今晚你想自己待着吗？"她退后一步，稍作等待，太平洋巨型章鱼纹丝不动。不难想象，白天的时候，游客站在这里，用指关节敲打玻璃，什么也看不见之后悻悻离开。现在的人都没有什么耐心。

　　"这也不是你的问题，那后面看起来确实很舒适。"
　　橘色的手臂抽动了一下，但还是看不见它的身体。

　　口香糖与托娃的锉刀奋力搏斗，最终还是败下阵来。

托娃把干硬的口香糖丢进垃圾袋,塑料袋发出令人舒适的咻咻声。

接下来该拖地了。重新拖一次。

湿漉漉的瓷砖散发出醋和柠檬的味道,弥漫在空气中。这比托娃刚开始工作时用的鲜绿色清洁剂好多了,那种可怕的溶液散发出刺激的气味,灼烧她的鼻腔。她立刻表达了不满:这种清洁剂不但熏得她头晕目眩,还在地板上留下难看的痕迹。但最大的原因托娃只能默默藏在心里。这种味道让她想起威尔的病房,是威尔生病时的味道。

储藏室的架子上还有好几排绿色的清洁剂。不过水族馆馆长特里最终还是妥协了——她想用什么就用什么,不过她得自己带。托娃当然同意了,她每天晚上都带着一瓶醋和一瓶柠檬油。

接下来,继续收拾垃圾。她清空了大厅及洗手间外面的垃圾桶,最后是休息室工作台上的面包屑。她不需要做这些,因为每隔一周埃兰清洁公司的专业人员会来打扫,但托娃习惯用抹布擦一遍老旧咖啡机的底座和溅满油污、弥漫着意大利面条味的微波炉。不过,今天的问题更大:地板上有外卖空纸盒。一共三个。

"真是的。"她斥责着空荡荡的房间。先是口香糖,现在又是这些。

她扔掉空纸盒,发现垃圾桶不在原本的位置。当她清空里面的东西之后,又把垃圾桶放回原处。

垃圾袋旁边是一张小饭桌。托娃摆正了周围的椅子,然后她看见它了。

有个东西。在下面。

一团橘褐色的东西蜷缩在角落里。是毛衣吗?在收费亭工作的年轻女孩麦肯齐常常把织物搭在椅子上。托娃跪在地上,准备把毛衣捡起来,放进麦肯齐的储物柜里。但这时,那团东西动了一下。

一条触手动了一下。

"天哪!"章鱼的眼睛从肉团的某处显现出来,大理石般的瞳孔张大,眼皮收缩,埋怨地看着她。

托娃眨了眨眼睛,不相信自己的眼睛。太平洋巨型章鱼怎么从缸里跑出来了?那条手臂又开始移动。章鱼跟一堆电源线纠缠在一起。她不知道抱怨过多少次了,那堆电线总是妨碍她拖地。

她低声说:"你被缠住了。"章鱼昂起巨大的头,一条触手使劲挣扎,上面缠绕着一根细细的电源线,是给手机充电用的那种,缠了好几圈。章鱼越使劲,电线缠得越紧,每一圈之间都夹着鼓鼓囊囊的肉。埃里克有过一个像这样的玩具,是从玩具杂货店买的。一个圆柱体织物,你把食指套在两端向两边拉,越用力,它就绷得越紧。

她慢慢靠近。章鱼做出回应,一条触手啪地拍在油毡上,仿佛在说：退后，女士。

"好吧，好吧。"她喃喃地说着，从桌子下方退了出去。

她站起身来，打开头顶的灯，休息室顿时笼罩在日关灯下。她放慢速度弯下腰，背部像往常一样咔咔作响。

听到声音，章鱼再次发起攻击，以惊人的力量把椅子推开，撞到了对面的墙上。

桌子下面，章鱼那双无比清澈的眼睛发着光。

托娃咬紧牙关，蹑手蹑脚地靠近，尽力稳住颤抖的双手。虽然她无数次经过太平洋巨型章鱼的水缸，但她不记得牌子上是否写着章鱼是危险动物。

他们之间只有一英尺之隔。他似乎缩小了，颜色也变得苍白。章鱼有牙齿吗？"我的朋友，"她轻声说，"我要帮你拿掉身上的电线。"她四处打量，在能够得着的范围内寻找困境的根源。

章鱼的眼睛紧盯着她的一举一动。

"我不会伤害你的，亲爱的。"

他伸出一只空闲的触手，像家猫的尾巴一样敲打地板。

她扯了一下插头，章鱼蜷缩了，托娃也向后退。她以为他会沿着之前的路线靠墙朝着门的方向移动。

他却靠了过来。

他的一条触手呈黄褐色，透迤靠近，瞬间缠住了她的前臂，像五朔节花柱上的缎带一样包裹了她的肘关节和二头肌，她能感觉到每个吸盘都紧紧附着在自己的手臂上。她反射性地想要抽离,但章鱼越抓越紧,她感到有些不舒服。他奇异的眼睛泛着玩味的光芒,像一个顽皮的孩子。

空外卖盒。错位的垃圾桶。现在一切都说得通了。

接着,他突然松开了触手。托娃难以置信地看着他走出了休息室的门,八条触手肥硕的根部吸着地面,拖着披风一般的身体,比刚才更加苍白,看上去十分费劲。她急忙追了上去,但当她跑到走廊时,章鱼已经不见了踪影。

托娃伸手抹了一下脸。她的身体机能要完蛋了。没错,一开始不就是这样?产生幻觉?看见一只章鱼?

多年前,她经历了母亲去世前失智的全部过程,开始的时候偶尔想不起来熟人的名字和日期。但托娃没有忘记电话号码,也没有想不起别人的名字。她低头看了看自己的手臂,上面布满了小圆圈。吸痕。

她茫然地完成了今晚的任务,然后按照惯例最后一次巡视大楼,跟大家说晚安。

晚安。蓝鳃鱼,鳗鱼,日本蟹,尖吻杜父鱼。晚安。海葵,海马,海星。

她转完继续前行。晚安。金枪鱼,比目鱼和魟鱼。晚安。海蜇,海参。晚安。鲨鱼,可怜的家伙。托娃异常同情鲨鱼,它们总是在水箱里来回转圈。她明白永远无法停下的感觉,一旦静止就无法呼吸。

章鱼又一次藏在了石头后面。一坨肉伸了出来，身上的橙色比刚刚在休息室里鲜艳，但还是比平时更加苍白。好吧，他活该。他不应该乱跑的。他究竟是怎么逃出来的？缸里的水来回荡漾，她扫视着水下，但似乎没有什么不对劲的地方。

"麻烦的家伙。"她说着摇了摇头。她在他的水缸前多徘徊了一会儿，然后就离开了。

托娃按下车钥匙扣，黄色的掀背车发出啾啾声，闪烁着侧灯，她还不习惯这个功能，但她的午餐搭子——一群亲切自称"针织熟手"的女人劝她买一辆新车，说是开旧车走夜路有安全隐患。她们督促了她好几个星期。

有时候，妥协让事情变得更简单。

她像往常一样把一壶醋和一瓶柠檬油放进后备厢，虽然特里多次提醒她，可以把它们放在供应柜里，但谁也不知道柠檬油和醋什么时候会派上用场。她看了一眼空无一人的码头，晚上出海的渔民早就回家了。水族馆对面的老渡轮码头就像一台古老腐朽的机器。藤壶覆盖着摇摇欲坠的桩基。涨潮时，藤壶会缠住海草，退潮时，风干的海草就变成了黑色的斑块。

她穿过破旧的木甲板，从旧售票亭走到她的停车位刚好是38步。

托娃再次查看是否有人在望不到尽头的阴影中徘徊。她用手按着售票亭的玻璃窗，歪斜的裂缝像某人脸颊上的一道旧伤疤。

然后，她走上码头，来到她常坐的长凳旁。长凳表面因海水腐蚀变得光滑，上面落满了海鸥的粪便。她坐下来，捋起袖子，查看那些奇怪的圆痕，她本以为这些吸痕很快就会消失，但它们还在。她用指尖摸了摸手腕内侧最大的那个，大约有银币大小。多久才会消下去？会淤青吗？她现在特别容易淤青，这个印迹已经变成了褐红色，就像一个血泡。也许它会永远留在这里。一个银币大小的疤痕。

雾气散开，被海风推进内陆，向山丘游移。南面停泊着一艘货轮，船身低沉，甲板上堆放着几排集装箱，就像小孩子的积木。月光倒映在海面上，像无数根蜡烛在闪闪发光。托娃闭上眼睛，想象着他在水面下为她拿着蜡烛。埃里克，她唯一的孩子。

我被囚禁的第 1300 天

螃蟹、蛤蜊、海虾、扇贝、鸟蛤、鲍鱼、鱼、鱼卵。根据水箱上的牌匾，这些是太平洋巨型章鱼的日常饮食。

大海肯定是个美妙的自助餐厅，免费提供这些美味佳肴。

但这里有什么呢？鲭鱼、大比目鱼，还有最重要的——鲱鱼。鲱鱼，鲱鱼，很多的鲱鱼。这些讨厌的家伙、恶心的小鱼片。我敢肯定，这里供应大量鲱鱼的原因是它们便宜。主水箱那些沉闷愚笨的鲨鱼可以吃到新鲜的石斑鱼，而我得到的是解冻的鲱鱼。有时甚至是半冻的。我渴望有着绝妙口感的新鲜牡蛎，我想体会碾碎蟹壳时齿尖清脆的响动，我想品尝海参甜美紧实的肉质。每当这些时候，我就必须自己想办法。

有时候，囚禁我的人会用一两个可怜的扇贝引诱我配合体检或者贿赂我玩游戏。特里偶尔心血来潮也会塞给我几个贻贝。

当然，我也多次品尝过螃蟹、蛤蜊、虾、鸟蛤和鲍鱼。只不过我得在闭馆后自己去捞。鱼卵是兼具美食享受和营养价值的完美零食。

其实还有第三种食物,就是人类趋之若鹜、但对大多数智慧生物来说完全不适合食用的东西。例如:大厅里自动售货机里的每一样东西。

但今晚,另一种香甜辛咸的味道吸引了我。味道的源头在垃圾桶里,我在一些轻薄的白色容器里发现了残留的食物。

我不知道那是什么,但是非常美味。幸亏我运气好,否则我差点被它害死。

那个清洁女工。她救了我。

假话曲奇

"针织熟手"小组一度有七个人。现在只剩下四个。每隔几年就会减少一个。

"我的天,托娃!"玛丽·安·米内蒂盯着托娃的胳膊,把茶壶放到餐桌上。茶壶外面套着黄色的钩织保温罩,这大概也是出自某位小组成员之手,那时她们还是名副其实的编织小组。玛丽·安用黄宝石发夹将灰褐色的头发别在太阳穴旁,发夹的颜色跟茶壶保温罩很搭。

珍妮丝·金一边注满茶杯,一边盯着托娃的手臂。"过敏了?"她摘下被乌龙茶蒸汽蒙住的眼镜,用T恤下摆擦了擦镜片。托娃猜这件T恤一定属于珍妮丝的儿子蒂莫西,因为它至少大了三个尺码,T恤上还印着西雅图一个韩国购物商场的标志,蒂莫西几年前在那里投资了一家餐厅。

"这个印子?"托娃说着,把毛衣袖子往下拽了拽。"没什么。"

"你应该去检查一下。"芭波·范德胡夫在茶里放了第三块方糖。她用发胶将灰色的短发梳成刺猬头,这是近来她最喜欢的发型之一。当她第一次以这种造型亮相时开玩笑说既然叫芭波就得梳个"刺头"[1],这让各位针织熟手捧腹大笑。托娃已经不是第一次想象用手指戳朋友的发"刺",它会像水族馆里的海胆一样扎手吗?还是会塌下去?

"没关系。"托娃重复道。她感到耳尖传来的热度。

"好吧,我跟你说,"芭波喝了一口茶,继续说道:"你知道我家安迪吧。去年复活节的时候,她身上起了疹子。我没亲眼看到过,因为是在比较隐秘的地方,如果你明白我的意思,但我先声明,她可不是因为乱来什么的,不是的,只是皮疹。总之,我介绍她去看我的皮肤科医生,他很厉害,但安迪实在太固执了,皮疹越来越严重,然后——"

珍妮丝打断了芭波的话。"托娃,你想让彼得推荐一名医生吗?"珍妮丝的丈夫彼得·金医生已经退休,但在医学界人脉很广。

"我不需要医生。"托娃勉强微笑着,"是工作的时候出了点小意外。"

"工作的时候!"

"小意外!"

---

[1] 芭波(Barb)是芭芭拉(Barbara)的简称,芭波(barb)在英文中有倒钩的意思。

"发生了什么事？"

托娃吸了一口气。手腕上还残留着被触手缠绕的触感。那些斑点过了一晚之后就开始褪色了，但仍然清晰可见。她又把袖子向下拽了拽。

她应该告诉她们吗？

她最终说了句"清洁设备出了点问题"。

桌子周围的三双眼睛都眯了起来。

玛丽·安用茶巾擦了擦桌面上不存在的污渍。"托娃，说起你的工作。上次我去水族馆的时候，差点被熏得把午饭给吐出来。你是怎么忍下去的？"

托娃从玛丽·安摆好的盘子里拿了一块巧克力饼干，她在大家来之前就把饼干放在烤箱里热了热。玛丽·安总是说喝茶必须要配着家里烘焙的小点心，但这些饼干是她在商店买的，针织俱乐部的成员们都知道。

"那个湿乎乎的地方，味道肯定不怎么样。"珍妮丝说，"不过说真的，托娃，你还好吗？我们这个年纪还干体力活。你为什么一定要工作？"

芭波插着手臂。"里克死后，我在圣安医院工作过一阵，打发时间。他们让我管理整个办公室。"

"文件归档，"玛丽·安嘀咕道，"你在整理文件。"

"你不喜欢他们的整理方式所以辞职了。"珍妮丝干巴巴地说,"不过重点是,你不用手脚并用洗地板。"

玛丽·安凑过来。"托娃,我希望你明白,如果你有难处……"

"难处?"

"是的,难处,我不知道威尔是怎么处理你们的财务。"

托娃僵住了。"谢谢你,但我不需要这方面的帮助。"

"但如果你有的话。"玛丽·安抿了一下嘴。

"我没有。"托娃低声回答。这是事实。托娃银行账户的存款可以满足她的基本需求。她不需要施舍:不需要玛丽·安的施舍,不需要任何人的施舍。而且,她凭什么因为自己手臂上的伤疤就联想到这个问题。

托娃放下茶杯离开餐桌,倚在操作台边。从厨房水槽上方的窗户可以俯瞰玛丽·安的花园,天空灰暗阴沉,杜鹃花丛低伏着。微风拂过,娇嫩的品红色花瓣似乎在颤抖,托娃希望能把它们塞回花蕾里。空气中的凉意对于六月中旬的天气来说有些异常。今年的夏天来得真是拖拖拉拉。

玛丽·安在窗台上摆放着一些宗教用品:玻璃小天使,蜡烛,各种型号、闪闪发光的银十字架,像士兵一样一字排开,必须每天擦拭才能保持亮度。

珍妮丝拍拍她的肩膀。"托娃?地球呼叫托娃?"

托娃情不自禁地笑了。珍妮丝语气欢快,托娃觉得她肯定又在看情景喜剧了。

"别不高兴。玛丽·安没有别的意思。我们只是担心而已。"

"谢谢你们，我没事。"托娃拍了拍珍妮丝的手。

珍妮丝挑了挑精修的眉毛，示意托娃回到餐桌旁。珍妮丝显然明白托娃有多想转移话题，因为她挑起了一个最容易的话头。

"芭波，你女儿怎么样？"

"哦，我没跟你说吗？"芭波夸张地吸了一口气，问起她女儿和孙女的事她总是乐于分享。"安迪本来是要带女儿们来过暑假的。但她们的计划出了点小插曲。原话就是：小插曲。"

珍妮丝用玛丽·安的绣花餐巾擦了擦眼镜。"是吗，芭波？"

"他们从去年感恩节后就没再来过了！她和马克带孩子们在拉斯维加斯过的圣诞节。真是难以置信，谁会在拉斯维加斯过节？"

芭波一字一顿地强调拉斯维加斯，语气满是不屑。

珍妮丝和玛丽·安都摇了摇头，托娃又拿了一块饼干。当芭波开始讲述她女儿时，三个女人都跟着点头附和，她女儿一家住在西雅图，距离这里有两个小时的车程。但芭波总是声称见不到他们，仿佛他们住在地球的另一半。

"我告诉他们，我希望能多抱抱我的孙女。天知道我还能活多久！"

珍妮丝叹息道："够了，芭波。"

"失陪一下。"托娃起身，椅子刮到了油毡。

"针织熟手"顾名思义是一个编织俱乐部。25年前，索维尔海湾的女人聚在一起挥舞毛衣针，渐渐地，这里变成了孩子成年离家之后空巢女人的避难所。但这不是托娃起初抗拒加入她们的唯一原因。她的空虚没有甜蜜，只有苦涩。当时，埃里克已经离开五年了，伤口还是一触即溃，只要轻轻一碰结痂，就会鲜血直流。

托娃在玛丽·安的化妆间拧开水龙头，听到水管发出一声尖锐的响声。这些年来，她们都抱怨着相同的事：起初是去大学的车程太远了，而且只能在周日下午接到孩子们的电话。现在则是孙子和曾孙。女人们尽情展示着作为母亲的一面，像勋章一样自豪地挂在胸口。但托娃不得不把这一切藏起来，像中枪之后，埋在身体里的一颗子弹。不为人知。

埃里克失踪的前几天，托娃为他的十八岁生日做了一个杏仁蛋糕，好几天家里都弥漫着杏仁蛋白糊的味道。她还记得那股味道在厨房里挥之不去，像个不识趣的客人，不知道什么时候该离开。

起初，埃里克的失踪被当作是离家出走。最后一个看到他的人是11点南行渡轮上的一名船员，那是当晚的最后一班船，船员称没发现任何异常。埃里克本应在末班船之后锁好售票亭，他总是尽职尽责地完成工作。埃里克很高兴他们信任他，毕竟这只是一份暑期工。警长说售票亭的门没有上锁，收银机里的现金一分都没有少。埃里克的背包就放在椅子下面，他的随身听、耳机还有钱包都在里面。警长最终排除了恶性事件的可能性，起初他猜测埃里克可能只是离开了一会儿，很快就会回来。

他为什么会在值班时独自离开售票亭？托娃一直想不明白。威尔一直认为肯定和一个女孩有关。就恋爱关系这条线索来说，没有发现任何女孩或者男孩的迹象。他的朋友坚称他当时没有和任何人约会。如果埃里克有恋人，所有人都会知道的。埃里克是个很受欢迎的孩子。

一周后，他们找到了那艘锈迹斑斑的旧帆船。小船原本停靠在渡轮码头旁的小码头上，没人注意到它消失不见了。船冲上岸时，锚绳是被剪断的。船舵上有埃里克的指纹。虽然证据不够充足，但现有的痕迹都表明男孩是自杀的。警长是这样说的。

邻居捕风捉影。

报纸调查报道。

每个人都这么说。

托娃从来都不相信。一分钟都没有怀疑过。

她拍干脸上的水，对着化妆镜中的自己眨了眨眼。"针织熟手"的成员是她多年的老朋友，但她经常觉得自己格格不入，像是一块放错地方的拼图。

　　托娃从水槽里拿回杯子，给自己倒了点新鲜的乌龙茶，然后坐回到椅子上继续聊天。话题是玛丽·安的邻居因手术不当而起诉骨科医生。在座的各位一致认为医生应该承担责任。接着，大家一起欣赏珍妮丝的约克夏犬洛洛的照片，珍妮丝通常用手提袋带着它一起参加聚会，但今天洛洛肚子不舒服留在了家里。

　　玛丽·安说："可怜的洛洛，它是吃坏东西了吗？"

　　"你不能再喂他人类的食物了，"芭波说，"里克经常背着我给萨利吃盘子里的剩饭。但每次我都能发现，因为它的大便会变得很臭！"

　　"芭波！"玛丽·安瞪大眼睛叫道。珍妮丝和托娃笑了。

　　"原谅我的措辞，但那只狗总是把整座房子搞得臭气熏天。愿她安息。"芭波双手合十，像在祈祷。

　　托娃知道芭波有多爱她的金毛犬萨利，甚至超过了对丈夫里克的爱。去年，在短短几个月的时间里，她接连失去了里克和萨利。托娃不禁想：一个人身上的悲剧集中在一起发生是不是更好，你可以充分利用悲伤产生的强烈情感和力量，一次性渡过难关。托娃知道绝望的深渊是有底线的。一旦灵魂被悲伤浸透，多余的就会溢出来，像是煎饼上流下的枫糖。周六早晨，托娃允许埃里克自己在煎饼上浇枫糖，他总是弄到桌面上。

下午三点，针织小组成员起身拿起椅背上的外套和皮夹克，"如果你需要帮助，请告诉我们。"玛丽·安把托娃拉到一边，紧紧握住她的手，她意大利血统的橄榄色皮肤显得年轻而光滑，相比之下，托娃的斯堪的纳维亚基因在年轻的时候是锦上添花，但随着年龄增长却开始背叛她。四十岁时，她玉米丝般柔顺的头发已经花白。到了五十岁，脸上的皱纹深得像黏土上的刻痕。当她路过商店橱窗，不经意瞥见自己的轮廓，发现肩膀也开始下垂。这怎么可能是她的身体？

"我向你保证，我不需要帮助。"

"如果工作太累了，你就辞职，好吗？"

"当然。"

"好吧。"玛丽·安看起来并不信服。

"谢谢你的茶，玛丽·安。"托娃穿上外套，微笑着看着大家，"又是一个美好的下午。"

托娃拍了拍仪表盘，踩下油门，慢慢换低挡。汽车在爬坡时发出轰鸣声。

玛丽·安的房子坐落在宽阔的山谷里，那里曾经是一片水仙花田。托娃还记得小时候坐着家里的帕卡德轿车经过花田，她和哥哥拉尔斯坐在后座，爸爸开车，妈妈开着窗坐在副驾驶，用手攥住头巾以免被风吹走。托娃也摇下车窗，尽量把脖子伸向窗外。山谷里弥漫着发酵的马粪味,成千上万朵蝴蝶花冠连成一片金黄色的海洋。

如今,谷底是城郊居住区。每隔几年,市政建设都大兴土木,重建上山的道路。玛丽·安为此坚持写信给议会反馈:这条路太陡了,容易发生泥石流。

"对我来说这不是问题。"说着掀背车驶过了山顶。

山的另一边,一抹阳光透过云层的缝隙照射在水面。渐渐地,云层仿佛提线木偶一般被拉开,皮吉特湾沐浴在清澈的阳光中。

"瞧瞧这个。"托娃翻下遮阳板。她眯起眼睛,右转驶入声景大道,这条路与山脊平行,俯视水面,可以一直开到家。

终于见到太阳了!她需要摘掉紫菀的花头,但最近几周太平洋西北地区气候异常,阴冷潮湿的天气让她对园艺工作失去了热情。一想到能做些有意义的事,她用力踩了几脚油门,也许能赶在晚饭前完成整个花坛的工作。

她穿过屋子走向后花园,顺手接了一杯水,然后按下电话答录机上闪烁的红色按钮。机器上总是录满了无聊的推销电话信息,她会第一时间把留言清除掉。提示灯不停地闪,谁还能正常工作?

第一条录音是募捐。删除。

第二条录音显然是个骗局。有人会傻到回电话提供银行账号？删除。

第三条录音是打错的。先是瓮声瓮气的说话声，然后是咔哒一声。珍妮丝·金说这种是屁股误拨的电话。这就是把手机放在口袋里的坏处。删除。

第四条录音开头是一阵沉默开头，托娃正要按下删除键，突然传出了一个女人的声音。"是托娃·沙利文吗？"她清了清嗓子，"我是查特村长期护理中心的莫琳·考科兰。"

托娃的玻璃水杯碰到操作台，发出叮当的声响。

"很抱歉我有个坏消息……"

托娃猛地按下按钮，机器随着一声脆响安静下来。她不需要听。这个消息她早有预感。

是她的哥哥，拉尔斯。

我被囚禁的第 1301 天

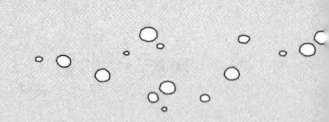

我是这样逃出去的。

靠近我生活区域顶部的玻璃缸上有一个圆孔,是通水泵的地方。泵房和玻璃之间有缝隙,宽度足以让我的一只触手穿过并拧开泵房的盖子。水泵浮到我的水箱里,露出一个缝隙。缝隙很小。大约只有人类两三根手指的宽度。

你肯定会说:那也太小了!你那么大一只。

没错,但我可以轻易改变身体的形状通过。这部分没有什么难度。

我顺着玻璃滑入水箱后面的泵房。接下来才是真正的挑战。时间紧迫。我一旦离开水箱,必须在18分钟之内回到水里,否则会自食恶果。18分钟是我离开水能够存活的时间。我个人信息中没有提到这件事,这是我自己确定的。

我站在冰冷的水泥地上,必须在留在泵房和开门出去之间做出选择。两种选择各有长处和代价。

如果我待在泵房，那么可以轻易进入附近的水箱。遗憾的是，这对我的吸引力有限。我根本不可能考虑狼鳗，原因显而易见，想想它们的牙齿！太平洋黄金水母口感太过刺激，黄腹带虫嚼起来跟橡胶一样，青口的味道没什么特别之处。海参倒是非常美味，但我必须控制自己。如果吃太多，我的行动可能会引起特里的注意。

如果我选择破门而出，那么就能通过走廊到达主水箱，那里的菜品更加丰盛。但同样要付出代价：首先，我必须花几分钟时间打开门出去。其次，由于门很重，会自己关上，我回来时必须再花几分钟时间重新打开它。

为什么不把门撑开呢？

这还用得着说。

我曾经试着用水箱下面的凳子挡着门。在多出来的几分钟时间里，我把特里留在主水箱舱口下的一桶新鲜大比目鱼块洗劫一空。（那些鱼估计是鲨鱼第二天的早餐，但它们蠢头蠢脑的，几乎分不清白天和黑夜。所以我也不后悔。）

在这种悠闲的假象下，我度过了可以称得上是愉快的一晚，或许是我被俘虏后最惬意的时光。但我回去的时候，发现了一件至今都无法解释的事：不知道是什么原因，凳子没能撑住门。

教训：不能相信被撑住的门。

当我再次把门打开时，身体已经快不行了，"后果"已经完全显现。

我四肢行动缓慢，视线模糊，斗篷沉重地拖在地上。我隐约看到自己苍白的肉体正在逐渐变成棕灰色。

当我爬过泵房时，地板不再冰冷，物体的表面没有任何温度，我虽然行动笨拙，但是凭借吸盘爬上了玻璃。

我想办法让触手和身体通过缝隙。爬到一半时，我悬停在上面，触手完全麻木了，没有任何感觉。

有那么一个时刻，我在思考这个问题。无也是一种有。生命的另一面会是什么呢？

水漫过全身，我活过来了，熟悉的水域变得清晰。我用一只触手缠绕住水泵把它放回去，合上缝隙。当我从圆孔伸出一只触手拧上泵房的盖子之后，身上的颜色也恢复了。我拖拽着身体敏捷地朝岩石后面的巢穴游去。我肚子里塞满了大比目鱼，痛快极了。

我回到洞穴里，终于有了喘息的机会，三颗心脏怦怦直跳。那是如释重负之后低沉的脉搏声，是意外战胜死亡后所激发的本能。我猜当乌蛤躲过我的牙齿钻进沙子里之后就是这种感觉。人类称之为反败为胜。

这种恶果，我经历过不止一次。我也曾在其他场合挑战自由的底线，但绝不会为了省下开门的几分钟时间去撑着门。

不消说，特里并不知道这个缺口。除了我，没有人知道。而我希望这种状态保持下去。

你提问。我回答。

我是这样逃出去的。

维利纳拖车公园是情人的天堂

卡梅隆·卡斯莫尔坐在挡风玻璃后面眨着眼睛试图抵挡无情的阳光。早知道应该戴墨镜。周六早上九点,他居然要拖着宿醉的身体去维利纳……呸。他口渴难耐,从布拉德卡车的杯架上拿起一只打开的易拉罐,喝了一大口。是能量饮料,味道非常恶心。他咳了一声,把饮料吐到窗外,用衬衫袖子擦了擦嘴,然后把罐子揉成一团,扔到了副驾驶的空座上。

"你要去处理什么事?"卡梅隆借车时,布拉德两眼无神地问。昨晚,卡梅隆在黛尔酒吧参加了"飞蛾香肠"实验金属乐队的精彩演出,之后就窝在布拉德和伊丽莎白家的沙发上睡了一晚。

"是铁线莲。"卡梅隆说。让娜姨妈惊慌失措地打电话找他,她的混蛋房东似乎因为她的葡萄藤又开始找麻烦了。上一次,房东就威胁要赶她走。

"铁线莲是什么鬼东西?"布拉德玩味地笑着,"听上去是什么脏东西。"

"这是一种植物,你个白痴。"卡梅隆懒得跟他解释,铁线莲是一种多年生开花藤本植物,属于毛茛科。原产于中国和日本,维多利亚时代传入西欧,因能攀爬花架而备受喜爱。

他怎么会记得这些事？如果他能把这些堵塞大脑的无用知识清理干净就好了。卡梅隆开上通往让娜姨妈家的高速路之后开始加速行驶,他摇下所有车窗,点燃一支香烟,他不怎么抽烟了,只有觉得自己像垃圾时才会这样做,而今天早上,他觉得自己像坨热气腾腾的垃圾。烟雾从车窗飘出,消失在默塞德山谷平坦、尘土飞扬的农田上空。

让娜姨妈花园里的雏菊在微风中摇曳。她还种了一些巨大的灌木,开满了白色的花,阳光下一闪一闪朦胧一片。花园里还有一座装了 6 节 DD 型号电池的喷泉,她似乎每次都要他帮忙换电池。

还有青蛙。到处都是青蛙。有小型混凝土的青蛙雕塑,雕刻缝隙里长着青苔；还有青蛙花盆,以及一只星条旗风向袋,生锈的铁钩上挂着三只咧着嘴笑的青蛙,分别穿着红白蓝国旗配色的衣服。

还有每年都按时出现的青蛙。

如果维利纳拖车公园设立最佳庭院奖,让娜姨妈肯定会去争取,而且绝对能赢。但卡梅隆知道,虽然她拥有一座完美无瑕的院子,但她居住的拖车内部简直是灾难。

门廊的台阶被他的工靴踩得吱吱作响。一张纸夹在纱门的把手处。他掀开一角看了一眼上面的内容,是维利纳拖车公园宾果锦标赛的传单。他把它揉成一团,塞进口袋里。让娜姨妈不可能参加这种无聊的活动。这个地方很糟糕,连名字都是。维利纳是夏威夷语"欢迎"的意思。这里他妈的可不是夏威夷。

他正准备按门铃——毫无意外也是青蛙形状的,拖车后面传来了叫喊声。

"如果不是茜茜·贝克那个老巫婆多管闲事,其他人才不会有这些荒唐的想法,我说错了吗!"让娜姨妈语气不善,光听声音就能想象出她现在的样子:皱着眉头,双手叉在圆滚的腰间,穿着她最喜欢的灰色运动衫。卡梅隆不由得嘴角上扬,大步流星走到拖车旁边。

"让娜,拜托了,试着体谅一下。"房东低声说道,一副居高临下的样子。吉米·德尔莫尼科是个不折不扣的混蛋。"其他住户害怕有蛇。你肯定能理解吧?"

"根本就没有蛇!你凭什么对我的灌木丛指手画脚?"

"这里有规定。"

卡梅隆小跑着进了后院。德尔莫尼科正瞪着让娜姨妈,她果然穿着那件灰色运动衫,满脸通红,手里抓着一把细密光滑的藤蔓,她拖车后面的棚架上长满了这种藤蔓。她的手杖立在墙板边上,杖柄处套着一只褪色的网球。

"卡米!"

让娜姨妈是这个世界上唯一可以这样叫他的人。

他小跑过去,然后微笑着被让娜姨妈紧紧拥抱。她身上有一股变质的咖啡味。然后他转过身,面无表情地对德尔莫尼科说:"有什么事?"

让娜姨妈拿起手杖指着房东谴责道:"卡米,告诉他我的铁线莲里没有蛇!他想让我把它们除掉。就因为茜茜·贝克说她看到了什么。大家都知道那只老蝙蝠基本就是个瞎子。"

"听到了吗,这里没有蛇。"卡梅隆坚定地说,扭头看了看那些藤蔓,比他上次来时要浓密茂盛得多。他有多久没来了?一个月?

德尔莫尼科捏了捏鼻梁。"很高兴再次见到你,卡梅隆。"

"感到荣幸的是我。"

"听着,这是维纳利拖车公园的规章制度,"德尔莫尼科叹了口气说,"如果有居民投诉,我必须进行调查。贝克太太说她看到了一条蛇。她说就在那株植物里,有一双黄色的眼睛在朝她眨眼。"

卡梅隆不以为然。"她显然在撒谎。"

"显然。"让娜姨妈附和道,但她用眼角的余光向他投来疑惑的目光。

"哦,真的吗?"德尔莫尼科抱着双臂,"贝克夫人生活在这个社区很多年了。"

"茜茜·贝克只会满嘴喷粪。"

"卡米!"让娜姨妈拍了一下他的胳膊,提醒他注意言辞。骂人的话他可知道不少,这个女人是这样教他认识字母的:A是混蛋(Asshole)的A。

"你说什么?"德尔莫尼科扒了一下眼镜。

"蛇不会眨眼,"卡梅隆翻了个白眼,"蛇没有眼皮,没办法眨眼。你可以去查。"

房东张了张嘴,又闭上了。

"真相大白,没有蛇。"卡梅隆双臂交叉,二头肌至少是德尔莫尼科的两倍,最近去健身房的成效很明显。

事实上,德尔莫尼科的确看上去想离开。他盯着自己的鞋子嘟囔道:"就算这是事实,蛇没有眼皮……规定就是规定,要怪就怪本地法规。只要有人报告我的房产有害虫——"

"我说了,没有蛇!"让娜姨妈举起双手,手杖落在草地上,"我外甥说了。蛇是没有眼皮的!我告诉你,是茜茜·贝克嫉妒我的花园。"

"让娜,"德尔莫尼科举起一只手,"人人都知道你有个可爱的花园。"

"茜茜·贝克不但说谎，还是个瞎子！"

"尽管如此，我们必须遵守安全规定。如果有什么东西是潜在危险——"

卡梅隆朝他走了一步，"我想谁也不希望出现危险情况"。他只是虚张声势。他讨厌打架。但眼前这个虾条不需要知道这一点。

德尔莫尼科一脸惊愕，拍了拍口袋，作势要掏出手机。"不好意思，我得接一下电话。"

卡梅隆嗤之以鼻。老掉牙的把戏。这个没用的家伙。

"再修剪一下，好吗，让娜？"他一边喊着，一边大步从碎石路朝公路走去。

卡梅隆花了大半个小时修剪铁线莲，一边在梯子上保持平衡，一边听取让娜姨妈挑剔的指导。那里再多修剪一点。不，剪太多了！左边修剪一下。我说右边。不，还是左边。让娜姨妈把剪下来的茎和紫色的花扔进花园的垃圾袋里。

"蛇的事是真的吗，卡米？"

"当然是真的。"他爬下梯子。

让娜姨妈皱起了眉头。"所以，说实话，我的铁线莲里没有蛇，对吗？"

卡梅隆一边脱手套，一边斜眼瞟她。"你在铁线莲里见过蛇吗?"

"呃……没有?"

"是啊,那就没有。"

让娜姨妈咧嘴一笑,打开后门,用拐杖尖把一沓报纸推到一边。"待一会儿吧,亲爱的,要咖啡吗?茶?威士忌?"

"威士忌?你是认真的吗?"现在还不到早上十点。一想到酒,卡梅隆的胃就咕咕叫。他躲在门框下,眨了眨眼睛,适应室内微弱的光线,里面比他想象中好多了。当然,情况依旧很糟。但比上次好多了。有一段时间,这些垃圾像发情的兔子一样在自我繁殖。

"那就咖啡。"她使了个眼色,"你老了,卡米,越来越没意思。"

他抱怨昨晚玩得太疯了,让娜姨妈玩味地点点头,看得出来他早上状态很糟糕。也许他真的老了,三十岁对他不太温柔。

她在厨房的小操作台上翻腾盒子和纸张,寻找咖啡壶。卡梅隆从摇摇欲坠的小桌子上拿起了放在一堆杂物上的平装书,一台古老的台式电脑在桌子下方的某个地方嗡嗡作响。是本言情小说,封面印着一个裸着上身的肌肉猛男。他把书扔了回去,一堆物品倒在了地毯上。

她什么时候变成这样的?她称之为"收集"。他从小到大从未见过她这样。卡梅隆不时会路过莫德斯托的旧家,那栋两居室的房子是让娜姨妈抚养他长大的地方。房子总是很干净。几年前，她把房子卖了，用来支付医疗费。原来在黛尔酒馆的停车场被揍会花很大一笔钱，不仅如此，那件事根本不是让娜姨妈的错。几个外地来的混蛋在闹事，她只是想让大家冷静下来，不知怎么的，她的头挨了一拳，摔倒在人行道上。后果就是严重的脑震荡，髋骨骨折，以及数月的物理理疗和作业治疗。卡梅隆放弃了一家维修公司的体面工作，他说不定可以当学徒。为了照顾让娜姨妈，他睡在她家沙发上，提醒她吃药，开车接送她去斯托克顿的脑损伤专家看病。他每天下午在门口等待邮递员送来账单，悄悄地开门，以免她发现。他可怜的存款只能暂时应付讨债的人。

让娜姨妈卖掉房子时，刚满五十二岁，符合维利纳拖车公园的入住要求。卡梅隆至今都想不通她为什么不找个一般的公寓，而是用剩下的一点钱买了一辆拖车，搬到这里来住。她的囤积习惯是不是从那时开始的？是这个破地方造成的吗？

她还在抱怨去年夏天维利纳野餐会上发生误会后，茜茜·贝克就一直对她耿耿于怀（卡梅隆没有问细节）。她在茶几上放下两个热气腾腾的杯子，示意卡梅隆坐在她旁边的沙发上。

"工作怎么样？"

卡梅隆耸耸肩。

"你又被解雇了，是吧？"

他没有回答。

让娜姨妈眯起眼睛。"卡米,你知道我可是找人帮忙,才把你弄进那个项目里。"让娜姨妈在县政府办公室兼职做前台很多年了。当然了,她认识所有人。没错,城郊的办公园区建设是个大项目。但这并不重要,他第二天上班迟到了10分钟,那个混蛋工头就叫他收拾东西走人。难道工头没有同情心是卡梅隆的错吗?

"我可没让你找人帮忙。"他嘟囔着,然后解释了事情的经过。

"所以你搞砸了。真是了不起。现在怎么办?"

卡梅隆生气地嘟起嘴巴。让娜姨妈应该站在他这边的。两人沉默不语,气氛变得凝重。她喝了一口咖啡。她的杯子上印着跳舞的卡通青蛙和鲜红的字:小心青蛙出没。他摇摇头,试图转移话题。"我喜欢你的新旗子。外面那面。"

"你喜欢吗?"她的表情稍稍缓和,"我从商品目录里买的。邮购的。"

卡梅隆点点头,并不感到惊讶。

"凯蒂怎么样?"她问。

"凯蒂很好。"卡梅隆轻飘飘地说。事实上,他上次见到她是昨天早上上班前的吻别。她本来要去看"飞蛾香肠"的演出,但是下班后太累了没去,他也在外面待到很晚,最后在布拉德家过夜。她当然没事,凯蒂是那种从不惹麻烦的女孩,一直都很好。

"她很适合你。"

"是啊,她很好。"

"我只希望你快乐。"

"我很快乐。"

"如果你能做一份稳定的工作就好了。"

又来了。卡梅隆皱着眉头,用一只手抹了一把脸。他眼球发胀,也许应该喝点水。

"你很聪明,卡米。那么聪明……"

他从沙发上站起来,盯着窗外。过了良久,他说:"他们不会因为聪明就给你发工资的,你懂吧?"

"如果是你的话,他们应该发。"她拍拍身边的沙发,卡梅隆坐下来,发胀的头靠在她的肩膀上。他爱让娜姨妈,这毋庸置疑。但她不明白。

卡梅隆为什么这么聪明,他的家人也无法解释。"家人"指的是他自己和让娜姨妈。这就是他所有的家人。

他几乎要忘记妈妈的样子了。九岁那年,让娜姨妈接他去过周末,他收拾好行李离开了。这并不稀奇,他经常在姨妈家过夜。但这一次,妈妈再也没有来接他。他记得她抱着他道别,眼泪把妆都弄花了。他清楚地记得,她的手臂瘦骨嶙峋。

周末变成了一周,然后是一个月,然后是一年。

让娜姨妈杂乱的古玩柜里收藏着他母亲小时候收集的陶瓷小玩意儿。爱心、星星、动物,上面还刻着她的名字:黛芬妮·安妮·卡斯莫尔。让娜姨妈经常问他要不要那些东西,每次他都说不要。她离不开毒品,连做母亲的时间都不能给他,他为什么还要她那些破烂呢?

至少卡梅隆知道自己总是搞砸一切是遗传谁了。

让娜姨妈向法院申请单独监护权,法院毫无异议地批准了。他记得社工低声说,这样更好,卡梅隆可以和家人在一起,不用"进入寄养系统"。

让娜姨妈比黛芬妮大10岁,她从未结过婚,也没有自己的孩子。她总是称卡梅隆是意外的祝福。

有了让娜姨妈,卡梅隆的童年是美好的。她跟他朋友的母亲完全不一样。谁能忘记万圣节的时候,她穿着自制的衣服装扮成玛吉·辛普森出现在小学的游行队伍中?那年卡梅隆装扮成玛吉的儿子巴特·辛普森。他们这个组合竟然非常成功。

卡梅隆在学校表现得很好。他在那里认识的伊丽莎白和布拉德。他无意中听到别人说,像他这样的孩子,居然适应力这么强。

至于他的父亲?卡梅隆的聪明可能是遗传自他。

他爸爸是什么样的人充满可能性。他和让娜姨妈都不知道他父亲是谁。卡梅隆还小的时候,坚信自己没有父亲。他不知道制造小孩是怎么一回事,也不知道再怎么样至少需要一个人提供精子。

让娜姨妈提到这个话题时总说:"我知道你妈妈的朋友都是什么样的人,也许他不在你们身边更好。"但卡梅隆一直对此表示怀疑。他确信母亲在他出生时没有任何问题。他看见过照片,她一头柔软棕色的卷发,在公园里推着他荡秋千。卡梅隆确信吸毒是后来的事。

都是因为他。

让娜姨妈起身问:"还要咖啡吗,亲爱的?"

"你坐着,我去拿。"他摇摇头,穿过杂乱拥挤的房间走向厨房。

他刚倒了两杯咖啡,让娜姨妈就从沙发上喊道:"伊丽莎白·伯奈特怎么样了?她的预产期是夏末吧?几天前我在加油站碰到了她妈妈,但我们没聊几句。"

"是啊,她肚子很大了。但她状态很好,她和布拉德都很好。"卡梅隆把奶精倒进咖啡里,白色的液体在咖啡表面旋转。

"她是个可爱的女孩。我一直不明白她为什么选择布拉德,而不是你。"

"让娜阿姨!"卡梅隆不满地咆哮。他已经解释过无数次了,他和伊丽莎白不是那样的关系。

"我只是说说而已。"

卡梅隆、布拉德和伊丽莎白从小就是最好的朋友:三个火枪手。现在,事情发展成另外两个人结婚组成家庭。卡梅隆还没有意识到,这个孩子将取代他,成为布拉德和伊丽莎白之间的电灯泡。

"说到这个,我该走了。布拉德要我在午饭前把卡车开回去。"

"哦,在你走之前还有一件事。"

让娜姨妈拄着拐杖吃力地从沙发上站起来。卡梅隆想帮忙,但她挥手不让。

她在另一间塞满东西的房间翻找着,时间仿佛过了一个世纪。他忍不住翻看桌上的一沓纸。旧的电费账单(幸好已经付过了);《电视指南》的内页(这种杂志居然还在发行),还有镇上药店的分钟诊所出具的出院证明,最上面用订书针钉着一张药方。该死的,是她个人的东西。他还没把药方盖起来,就看到了让他脸颊发烫的东西。这不可能。

让娜阿姨?衣原体感染?

咚咚的拐杖声朝起居室靠近。卡梅隆试图把所有东西都放回去,但情急之下整摞东西都倒了,只剩下他手里的药方。他用指尖捏着那片纸,仿佛上面已经被感染了。一种文具传播的疾病。

"哦,那个。"她耸耸肩,不以为意。"这片很多人都得了。"

卡梅隆心下一颤,吞咽了一口说:"这可不是闹着玩的,让娜阿姨。还好你在接受治疗。"

"当然了。"

"也许应该开始使用保护措施?"他真的要讨论这个话题吗?

"我是倾向使用避孕套的,但沃利·帕金斯,他不想——"

"停!对不起,我不该问的。"

她笑着说:"活该,谁让你偷看。"

"我知道错了。"

"对了,这个。"她用拖鞋推了下脚边的盒子,卡梅隆此刻才注意到它的存在,"这是你母亲的东西,我想你可能会想要。"

卡梅隆站了起来。"不用了,谢谢。"他说,没有多看盒子一眼。

我被囚禁的第 1302 天

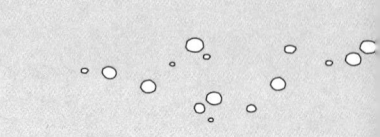

我现在的体重是60磅。我可是个大块头。

像往常一样,我的体检从水桶开始。圣地亚哥医生取下我的水箱顶盖,提起黄色的大水桶,直到水面与水箱边缘平齐。桶里有七个扇贝。圣地亚哥医生用她的网戳了戳我的身体,但其实没有必要。如果是新鲜的扇贝,我会心甘情愿地钻进水桶里。

麻醉药缓缓地渗入我的皮肤。我的触手没有了知觉。我闭上眼睛。

我第一次接触水桶是很久以前的事了,那是我被囚禁的第33天。当时我感到惊慌失措,但现在我越来越喜欢了。水桶带来了一种完全虚无的感觉,在大多数情况下,什么都感觉不到比感受到一切要好得多。

圣地亚哥医生抱着我走向桌子,我的触手拖在水泥地上。她把我叠成一堆,放在塑料秤上,倒抽一口气:"哇,是个大家伙!"

"多重?"特里一边问,一边用他那双总是带着鲭鱼味道的棕色大手戳了戳我。

"比上个月增加了三磅,"圣地亚哥医生回答道,"他的饮食有变化吗?"

"据我所知没有,但我可以再确认一下。"特里说。

"请你确认一下吧,这种增长已经不能说是异常了。"

怎么说呢?毕竟我是个特别的家伙。

六月忧愁

今晚乐途杂货店有个新来的男孩负责打包。

当他把草莓酱和橘子酱并排放进杂货袋时，托娃抿紧了嘴唇。接着他把咖啡豆、绿葡萄、冷冻豌豆、包装瓶是小熊形状的蜂蜜和一盒纸巾塞进去，袋子发出危险的叮当声。她买的纸巾非常柔软，有乳液质感。价格不便宜。威尔住院之后托娃开始给他买这种纸巾，因为医院里的纸巾像砂纸一样粗糙。她已经用习惯了，不想换成更划算的牌子了。

托娃出示会员卡，伊森·麦克说："亲爱的，我不需要看这个。"他是个健谈的家伙，说话带着浓重的苏格兰口音，他是收银员，也是这家店的老板。他用长满老茧的指关节敲了敲干巴的太阳穴，咧嘴一笑。"我都记在这里。你一进门，我就输入了你的会员号。"

"谢谢你，伊森。"

"随时恭候。"他递给她一张收据，嘴角稍微歪斜但和蔼地微笑着。

托娃扫了一眼，确保果酱是促销价。没错，小票上显示：第二件半价。她不应该怀疑：伊森经营得很好。自从他几年前搬到镇上买下这个地方后，乐途杂货店的生意越来越好。用不了多久，他就会让新来的男孩学会正确的装袋技巧。

她把收据塞进口袋里。

"这个六月真是要命，是吧！"伊森靠在椅背上，双手交叉放在腹部。已经是晚上十点多了：没有其他客人，新来的男孩已经回到了熟食柜台旁边的长椅上。

"最近一直阴雨绵绵。"托娃附和道。

"你了解我，老朋友，我这个人不拘小节，没什么事能让我烦恼，但是，要不是我已经忘了太阳是什么样子，这样继续下去我也要发疯。"

"是啊。"

伊森把一沓收据归置成一块平整的方块，眼睛不断瞟向她手腕上的圆形吸盘印迹。自从章鱼抓住她的手腕后，这块紫红色的淤青几乎没有褪色。他清了清喉咙。"托娃，很遗憾听到你哥哥去世的消息。"

托娃低下头，但什么也没说。

他继续道："如果你需要任何帮助，尽管跟我说。"

她对上他的视线。她认识伊森已经很多年了，他可不是什么远离是非的人。托娃没见过哪个六十多岁的男人比他更喜欢闲聊。他肯定知道托娃和哥哥不来往了。她不露声色地说："我和拉尔斯的关系不是很亲近。"

她和拉尔斯曾经亲近过吗？托娃确信他们曾经很亲密。小时候：当然亲近。年轻时：大多数时间是的。在托娃和威尔的结婚典礼上，拉尔斯和威尔站在一起，两人都穿着灰色西装。在婚宴上，拉尔斯发表了一段动人的演说，在场的人都湿了眼眶，就连隐忍克制的父亲也不例外。之后的几年里，托娃和威尔每年都去巴拉德在拉尔斯的家里跨年，大家吃大米布丁，在午夜时分碰杯庆祝。小埃里克盖着针织毯子睡在沙发上。

但埃里克死后，事情开始发生变化。偶尔会有一两个针织小组的人打听托娃和拉尔斯之间发生了什么。托娃说没什么，真的，这是事实。事情是慢慢发展成这样的。没有轰轰烈烈的争吵，没有拳脚相向，也没有大吼大叫。有一年除夕夜，拉尔斯给托娃打电话，说今年他和丹尼斯另有安排。丹尼斯是他的妻子。反正那段时间他们还在一起。他们有时来家里吃晚饭，丹尼斯喜欢在托娃忙着洗碗的时候围着厨房水槽游荡，她坚称如果托娃需要倾诉，可以随时找她。面对托娃厌烦的表现，拉尔斯认为虽然你跟她不熟，但她关心你也不是罪过。

跨年聚会取消之后，他们跳过了一次复活节午餐，接着是生日聚会，然后是一次止步于我们应该聚聚计划提议的圣诞节。一两年变成了数十年，兄妹变成了陌生人。

伊森摆弄着收银机抽屉上悬挂的银色小钥匙。他声音轻柔地说："不过，家人永远是家人。"他做了个无奈的表情，笨拙的身体坐在了收银机旁的转椅上。托娃碰巧知道这把椅子能缓解他的背痛。她不会主动打听这种事，只是无意中得知。针织小组的成员喜欢唠叨这些事情。

托娃叹了口气。家人永远是家人。她知道伊森是好意，但这是多么可笑的一句话。家人当然永远是家人，还能是什么呢？拉尔斯是她最后活着的亲人。尽管她已经很多年没有和他说过话了，他是家人。

"我得走了，"她终于回答道，"我刚下班，脚酸痛。"

"啊，是水族馆的工作。"伊森对话题的转移很是满意，"替我向扇贝问好。"

托娃严肃地点点头。"我会向它们问好的。"

"让它们感到知足，它们的日子可比海鲜柜里的远亲舒服多了。"伊森转头看向新鲜海鲜柜台，里面除了少数当地特产，大部分是冷冻海鲜。他手肘靠在收银台上，神色不可捉摸。

托娃感到脸颊发烫，她没有及时听出他的玩笑话。冷藏柜里的扇贝是半透明的白色圆片……不过索维尔太乡下了，至少商店不卖章鱼。她拎起杂货袋。不出所料，袋子里的东西都朝一边倒去，果酱瓶又叮当作响。

有时候，做事有且只有一种正确的方式。

托娃刻意瞥了一眼新来的装袋工，他正瘫坐在熟食柜台的长凳上刷手机。托娃放下袋子，把果酱和葡萄分开放在袋子两边。本来就应该这样装。

伊森顺着她的目光看去，然后站起来大声喊道："坦纳！奶制品冰柜的货怎么样了？"

那孩子把手机塞进口袋，径直朝商店后面走去。

托娃看着伊森一副心满意足的样子偷笑。他下意识用手捋了捋自己的短胡须，他这个岁数，胡须大部分已经变白，但有些地方泛红。很快，他要蓄须迎接节日的到来。伊森·麦克扮演的苏格兰圣诞老人非常受欢迎。十二月的每个星期六，他都会穿着涤纶面料的圣诞老人服饰坐在社区中心，与镇上的孩子们合影留念，偶尔也会来一两只小狗。珍妮丝每年都会带洛洛去拜访圣诞老人。

"孩子时不时需要一些指导，"伊森说，"话说回来，我想我们都需要。"

"我想是这样的。"托娃再次拿起购物袋，转身朝门口走去。

"如果你需要任何……"

"谢谢你，伊森。我很感激。"

"小心开车，亲爱的。"他在门铃响起的时候喊道。

回到家里，托娃解开运动鞋，打开电视调到四台，四台11

点的新闻只能勉强看看。主持人是克雷格·莫雷诺、卡拉·凯彻姆和气象学家琼·詹尼森。七台都是些花边新闻,谁能忍受十三台夸夸其谈的福斯特·华莱士?四台是唯一理智的选择。

节目的配乐响起,托娃在厨房整理买的东西。她没买多少,拉尔斯去世之后,冰箱里已经塞满了针织小组成员和其他慰问的人送来的炖菜。

"看在上帝的分上。"她弯下腰在冰箱里翻腾着,试图在玛丽·安昨天送来的一大盘火腿芝士烤肉周围为葡萄腾出一块地方。

一阵抓挠声吓了她一跳。她站了起来。

声音来自门廊。又是送炖菜的人?这个时间来?她走过客厅,电视里正播放着人寿保险的广告。她刚把买的东西拿进来,前门还开着,于是她眯着眼睛透过纱门向外看,是空的,没有预想中的慰问礼品。车道上也没有车。

她打开门,铰链嘎吱作响。"是谁?"

又传来了抓挠声。是浣熊吗?还是老鼠?

"谁在那儿?"

她看到了一双黄色的眼睛。接着传来了一声不友好的猫叫声。

托娃松了一口气,没有意识到自己屏住了呼吸。这附近有很多流浪猫,但她从未见过这只灰色的,它坐在台阶上,像宝座上的国王。猫眨了眨眼睛,抬头瞪着她。

"好吧。"她皱了皱眉，拍了拍手，"嘘！"

猫歪过头。

"我说，走开！"

猫打了个哈欠。

托娃双手叉腰，猫悠闲地走了过来，瘦小的身体挤进她的双脚之间。她的脚踝能感觉到它的每一根肋骨。

她咂了一下舌头。"好吧，我有火腿焗菜。你喜欢吗？"

猫发出了咕噜声，声音中似乎有一丝兴奋。十分急切。"那好吧。但是，要是我看见你把我的花坛当成猫砂盆……"她退回到屋里，把猫咪留在原地隔着纱门朝屋内窥探，托娃决定就叫它猫咪。

托娃端着一盘子食物回来，坐在门廊的秋千上看着猫咪把冷火腿、奶酪和土豆吃得一干二净。她得把盘子归还给玛丽·安，但是不会告诉她是谁吃掉的。

她对猫咪坦白，"浪费食物太可惜了，所以我很乐意分享。"她是认真的。朋友们真的认为她能吃得了这么多东西吗？托娃提醒自己明天早上来收盘子，然后回到屋里，随后关上了门。

客厅里传出新闻的声音，插播的广告已经结束了。"卡拉，我已经准备好迎接西雅图的夏天了。"克雷格·莫雷诺笑着说。

"我已经等不及了，克雷格！"卡拉·凯彻姆发出无力的笑声。接下来，她会把前臂靠在桌子上，对着镜头微笑，然后转向她的主播同伴。她肯定穿着蓝色的衣服,因为这个颜色最能衬托她的气质。今天下雨,她一定会披散着一头金发,平时她都是梳成一个髻。托娃在厨房里看不到这些,但她很确定。

"广告之后,我们看看琼怎么说!"

镜头转回克雷格·莫雷诺。当他提到琼的名字时语调会微微上扬。这是从几周前开始的。他和气象女士大概是从那时候开始发生关系的。

托娃没有留下来听天气预报。不需要,肯定是阴天和小雨。六月阴霾会持续下去。

追求一个女孩

虽然伊森·麦克最近很想晒太阳,但他并不介意雾蒙蒙的夜晚。街灯周围笼罩着光晕,渡轮的喇叭声在薄雾某处响起。他坐在乐途杂货店前的长凳上抽烟斗,午夜的寒意顺着他的衣领往下渗。

严格来说,这是不允许的。工作手册规定抽烟必须要打卡算在休息时间内。当然,那本手册是伊森自己写的,尽管如此,他试着尽量不凌驾于规定之上。但这里只有他和坦纳,那孩子在后面,什么也不知道。

看着托娃走进夜色总是让他感到紧张。根据警察无线电的消息,走夜路很容易碰到疯子。她为什么一定要这么晚来买东西?

她大约是两年前开始晚上来。伊森也是从那时开始在上班前熨烫法兰绒衣领。想让自己更整洁一点,看起来更体面。

他吸了一口烟斗,热气进入胸腔,然后再呼出去。烟消失在雾气中。

伊森看见雾想起了家乡：苏格兰西部汝拉海峡的基尔伯利。虽然他已经在美国生活了四十年，但那里依然是他的家乡。四十年前，他辞去肯纳奎格码头工人的工作。四十年前，他追求过一个姑娘。

他和辛迪是不可能的。这件事从一开始就不现实，和一个来度假的美国人同居，把积蓄都花在了从希思罗到肯尼迪的一张机票上。他至今还记得，透过椭圆形的小窗户望去，岛屿变得越来越小。

坦纳蠢头蠢脑从门缝里探出身子。他似乎没有注意到伊森违反了规定，总之他什么也没有表现出来。这小子不是很机灵。"我要把所有冰柜里的货都整理好吗？"

"当然了，否则我花钱雇你干什么？"

坦纳嘟囔了几句回到店里。

伊森摇摇头。这年头的孩子。

二十世纪七十年代的纽约是个残酷野蛮的地方，伊森和辛迪很快就有了更大的计划。辛迪变卖了她在布鲁克林公寓的所有东西，买了一辆二手大众小货车，他们驾车走遍了整个国家，伊森被这片辽阔的地域所震撼。宾夕法尼亚，印第安纳，内布拉斯加，内华达。这些地方比整个苏格兰还要大。

当他们到达海边时，伊森松了一口气。他们在北加州海岸逗留了几个星期，在巨大的红杉树荫下做爱，然后沿着太平洋海岸公路一路向北。在俄勒冈州边界附近的一座破旧小教堂里，他和辛迪结婚了。

几周后，在华盛顿的阿伯丁，小货车的变速箱出了故障。伊森试着修理了一下，但还是坏了。到了早上，辛迪也不见了。

那段婚姻就这样终结了。

阿伯丁很适合伊森。他从未去过位于苏格兰北部海岸的同名小镇，但这里给他的感觉很熟悉。低垂昏暗的天空；粗犷勤劳的本地人。他找了一份码头工人的工作，在合租房里租了一间卧室。清晨一边喝茶，一边看着雾气飘过船桅。

工会待他不错，他在55岁退休时领到了一笔微薄的退休金。但出于健康的需要，他不情愿地搬到了内陆，离城市近的地方，在码头搬运了一辈子的木头，他需要理疗师帮他调理背部的伤痛。但退休生活让他坐立不安。刚好乐途杂货店的夜班在招人，他们很乐意在收银台前配备一把符合人体工程学的椅子。伊森的表现超出他们的预期，他用所有的积蓄买下了这个地方。

十年后的今天，他仍然不需要这笔钱，不完全需要。工会养老金可以支付房租、食物和卡车油费。但杂货店挣的小钱能让他收集黑胶唱片，还能时不时来一瓶上好的苏格兰威士忌。真正的艾莱威士忌，不是高地产的垃圾。

一辆汽车拐进停车场，车灯在光滑的人行道上一闪而过。伊森吸了口烟斗，从前门回到店里。

他站在收银台前，一对年轻男女踉踉跄跄地走进来，两人紧紧搂在一起，就像一个人在移动。东倒西歪地在薯片和苏打水的架子之间摇摆，发出咯咯的笑声。他们在收银台摸索借记卡。付完钱之后迅速离开，车灯的白光扫过整个前窗。

白痴。他们这样会出人命的。就像伊森的妹妹玛丽亚，她被卡车撞死的时候还不到 10 岁。开车的是一个刚从酒吧出来的渔夫。这个世界到处都有白痴。

伊森想到托娃的掀背车也在那条路上，顿时感觉得有些不适。他想开车经过她家，确保她已经安全到家了。也许她家的灯还亮着。

但是不行。他曾经为了追求一个姑娘，已经让自己心碎过一次。

我被囚禁的第 1306 天

我十分擅长保守秘密。

你也许会说我别无选择。我能告诉谁呢？我的选择有限。

我跟其他囚犯能交流的东西都很无趣，不值得我花力气。他们都是些头脑迟钝的家伙，神经系统简陋，一切都是优先为了生存，在那方面也许很厉害。但这里没有其他生物拥有我的智慧。

这很孤独。如果有人能和我分享秘密，也许就不会那么孤独了。

秘密无处不在。有些人满身都是秘密。他们怎么能不暴露的？这似乎是人类的一大特点：沟通技巧拙劣。当然，也不是说其他物种就比人类好多少，但即使是一条鲱鱼，也能分辨出鱼群行进的方向，并作出相应的反应。为什么人类不能用千千万万的语言直接说出自己的欲望呢？

大海也善于保守秘密。

尤其是一个来自海底的秘密，我至今还记得。

幼年蝰蛇尤其致命

这个盒子在卡梅隆家的厨房料理台上放了三天，一直没人动过。

让娜姨妈亲自把它从拖车里搬出来。你看看里面的东西，想扔就扔吧，她说，家人很重要。

卡梅隆当时就翻了个白眼。家人。不过，如果那个女人铁了心要做什么事，他争辩也没有用。于是，他把盒子带回了家。现在，卡梅隆坐在沙发上看着它，思考着先关掉《体育中心》，看看盒子里有什么可以拿去当铺卖掉。凯蒂很快就会要他支付一半七月的房租了。

午饭之后再说吧。

他听着微波炉工作时发出的嗡嗡声，等待杯面加热。电磁辐射让食物分子相互撞击：这是谁想出来的，如何营销的？不管那个人是谁，他肯定钱多到能在里面裸泳，身边还围着超级名模。生活真是不公平。

叮。

卡梅隆端起冒着热气的杯面,小心翼翼走向沙发,生怕杯里的汤溅出来。这时公寓的门突然开了,把他吓了一跳。

"该死!"滚烫的液体溅到了他的手上。

"卡米!你没事吧?"凯蒂放下工作包跑了过来。

"我没事。"他喃喃地说。她周二下午回家干什么?不过,她可能会问他同样的问题。他思绪万千。他告诉过她他今天要工作吗?她问过了吗?

"稍等一下。"她说着钻进了厨房,完美的臀部在灰色的裙子下扭动着。凯蒂在高速公路边的假日酒店前台工作。她最近上白班。如果是晚班,他早就被抓了。

她拿着两块湿布走了过来。

"谢谢。"卡梅隆接过一块。抹布的凉意缓解了疼痛。然后,她蹲下来用另一块抹布擦掉洒出来的汤。

"你提前回来了?"他弯下腰帮忙,故意装出随意的声音。

"我今天下午要去看牙医。还记得吗?我上周告诉过你。"

"哦,是的。"卡梅隆点点头,依稀记得。

"我不记得你说过今天休息。"她捡起地毯上的一根面条,丢进抹布里,抬起头,眯着眼睛看着他。

"嗯,是的。我今天休息。"他没说的是:明天也是,后天也是,以后每天都是。

"真奇怪，为什么放你一天假。你才工作了三周。"

"其实今天过节。"该死，他为什么这么说？

她站起来。"过节？"

"是的。"这个谎言太容易被戳穿了，"是国际承包商日。大家都放假。"说实话，他要告诉她什么？事实？他只需要时间，再过几天就能找到新工作，然后就没事了。

"国际承包商日。"

"没错。"

"所有人都放假吗？"

"所有人。"

"那隔壁修屋顶的还在干活？真是奇怪啊。"

卡梅隆刚要解释，隔壁屋顶传来几声钉枪的声音，打断了他的话。

凯蒂冷着脸，没有表情。"你又被解雇了。"

"事实上——"

"发生了什么事？"

"嗯，我——"

"你打算什么时候告诉我？"她打断了他。

"我正在说，但你不给我说话的机会。"

"告诉你，算了吧。"她拿起工作包，大步向门口走去。"我没这个时间，我的预约要迟到了。我不想再给什么机会了。"

机会。如果人生真有什么机会，那么卡梅隆是被亏欠的那一方。凯蒂知道有一个吸毒的母亲是什么感受吗？她怎么会理解他内心那股永远挥之不去的仇恨？

凯蒂的父母在她高中毕业时给她买了一辆车。凯蒂穿着合身的灰裙子，有一口整齐洁白的牙齿，现在正被某个阴茎短小的牙医打磨着。他们会在治疗结束后送给凯蒂一把免费牙刷。她会连带包装把牙刷扔进卫生间的抽屉里。她只用高档电动牙刷。

她回来的时候，他正躺在沙发上看着电视上播放的低成本动作片。他突然意识到已经过了很久了。好几个小时了，外面都快天黑了。看牙医不需要这么久——其实他也不知道，他已经很多年没看过牙医了。也许凯蒂有很多蛀牙，或者做了根管治疗。让娜姨妈去年做了根管治疗，事后抱怨了一个星期牙疼。一想到一根钻头在完美的凯蒂的嘴里戳来戳去，他隐约感到爽快，这让他觉得自己是个混蛋。

"嘿。"他喊了一声，然后等待她的叹息声，那种表明她还在生气、但已经不那么严重的叹息。他说对不起，然后她皱皱眉头，但她并不是真的在意，然后他会把手放在她的腿上，她会靠在他身上，他们相拥躺在这里看完这部无聊的电影，然后在激烈的和好性爱之后一起回卧室睡觉。

但她没有回应，而是直接走向卧室。他笑了一下。今天直奔主题了吗？

然后他听到咚的一声闷响。怎么回事？他必须调查。

当他走进去的时候，卡梅隆借着月光看到自己的工作靴从阳台边缘飞出去，落在了下面那一小块干枯的草地上。

咚。

另一只靴子落在了人行道上，然后在杂草丛生的裂缝上弹了几下，鞋带拖在后面。

"凯蒂！我们不能谈谈吗？"

她没有回答。

"听着，我很抱歉。我应该告诉你的。"

还是没反应。

咻。

一顶球帽擦着他的耳边飞过。是他最喜欢的旧金山49人队的球帽。够了。没错，他应该告诉她自己被解雇了。但在她把他所有的东西都扔掉之前，他们能不能先好好谈谈？

"凯蒂。"他放慢语速，试探性地把手搭在她的肩头，仿佛她是一只野生动物。

"别碰我。"凯蒂嘟囔着，扭过头去。她从柜子里拽出一条他的内裤，揉成一团扔向阳台。但扔得太轻了，内裤摊开掉在地上。

他弯腰捡起来。"我们能谈谈吗？"

"我不想再这样下去了，卡米。"这是她今天下午看牙医之后第一次与他对视。她的眼睛炯炯有神，就像他们以前在高地沙漠露营时，他在吉普车旁燃起的篝火。但那些日子已经一去不复返了。吉普车几个月前就被查收了。卡梅隆打算联系银行，商量付款安排。他发誓自己真的会去，但银行派了几个混蛋把他的车拖走了。没有第二次机会了。他的机会又少了一次。

"我发誓，我本来要告诉你的。而且这次不是我的错。"

"是的，不是你的错。从来都不是你的错。"

"不是！"她的同情让他如释重负，但只有一瞬间。显然她在讽刺他。他脸颊发烫。"事情很复杂。"她要把他赶出家门。如果他是凯蒂，肯定也会这样做。

凯蒂闭上眼睛。"卡梅隆，这并不复杂。我尽可能简单点说，让你这颗幼稚的大脑也能理解。我们。结束了。"

"可是我已经搞定房租了。"他不死心，思绪回到了让娜姨妈的神秘盒子。他听上去十分绝望，跟着凯蒂从卧室走进厨房，手里还紧紧攥着那条内裤。

"这不是房租的问题！问题是你无法做一个诚实的人。"她拿起放在料理台上的神秘盒子，返回卧室，朝阳台走去。他莫名感到紧张。

"那个给我。"

"随便你。我只要你滚。"她说罢把盒子重重摔在地上，脸色也随之一变，眼中的火焰消失了。她看起来很疲惫。

"你是说让我现在走?"卡梅隆不可置信。她没开玩笑吧。

"不是,我是说下周六,所以我把你的东西都扔出去了,"她翻了个白眼,"当然啊,现在就走。"

"我还能去哪里?"

"与我无关。"她发出空洞的笑声,"我已经不在乎了,但你总得长大,知道吗?"

箱子是个不错的座位,至少比直接坐在路边舒服多了。卡梅隆把东西堆在身旁,在黑暗中等着布拉德来接他。

一直等。等了一个小时。

偏偏今天他没有车。

终于,一盏车灯扫过街角。"你究竟搞什么鬼?"布拉德下车后砰的一声摔上了车门。

"你才是搞什么鬼?为什么这么久才来?"

"让我想想。我在睡觉。现在是周二晚上快十一点了。"布拉德把卡梅隆的东西扔上车,"有的人明天还要上班。"

"嘿,去你的。"

布拉德咧嘴坏笑。"玩笑太过了吗?抱歉。"

"无所谓,我们能走了吗?"卡梅隆举起垃圾袋装的衣服,抬头看了一眼阳台,门还开着,卧室的灯也亮着,毫无疑问,凯蒂正在看着路边发生的一切。他最后朝公寓的方向看了一眼,然后把吉他箱放在那堆衣服上，翻开车尾盖。车盖吱吱作响，最后随着一声金属的响声合上了。

"走吧，"布拉德说着，打开了副驾驶的车门。"上车。"

"谢谢。"卡梅隆小声道谢，跳上座位把盒子放在腿上。

布拉德和伊丽莎白的房子位于城郊，那里的小区就像一夜之间冒出来的疹子一样多。装饰着华而不实石膏柱，假的砖墙，还有带四个车位的车库。典型的中产风格。几年前，他们结婚之后，伊丽莎白的父母给了他们一大笔钱作为房子的首付。这种生活一定很不错。

但卡梅隆一路上什么也没说。布拉德家到他的公寓车程只需十五分钟。确切来说他的旧公寓，现在是凯蒂的公寓。租约上只有她的名字。他刚搬进来的时候，她一直催他在租房合同上加上他的名字，因为凯蒂总是很守规矩。但过了一段时间，她就不再提这件事了。也许她早就料到会这样。

"盒子里是什么？"布拉德问道，打断了他的思绪。

"蜘蛛幼蛇，"卡梅隆不假思索、煞有介事地回答，"几十条。我希望伊丽莎白喜欢蛇。"

半小时后，布拉德在茶几上放了一个杯垫，然后递给卡梅隆一杯冰镇啤酒，卡梅隆解释了事情的经过。

"也许她会原谅你的，"布拉德打着哈欠说，"再给她几天时间。"

卡梅隆抬起头。"她把我的东西扔在草坪上，像演电影一样。

我所有的东西。"

布拉德瞥了一眼角落里的那堆东西。"这真的是你的全部家当？"

"不确切，但你明白我的意思。"卡梅隆皱起了眉头。他的游戏主机还在电视机下面的柜子里呢。为了买那台机子，他可是逃交了透支费。但他宁可把机子留在那儿，也不会回去求凯蒂的。

几个袋子和一个可疑的盒子。这些说不定真是他全部家当了。

卡梅隆盯着布拉德的超大窗台说道："不是谁都能住在大房子里的。"这本是一句玩笑话，却像酸液一样喷涌而出。他试图缓和气氛。"我的意思是要拥抱极简主义。"

布拉德挑了挑眉，盯着卡梅隆看了好一会儿，然后举起了啤酒杯。"好吧，敬你的新开始。"

"谢谢你让我暂住，我又欠你一次。"卡梅隆碰杯，一口啤酒滑过杯口，滴落在桌上。布拉德仿佛凭空拿出一张纸巾，然后俯身擦拭洒落的酒液。

"你欠我不下十次了。午夜后入住有额外收费的。"布拉德玩笑道，但眼神很严肃。"我应该不需要再提醒你：别弄坏任何东西，否则你欠我新家具。"

卡梅隆点点头。上周酒吧表演结束后他借宿时听到了同样的话。伊丽莎白刚刚给客厅换了新家具，显然，坐和躺这类正常的起居室活动是个敏感话题。他以前睡在客房里，但现在客房已经装修成婴儿房了。就在上个月,布拉德为了安装一个可笑的置物架,把壁橱的干墙给拆了,卡梅隆接受比萨作为酬劳帮他修补好了。这种活卡梅隆闭着眼睛都能干,事实上,他有次就是半梦半醒的时候在干活,他被当场解雇的时候,监工也是这么说的。

"说真的,卡米,"布拉德继续说,"最多待两晚。"

"收到。"

"你打算去哪儿?"布拉德把沾满啤酒的纸巾折好,整齐地放在桌边。

卡梅隆跷起腿,把一只运动鞋放在膝盖上,用手指捻着磨损的鞋带。"市中心的新公寓?"

布拉德叹了口气。"卡梅隆……"

"怎么了?我有个朋友在那干过活,他说里面很不错。"卡梅隆想象着自己坐在宽大的真皮沙发上,光着脚踩在崭新的地毯上。他需要一台平板电视,至少八十英寸。他会把它安装在墙上,然后把电线布置在后面,这样就不会露出来了。

布拉德身体前倾,双手合十。"他们不可能把公寓租给你。"

"为什么?"

"伙计,你没有工作。"

"不是这样的。我现在正处于项目间歇期。"

"你永远都处在间歇期?"

"建筑业的项目是周期性的。"卡梅隆直起身来,声音渐渐变得有攻击性。布拉德懂什么是真正的体力工作吗？他每天在一间破旧的小办公室里忙活，给本地的电力公司整理文件。

布拉德曾经说过要离开这里，去旧金山之类的地方。但现在他永远不会离开了，卡梅隆知道原因。他的父母在这里，伊丽莎白的父母也在这里，现在他们四个都要当爷爷奶奶了。周日全家人会聚在一起吃饭。吃蜜汁火腿什么的。他们为什么要离开呢？卡梅隆想，正常家庭的孩子是否有某种特殊的束缚？而他根本没有资格拥有。

"卡米，你的信用评级怎么样？"

卡梅隆犹豫了一下。事实上，他一点头绪都没有。地狱结冰之前他是不会去查的。几年前他买吉普车的时候是六百多美元，但那之后他又做了一些值得怀疑的人生选择。他带着嘲讽地回答："120。"

布拉德摇了摇头。"那大概是你的保龄球成绩。肯定不是你的信用分数。"

"我不否认，我打保龄球很厉害！"

"显然如此。"

卡梅隆用手指轻轻划过球鞋侧面的一连串小洞。可能是凯蒂的狗弄的，这只茶杯犬特别喜欢鞋，尤其是他的鞋。凯蒂把狗送到她父母家养着，但他们每次来都会把它带过来。至少他不用再和那个家伙打交道了。

"你为什么不完成学业呢?"布拉德建议道,这已经不是第一次了,"拿个副学士学位。"

卡梅隆嘟囔了一声。布拉德应该知道上大学要花钱,卡梅隆根本没有钱。但突然间,卡梅隆有了一个想法。一个好主意。"你知道黛尔酒吧上边的公寓吗?"

布拉德点点头。酒吧的常客都知道楼上的那个地方。他们有时开玩笑说,酒保老艾尔如果按小时出租那个地方,肯定可以大赚一笔。

"前几天我听老艾尔说那地方空着,"卡梅隆继续说,"也许他会租给我。"

"他可能会让你把赊的账清了。但也说不定。"

"下周演出的时候,我去问问他。"

布拉德清了清嗓子。"下周?"

"好吧,我明天就去。"

"很好,"布拉德低下头说,"对了,有件事我得告诉你。我想等大家都聚齐了再说,但是……"

"但是什么?"卡梅隆皱起了眉头,"快说吧。"

"嗯,下周'飞蛾香肠乐队'的演出,将是我最后一次表演。"

"什么?"卡梅隆觉得胸口好像被人踢了一脚。

"是的,我要退出乐队,"布拉德做了一个无奈的表情,"孩子快出生了,伊丽莎白和我觉得这样最……"

"你是乐队主唱，"卡梅隆脱口而出，"你不能退出。"

"对不起。"布拉德坐在椅子上，整个人似乎都缩小了，"你能不能先别告诉其他人，我想等到大家都在的时候说。"

卡梅隆站起来走到窗边。

布拉德继续说："有了孩子，一切都会不一样。"

卡梅隆凝视着布拉德家的前院，景观灯亮着，草地像高尔夫球场一样整洁，砖砌的人行道。他感到一阵恐惧，喉咙哽咽了。孩子出生后，布拉德当然会离开"飞蛾香肠"。他早该料到的。"我明白。"他最后说。

"我还是会来看演出的。"

卡梅隆克制自己不发出讥讽的笑声。没有布拉德，就没有"飞蛾香肠"的演出。

"伊丽莎白也来。也许我们可以带着孩子一起来。"布拉德长叹一声，"我真的很抱歉。"

"没关系。"卡梅隆回到沙发旁，拿开装饰枕头，特意摆放得整整齐齐。"很晚了。我该睡了。"

"嗯，好的。"布拉德又徘徊了一会儿，才拿起他们的空杯子。"等一下，你需要床单。"说完然后消失在走廊里。

床单？沙发上铺床单？什么时候开始的？

一分钟后，布拉德拿着一包未开封的床单，把它扔给了卡梅隆。床单是紫白条纹的，卡梅隆敢打赌这一定是伊丽莎白挑的。

紫色一直是她最喜欢的颜色。

　　布拉德像蚊子一样不肯离开。"需要帮忙吗？"

　　"不用。"卡梅隆露出一丝微笑，"晚安。"

　　"好的，晚安。"布拉德在厨房喊道："别把毒蛇宝宝放出来。"

　　卡梅隆没有回答。

我被囚禁的第 1307 天

人类几乎没有什么可取之处,他们的指纹却是微型艺术品。

我看过很多指纹。整天与人类打交道,除了粘在玻璃上抖动的鼻屎,潮湿的腋窝,黏糊糊、散发着花露水和冰棍残留物气味的手掌,指纹是一个幸运的附带品。

当夜幕降临,灯光暗下去之后,它们就变成了水箱玻璃上的一幅幅精美绝伦的壁画。

有时,我会花很长时间盯着这些指纹研究。椭圆的微型杰作。我沿着纹路从外圈向中心描摹,然后再从中心回到外面。每一枚都是独一无二的。我记得所有的指纹。

它们就像钥匙,有特定的形状。

我也记得所有的钥匙。

大白牙

"沙利文夫人?"

托娃打开后备厢,做夜班准备,这时,一个矮个子男人挥舞着一个牛皮纸信封,小跑着穿过索维尔海湾水族馆的停车场,绕过渔民和夜跑的人的车。索维尔海湾停的车大部分很显眼。不知怎的,托娃竟然没有注意到这个从一辆灰色轿车里冲出来的家伙。

"托娃·沙利文?"他又喊了一声,走了过来。

她猛地关上了掀背车。"有什么事吗?"

"很高兴终于找到你了!"他喘着粗气,露出大大的笑容和一口大白牙。这让托娃想到了海峡边缘被海藻包裹的巨石上附着的白色藤壶。

他继续说:"你可不是个容易找到的女人。"

"你说什么?"

"我跟着导航绕着你家地址转圈;你家的电话无法留言。我想是不是需要雇一名私家侦探呢。"

托娃听到答录机留言爆满顿时感到脖子发热，这一指控基本属实，因此更让她不安。但她说出"侦探"时，声音是平和的。

"这种事比你想象的要常见，"他摇摇头，然后伸出手，"我是布鲁斯·拉鲁，是拉尔斯·林格伦遗产的律师。"

"你好。"

"首先，请允许我对你失去亲人表示遗憾。"他的语气听起来并不特别遗憾。"我们的关系并不亲密。"托娃解释道。又来了。

"这样……那我就不占用你太多时间了，但我需要把这个交给你。"他把信封塞给托娃。"你哥哥有一些私人财产，你可能知道。"

"拉鲁先生，我不清楚我哥哥有什么或者没有什么。"她手指滑过信封上的封条，往里面看了看。这是一份文件，上面是一份清单，用的是查特村的信笺。

"那现在你知道了。我们需要找个时间一起处理货币资产，这些是他的财产清单，是一些私人物品。"

"原来如此。"托娃把信封夹在胳膊下。

"你可以事先给他们打个电话，然后顺道过去拿东西。"

"顺道？查特村在贝林厄姆。开车过去要一个小时。"

拉鲁耸耸肩。"听着，去不去随你。但如果没有人出现，过段时间他们会处理掉他的遗物。"

如果没有人出现。据托娃所知，拉尔斯和丹妮丝分手后从未再婚。但她想他一定有一两个情人。或者至少有一个亲密的朋友。这不就是人们搬到那里生活的一部分原因吗？为了社交？但这个叫拉鲁的家伙似乎在暗示没有人为了拉尔斯出现。也许从来都没有人出现过。难道他去世的时候身边只有一个百无聊赖的护士？一个数着钟点、等待下班的医护人员？

"我会去的。"她轻声说。

"好极了。那我在这里的工作就暂时结束了。我会再联系你的。"拉鲁又露出了笑容，"你还有什么问题吗？"

托娃的脑海里翻腾着许多问题，但最终脱口而出的是："你到底是怎么找到我的？"

"啊，山上那家杂货店的收银员非常友好。我在你的住址找不到人，就进去喝杯咖啡，聊着聊着，他提到你会来这里。他人不错，有很重的口音，爱尔兰人？"

托娃叹了口气。是伊森。

今晚的意外惊喜是水族馆的卫生状况还不错。没有干掉的口香糖。垃圾桶里没有黏糊糊的东西。卫生间里也没有难以言表的脏乱。

值得庆幸的是，所有的成员都在自己的水缸里。

"我看到你了。"章鱼的展缸玻璃上都是油腻的指纹，托娃喷上清洁剂，用抹布擦掉指纹，章鱼就在水缸上方的一个角落里盯着她看。现在她看见空水缸已经不稀奇了，有时候它会出现在隔壁海参的地盘。海参似乎是它最喜欢的零食。托娃倒不是认可这种行为，但这让她感到好笑。这是他们的秘密。

他舒展开手臂，向着正前方的游动，眼睛一直盯着托娃。

"今晚不饿吧？"

他眨了眨眼睛。

"一个小时。我在高速上开了一个小时的车。"她嘟囔着，凑近玻璃擦拭一个顽固的斑点。"我不喜欢在高速公路上开车，你知道的。"

章鱼将一只触手贴到水箱内侧，以近乎原始的方式缓慢把身体拉近。它的吸盘今晚看起来呈蓝紫色，紧紧地贴在玻璃上。

她拧了拧抹布。"我也不喜欢那些收容老人的地方。养老院、疗养院……都一样，不是吗？总是有病人的味道。"

章鱼的眼睛炯炯有神，像一块诡异的大理石，注视着托娃折叠抹布的一举一动。

托娃靠在推车上。"拉尔斯总是留下烂摊子。他死前还留给我一件要去处理的麻烦事。他的生活总是杂乱无章。不过，这不是我们不再说话的原因。不，不是这个原因。"

她啧啧咂舌。自己究竟在做什么，跟一只章鱼说话？她确实经常跟这里的生物打招呼，因为她很喜欢它们。但这次不一样，这是交谈。不过话说回来,她之所以这样做,是因为这只章鱼看上去真的在倾听。

这竟然是最不可思议的事。

总之,没有理由。没有,真的。

"晚安。章鱼先生。"托娃礼貌地向它点头,然后向前走去。

海马展区的玻璃上贴着一张手写的便条。托娃认出了特里的笔迹:交配期。请勿打扰。

"哦!"托娃一只手攥着胸口,小心翼翼地在纸张周围观望。又到这个时候了吗?

去年海马产卵时,特里为全体员工举办了一个小小的"满月聚会",一共有八个人参加。麦肯齐值班结束后留下来吹气球,写横幅:快快长大,小牛仔们!兽医圣地亚哥医生带了蛋糕,上面用糖霜写着:海马宝宝万岁!

一般情况下,托娃尽量避免参加派对,但那个蛋糕引起了她的兴趣。埃里克在高二的荣誉生物课上做了一个关于人脑海马体的海报板展览。他用了整整一个板块来介绍词源:海马体这个词源自古希腊语,与海马属的科学术语有着共同的含义,与海怪有着神话上的联系。也许我们的大脑里都住着海怪,埃里克把海报板摊放在餐桌上,一边开玩笑,一边把一大张纸贴上去。

不管怎么说,如果特里和麦肯齐今年想继续举办聚会,那么现在应该已经开始准备了。虽然托娃还没听说过这件事,但她确信他们绝不会把她排除在外。至少不会刻意这样做。

如果真的要庆祝，肯定会搞得乱七八糟。这件事本来就很荒唐。去年她告诉针织小组的人之后，大家也是这么说的。

她也许是世界上唯一一个认为海马宝宝比人类宝宝更有趣的人。

她走进杂货店，伊森正在擦拭收银机，看到她之后露出了大大笑容。"托娃！"

购物篮整齐地堆放在报摊旁边，托娃径直走过它们，也没有去推嵌套在一起的购物车，而是直接走向收银台。她不是来购物的。

"晚上好，伊森。"

他的脸开始泛红。片刻后脸就和胡子一样红了。

"我工作的地方刚刚来了一位访客。你知道这件事吗？"

"是的，一个有一嘴大白牙的家伙。"伊森把抹布叠好，塞进围裙口袋，一脸腼腆，"他说有重要的事，我才告诉他的。好像是跟你哥哥的遗产有关。"

托娃咂舌。"遗产。他是这么跟你说的吗？"

"嗯，是的。谁不想要遗产呢？"

托娃叹了口气。伊森为什么总是急于插手别人的事？她语气生硬地说："显然，我哥哥去世之后在疗养院里留下了一些私人物品。我可以肯定，没有什么值钱的东西，但现在我必须去把它们取回来。"

伊森看起来真的感到懊悔，绿色的大眼睛里满是愧疚。"该死的，托娃。对不起。"

"过去至少要开一个小时的车。"

"啊，那是有点远。"他说着，抠了抠大拇指上的老茧。

托娃仔细观察自己的运动鞋。她没有寻求帮助的习惯，但伊森的话似乎是真诚的，一想到要在高速公路上来回奔波两个小时，她就感到不安。"我想接受你的提议。"

"提议？"伊森抬起头，声音变得轻快起来。

"是的。如果我需要什么帮助，你说过的。我现在需要一点帮助。"

"任何事都可以，亲爱的。你需要什么？"

托娃艰难地咽了口唾沫。"我需要你载我去贝林厄姆。"

我被囚禁的第 1308 天

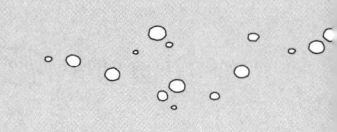

海马又开始繁殖了。

人类表现得震惊和兴奋，好像这是个惊喜。我向你们保证，事实并非如此。海马每年都在同一时间产卵。在我被囚禁的这段时间里，已经目睹了四个繁殖周期。

过一段时间就会出现数百条海马幼苗。也许是几千条。一开始只是一团雾蒙蒙的卵，几天后就会变成一堆蠕动的肢体，它们与父母毫无相似之处。事实上，它们看起来就像主水箱沙地上爬行的虫子。

这真是太奇妙了，新生儿怎么会和它的创造者如此不同。

人类就不同了。我观察过各个生命阶段的人类，他们在任何时候都毋庸置疑是人类的样子。尽管人类婴儿生活无法自理，必须由父母抱着，但没有人会把他们误认为是别的生物。人类由小变大，有时候在生命尽头还会缩小，但他们始终有四肢，二十个指头，两只眼睛长在头的前面。

他们对父母的依赖时期异常漫长。当然，最小的孩子需要帮助才能完成最基本的任务：吃饭，喝水，大小便。他们弱小的身体和笨拙的四肢很难完成这些活动。但奇怪的是，虽然他们的身体逐渐变得强壮和独立，他们的挣扎仍在继续，遇见任何一丁点小事都会召唤父母亲：鞋带松了，果汁打不开，跟另外一个小孩打架。

幼年人类是不可能在海洋里生存的。

我不知道太平洋巨型章鱼是如何产卵的。我的幼苗会是什么样子？我们像海马一样会改变形态，还是像人类一样平凡无奇？我想我永远不会知道。

明天会有很多人。特里甚至会延长开门时间，以便让更多想看海马产卵的人类进来。这些不守规矩的人会匆忙路过我的水箱，大多数人对其他任何事情都不感兴趣。

但每隔一段时间，就会有一些人停留在我的水箱前。我总是和他们玩一个游戏。我舒展触手，让肢体在水泵制造的人工水流中漂荡。我把触手一个接一个吸到玻璃上，人类看到后慢慢靠近，然后我把整个身体拖到水箱玻璃前，盯着那个人的眼睛。这时人类会呼叫他们的同类过来，随着脚步声靠近转弯处，我立刻退回到岩石后面，只留下晃动的水声。

人类的心思真是太好猜了！

只有一个例外。拖地的老太太不跟我玩这个游戏。她跟我说话。我们……交谈。

快乐终点

伊森不停地想着一件事：针织小组中任何一位成员都可以送托娃去贝林厄姆，她们肯定知道她不愿意在高速公路上开车。但她请求他的帮助。

今天早上，他早起了一个小时洗澡、修剪胡子，把自己收拾得干净利落。大家都知道托娃喜欢一切保持干净整洁。可能是因为他天刚亮就起床，多喝了一杯茶，于是现在手指不停地敲打方向盘，就像在弹钢琴一样。

"你还好吗？"副驾驶上的托娃再次发问。她停下手头的填字游戏，把铅笔丢在摊开放在腿上的报纸上，一只手拂掉了座位上的一条棉絮。他今天早上应该再提前一个小时——五点就起床，那样他就有时间整理卡车和自己了。

"嗯，我没事。为什么这么问？"

她脸上洋溢着美丽的微笑。"蜜蜂手。"

"蜜蜂什么？"

"蜜蜂手。就是手指很忙。以前埃里克手指不听使唤的时候我就这么说。"

听到这个名字，伊森吓了一跳，他深吸一口气，驱赶四肢的紧张感。"蜜蜂手。真是聪明的比喻。"他在脑海中演练了一个早上咖啡因摄入过多的解释，扭头发现她又沉浸在字谜中，一边研究报纸，一边用橡皮敲打着下巴。

这事就算了吧。他搜寻着自己花了半个晚上排练的话题，但不知为何现在什么也想不起来。唯一浮出水面的话题是：死去的兄弟，死去的丈夫，死去的儿子。啧啧。他还在为她提起埃里克感到震惊，但那一刻已经过去了。

他最终问道："你在研究什么？"多么愚蠢的问题，谁都看得出那是个填字游戏。

她皱起眉头。"昨天的字谜。我已经落后了。"

"落后了？"他笑了，"你每天都填这个？"

"当然了。这是每日填字游戏。我每天都完成当天的。"

"如果错过了一天呢？你会……补上吗？"

她填着格子，铅笔划过报纸。"那是自然。"

查特村长期护理中心坐落在连绵起伏的绿色山丘中，一条蜿蜒绵长的车道从中间穿过。他们驾车驶进园区，主车道两边分出一些小路，路边立着标识：记忆中心。网球馆。急诊室。俱乐部。这里应有尽有。最后，一个路标指向了接待处，伊森踩下了油门。车驶过一个转盘，经过了一对爬满常春藤的褐红色砖柱时，他低低吹了一声口哨。这里说是豪华也不为过，看起来像一所高级预科学校或大学校园，完全不像是一个老年人打打网球静待生命凋零的可怜归宿。

"就是这里吗？"

托娃一脸凝重。"是的，应该是这里。"

伊森熄了火，疑惑地看了她一眼。"你没来过？"

"没有。"

他忍住再次吹口哨的冲动。托娃说拉尔斯在这里住了十年。难道她真的一次也没来过？

她拿起包，把报纸塞了进去。"我们走吧？"

"好的。"伊森匆忙下车去帮托娃开门，但当他小跑到副驾驶那边时，她已经大步走向庄严的大楼。

伊森在接待区等着，前半个小时很是煎熬。皮质的椅子非常柔软，阅读材料却非常糟糕。《国家地理杂志》《美国退休者协会杂志》和一些枯燥的华尔街小报。难道他们就不能买点有趣的东西，比如《滚石》，《人物》也行啊！伊森很享受窥探名人八卦这种低级趣味。他的蜜蜂手又回来了，在矮茶几上不耐烦地敲打着。他站起身来，查看大厅角落里的茶点桌，令人费解的是，那里只提供咖啡，没有茶。这么多皮革和常春藤，却连一丁点格雷伯爵茶都没有？真是差劲。

他从茶具当中取出一只一次性杯子，倒了一杯低因咖啡，反正是免费。他其实不太喜欢喝咖啡。伊森19岁那年，曾在格拉斯哥的儿童动物园工作过一段时间，负责清理大象的围栏。有一次，另外两个在那里干活的工人恶作剧，把大象粪便放进了榨汁机，榨出来的东西看着很像……咖啡。从那以后，咖啡的味道对他来说就不一样了。

托娃匆匆离开之前，他让她别担心时间，慢慢整理哥哥的东西，但现在他突然意识到自己没有经历过这样的事，所以不知道需要花多久。他要在这里等上一整天吗？他应该带本书来。

前台传来一阵嘈杂的声音。似乎是一队来参观设施的游客。

领队的女士穿着灰色西装，扎着光滑的琥珀色马尾辫，充满自信地向这一小撮人介绍："欢迎来到查特村，我们专业提供快乐终点。"

伊森差点把咖啡吐出来。快乐终点？这是谁想出来的？

灰色西装皱着眉头看着他。"先生？"

"怎么了？"伊森用袖子擦了擦下巴上的咖啡。

"您要加入我们吗？"

"我？"他侧过头看了一眼，仿佛身边站着另外一个"先生"。然后他不以为意耸了耸肩。"当然可以。"反正也是打发时间。

"这边请。"她礼貌地笑了笑，示意他跟上队伍。

伊森必须承认：住在这里人看起来确实很开心。也许那个可笑的口号是有道理的。

这里有台球室，品种丰富的自助餐厅，甚至还有游泳池和按摩浴缸。住客可以享受客房服务，每天都会换上600针的新床单。参观结束时，伊森觉得自己差不多已经同意要入住了。他当然负担不起。工会的养老金在这种地方根本不够花。

一小时后，当托娃抱着一个盒子出现时，伊森从舒适的皮椅上一跃而起。

"没事吧，亲爱的？"

"当然。"托娃穿着紫色羊毛衫，显得非常瘦小，盒子让她的身材显得更加纤细。

这一次，他赶在她前面走到副驾驶为她开门，她礼貌道谢。他接过盒子，在后排找了个位置放好。除了盒子以外，还有一张疗养中心网球场的宣传页，一个满头银发、穿着白色短裤的男人正挥舞着球拍。

托娃调试安全带的时候，他偷偷多看了一眼。

那不是一张花里胡哨的广告页，是一整套关于查特村护理中心的材料："我们专业提供快乐终点！"

文件夹里有一张松散的纸露出来。

是申请表。

我被囚禁的第 1309 天

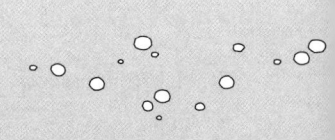

你们人类爱吃饼干。我想你知道我说的是哪种食物吧？

圆形的，和普通蛤壳差不多大。有的上面有黑色小碎块，有的上面涂着或者撒着一层粉末。有的饼干嚼起来绵软无声，安静地在人类口中移动。有的饼干嚼起来酥脆响亮，咬一口就会碎掉，残渣掉落在满是灰尘的地板上，一名叫托娃的老女人会来清扫。我在被囚禁期间观察了许多饼干。靠近入口的自动食品售货机里有很多不同种类的饼干。

你能想象我听到圣地亚哥医生今晚所说的话时有多么迷惑吗？

"我也不知道还能说什么，特里，"圣地亚哥医生抬起肩膀，举起双手，"我见过很多章鱼，你的这只小饼干[1]真是太聪明了。"

他们在讨论所谓的谜题：特里将一个透明塑料铰链盒放进我的水箱，盒子里有一只螃蟹，盒盖上有闩。他和圣地亚哥医生俯

---

1 类似于"小家伙"的昵称。

的水箱，盒子里有一只螃蟹，盒盖上有闩。他和圣地亚哥医生俯下身，透过玻璃往里看。我毫不迟疑地抓住盒子，打开插销，掀开盖子，吃掉了螃蟹。

这是一只正在蜕壳的红岩蟹。柔软多汁。我一口就吃光了。

特里和圣地亚哥医生很不高兴。他们皱着眉头，争论不休。我想我打开盒子的速度远远超出了他们的预期。

我是个聪明的饼干。我当然是智慧型生物。每一只章鱼都是如此。每一个在我的水箱前驻足观察的人，我都记得他们的脸。分辨图像对我来说易如反掌。我知道黎明日出的光线如何在墙面上跳跃，随着季节更替而变化。

当我选择倾听，我能听到一切。我可以根据水流撞击岩石的声调，判断出监狱墙外何时退潮。我选择看的时候，视力是绝对精准的。我可以通过水箱玻璃上的指纹识别出指纹的主人是谁。字母和单词很容易学。

我会使用工具。我会解谜。

其他囚犯都没有这些技能。

我有5亿个神经元，分布在八条手臂上。我时常想，我的一根触手是否比一整颗人脑更加聪明。

聪明的小饼干。

我很聪明，我不是自动售货机分发的零食。

这真是荒谬的说法。

也许不是马拉喀什

麦克大厦太安静了。天花板不会因为楼上住户的脚步声而震动。卡梅隆的手机电池闪着红光，他在行李袋底部翻找充电线，但它还留在凯蒂的床头柜上。他几乎确定它还在插座上，这下真正的电力不足了。

布拉德或伊丽莎白也许有备用的。他蹑手蹑脚地走进厨房，尽可能小声地打开抽屉。银器整齐地排列着，一整层都是烤箱手套。为什么需要那么多烤箱手套？他们是在为步兵团做饭吗？餐具上都刻着伊丽莎白和布拉德利·伯奈特的名字首字母缩写：EBB。刚好跟退潮（ebb）一个意思。他们俩正驶向大海，挥手向独自留在岸边的卡梅隆告别。

"嘿。"走廊里传来一个声音。

"伊丽莎白！"卡梅隆猛地推了一下抽屉，但高级橱柜的门缓慢轻柔地关上了，好像在嘲笑他。

"我不是要故意吓你的。"她微笑着，一只手拿着空杯子，另一只手放在肚子上，淡蓝色的长袍之下，肚子仿佛要破壳而出。"我起来喝杯水，然后一小时后就得跑厕所。最近我的膀胱好像只有糖豆那么大。"她打开灯，然后走到冰箱前，把杯子放到饮水机下面。

"真不敢相信你们要有孩子了。"卡梅隆感叹道。布拉德和伊丽莎白已经结婚三年了，卡梅隆是他们的伴郎，但这种感觉仍然很……奇怪。他和伊丽莎白从幼儿园起就是最好的朋友，布拉德是个好人，但一直都徘徊在他们朋友圈的边缘。高中时，布拉德配不上伊丽莎白，但不知怎么的，几年后他们走到了一起。现在结婚了，甚至有了孩子。

"孩子？我以为我只是胀气了。"伊丽莎白眯着眼戏谑道，"你怎么还没睡？"

"手机没电了。"他举起奄奄一息的手机，"你们有多余的充电器吗？"

伊丽莎白挥了一下手。"在杂物抽屉里。"

"谢谢。"他拿出一根卷得整整齐齐的电线。

伊丽莎白皱着脸小心翼翼地坐上中央操作台旁的一张高脚凳上。她喝了一大口水。"很抱歉听到你和凯蒂分手的事。"

他瘫坐在她旁边的凳子上。"是我搞砸了。"

"我想也是。"

"谢谢你的同情，蜥蜴人。"

"不用谢，骆驼人。"她笑着用他小时候的昵称回敬他，"那么，以后你要怎么办？"

卡梅隆抠着他最喜欢的连帽衫袖口的破损处，把绿色的线头碎屑堆在柜台上。"我会找个新地方。黛尔那边的公寓就不错。"

"黛尔的？真恶心。"伊丽莎白皱了皱鼻子，"你能找个更好的。再说了，将来卡米叔叔来看望小宝宝的时候总不能一身陈年啤酒味吧？"

卡梅隆用额头抵着花岗岩桌面休息了片刻，然后抬起头来。"我现在可没那么多选择。"

伊丽莎白俯身把线头扫到掌心。"顺便说一句，那件运动衫也很恶心。布拉德很久以前就把他的那件扔了。"

"什么？为什么？"这确实不是"飞蛾香肠"乐队的正式装备，但整个乐队都有。几年前的事了。大家一直计划着丝网印刷图案。

"你上次洗衣服是什么时候？"

"上周，"卡梅隆嘟囔着说，"我又不是动物。"

"嗯，还是很恶心。都快要散架了。而且我永远也不明白，你们为什么要选那个婴儿便便的颜色。"

"这是飞蛾绿！"

伊丽莎白看着他良久。"你为什么不去旅行？"她轻声说，"为什么还困在这里？"

他眨了眨眼睛。"我能去哪儿？"

"旧金山。伦敦。曼谷。马拉喀什。"

"哦，当然了。我应该召唤一架喷气式飞机，飞越半个地球开始旅行。"

"好吧，马拉喀什就算了。"她压低了声音，"老实说，我都不知道在哪里。我昨晚在《命运之轮》的谜语看到的。"

"在摩洛哥。"卡梅隆几乎是脱口而出。他没去过那个地方，也没打算去。

"对，大聪明。布拉德和我看电视的时候在沙发上睡着了，否则我可能就记住了。"

卡梅隆皱了皱鼻子。"提醒我永远别结婚。"

"如果你结婚，我会很震惊的。"她表情痛苦地摇了摇头，用胳膊托住自己的大肚子。"好了，我回去睡觉了。好消息是，"她离开厨房，把杯子放到水槽里，"我现在就想尿尿。谢谢你跟我聊天。一石二鸟。"

"不客气。"他攥着手机充电器，朝客厅走去。"明早见。"

"明早见。"她关上灯，消失在走廊尽头。

一个小时。

两个小时。

三个小时。

卡梅隆的脸笼罩在手机屏幕的蓝光中。有一段时间，凯蒂试图禁止他在卧室里使用手机，因为她读了一篇光上瘾的文章，人的脑电波会被蓝光扰乱。他一直以为那是无稽之谈，但现在眼睛烧疼，大脑混乱不堪。

他把凯蒂所有的社交媒体都翻了一遍，没有任何新的消息。她没有屏蔽他。现在还没有。他的食指停留在她的名字上。只要轻轻一碰，就能拨通电话。但她可能已经睡着了。他不在，她应该睡得比以往任何时候都要好。

他从未真正属于过那里。那里从来不是他的家。他需要放手。

他点开一个公寓出租应用程序，浏览照片，每个平面图都有光线充足的窗户和干净的操作台。每间厨房都摆着一碗新鲜水果：两个橘子，一根黄香蕉和几个红彤彤的苹果。照片里每个都一模一样。就好像是把同一个水果碗搬到不同的公寓里拍照。他们拍完照片后，谁来拿水果？谁会吃红苹果呢？如果能摆上热气腾腾的比萨和六罐装啤酒，营销效果会更好。

那些花哨的水果公寓不适合他。黛尔的地方就不错。不过老艾尔不是白痴，他肯定会要押金的。是时候打开那个盒子了，也许那个不靠谱的老妈有什么值钱的东西可以当了。

他去客厅取盒子，前院的安全灯突然开始闪烁。卡梅隆吓了一跳，是一只浣熊。这是他见过的最胖的浣熊。就连这里的害虫生活得都很不错。就算那只浣熊像个中产家庭的父亲透过窗户瞪着他，问他为什么这么晚还不睡觉，他也不会感到稀奇。

他穿着袜子用脚尖轻轻推着盒子，地面发出轻微的刮擦声。他重重地坐进沙发里，掀开第一层盖子，一股灰尘扑面而来，他干咳起来。让娜姨妈的医生总是把她长期咳嗽归咎于烟瘾，但拖车里的灰尘也是元凶之一。抽烟的念头一旦出现就完全无法忽视了。他知道自己应该戒烟，但还是拿起盒子，把最后一包烟塞进束口裤的口袋里，朝外面走去。

月光照亮了盒子里的东西，他把东西一件一件摆在庭院的桌子上。揭开悬念出人意料地令人振奋。那些拍卖仓库的真人秀节目受欢迎不是没有道理。

可惜兴奋是短暂的。因为盒子里的东西平平无奇。

没用完的口红。

一个文件夹，好像是高中作文之类的手写文件。无聊且毫无价值。

一张演唱会票根，1988 年 8 月 14 日在西雅图中心体育馆举行的白蛇摇滚乐队演唱会。不但没用，音乐品位也很有问题。

大约一百万个发圈，就是女孩们用来扎头发的东西。

一堆古老的磁带。那时候的乐队都梳着难看的发型。还有空白的磁带，可以自己录制音乐。可能会很有趣，但现在谁还听磁带？无论如何，都没有转售价值。

卡梅隆吸了一口烟，感到大失所望。让娜姨妈为什么要给他这些垃圾？没有任何东西能让他对母亲产生一丝温暖的情感。更重要的是，这些东西一分钱都卖不出去。

他拿起空盒子，一个黑色的拉绳小袋子从里面掉了出来。是珠宝。中大奖了！四只手镯，七条项链，两个空的盒式吊坠，一条断掉的银链子。遗憾的是，这些珠宝都不像钻石，但有些似乎是黄金。总之，可以典当。

他捋了捋袋子，确保没有东西遗留，但是有东西卡在底部。他摇了摇，那东西终于掉了出来。像是一团纸……但太重了，不可能是纸。不，那是一张旧照片，卷在一个班级纪念戒指中间。他把照片拿到离脸几英寸的地方，读着上面的刻字。

索维尔海湾高中1989届。

他抚平照片，即使在昏暗的光线里，他也能辨认出十几岁的母亲，她面带微笑，双臂环抱着一个他从未见过的男人。

布加迪和金发女郎

在威尔生病之前,托娃经常为两个人准备野餐:奶酪,水果,有时还有一瓶红酒,带上两个塑料杯子。如果汉密尔顿公园的潮水处于低位,他们就会爬下去,坐在海堤下的沙滩上。他们把赤脚埋在粗沙里,任凭海水冰冷的泡沫冲刷脚踝。

托娃把掀背车停在空地上。对于这块狭长的湿草地,外加两张破旧野餐桌和年久失修的饮水机来说,"公园"这个词显得非常慷慨。

现在,每当电视都无法打破难以忍受的安静,托娃不得不逃离一个人的家时,她就会来这里独自思考。

夏天突然到来,沐浴在阳光灿烂的天气里的野餐摸上去出奇的烫手。她打开报纸上的填字游戏,拂去橡皮屑。潮水退去,水面平静,海浪沉重而慵懒地拍打着沙滩。没过几分钟,托娃就后悔自己没戴帽子。太阳晒得她头顶发烫。

"让我看看。"她对着填了一半的字谜方格说道。这是她早上喝咖啡时的成果。她继续填六个字母：金发女郎的哈利。

她用铅笔在线索下画了一下。有一个摇滚乐队叫"金发女郎"。有一年圣诞节，她给埃里克买了一盘磁带。那时他大约十岁，可能是1979年或者1980年吧。他不停播放了几个月，直到磁带都变声了。托娃可以想象出磁带的封面是一个身穿闪片连衣裙的红唇金发女郎。但她不认为那位女士叫哈利。所以，这条线索也许是关于别的东西的。

托娃继续下一个，她不会停留。

下一条线索是三个字母：法兰绒特质。"说起软蛋。"托娃一边嘟囔着，一边填着方格：绒面。

一辆自行车呼啸驶来，打断了托娃的思绪六个字母：意大利汽车制造商布加迪。两声咔哒声，是脚踏板松开的声音。一位男士穿着花哨的钉鞋，艰难地走向饮水机。他又高又瘦，但蹒跚的步伐让托娃想起了企鹅。

托娃说："恐怕那个是坏的。"

"啊？"那人转头看向托娃，好像很惊讶她会出现在这里。

"饮水机。坏了。"

"哦，谢谢。"

托娃侧过头，看着他把嘴对准水龙头。他一边转动把手，一边咒骂。

"镇政府应该把这个修好。"他抱怨道，摘下墨镜，用渴求的眼神看向远处的潮水，似乎在认真思考海水的味道能有多糟。

托娃从包底翻出一瓶未开封的水。她总是随身带着一瓶，以备不时之需。"你想喝点水吗？"

他抬起手拒绝。"哦，不行，我不能喝你的水。"

"拿去吧，我坚持。"

"那好吧。"男人走过来，钉鞋踩得草地吱吱作响。他拧开瓶子，咕咚咕咚几秒钟就喝光了。"谢谢。这里比我想象的要热。"

"是的，我也这么觉得。夏天终于来了。"

他把太阳镜放在桌上，坐在她对面。"没想到现在还有人做填字游戏。"他俯身靠近，伸长脖子看着字谜。托娃不情愿地转动报纸，让它侧对着他们俩。他们一起盯着它。海峡某处传来一阵海鸥的叫声，打破了沉默。一滴汗水从男人的下巴滑落，浸湿了报纸的意见专栏，托娃抑制住不适。

"埃托尔，"他突然说。

"你说什么？"

"埃托尔。意大利汽车制造商的六个字母。埃托尔·布加迪，"那人笑着说，"那些车可真是漂亮。"

托娃用铅笔填空。单词对上了。"谢谢。"她说。

"哦！那一个是黛比。金发女郎的黛比·哈里。"

当然了。托娃咂舌，一边写一边骂自己。填完之后，那个男人举起手来击掌。托娃犹豫了一下，伸出手拍了拍他汗津津的大手掌。

这个动作很傻，但她并不介意一笑了之。

"天啊，我当年还暗恋过黛比·哈里呢。"他笑着说，眼角都是笑纹。

托娃点点头。"是的，我儿子也很喜欢她。"

男人盯着她，突然睁大了眼睛。

"天哪！"他低声说。

"你说什么？"

"你是埃里克·沙利文的妈妈。"

托娃愣住了。"是的，我是。"

"哇。"那人小声说。

"你是？"托娃强迫自己问出这个具体的问题，然后压制住无休止追问的冲动：你认识他吗？你当时在场吗？你知道些什么？

"我是亚当·赖特。我和埃里克是同学，我们一起上过几节课，高三的时候，在他……"

"在他死之前。"托娃再次填空。

"对，我……很抱歉。"他踏上脚踏板，"嗯，我该走了。谢谢你的水。"他蹬着车离开，自行车的链条发出嗡嗡声。

托娃坐在野餐桌前良久，看着那张未完成的填字游戏，心里默念那些她本该问的问题。平复呼吸。

这个亚当·赖特。他参加葬礼了吗？他参加学校足球场举行的祈福守夜吗？

家里有待洗的东西。这天是周三，这意味着她要换洗床单和一周的毛巾。

她上周从查特村取回的法兰绒浴袍整齐地叠放在洗衣机顶部。护士说拉尔斯多年来一直穿着它。托娃后悔把它拿回来。去世的哥哥的旧家居服？难道他们就不能把它洗干净转送给别人吗？捐给慈善机构？把它剪开当抹布使用？托娃就是这样处理自己的旧衣物的。

当托娃犹豫不决时，护士说很多人都珍藏这类东西。

于是现在它出现在她家，提醒着她托娃和很多人都不一样。

上周，她想剪下睡袍的下摆，用来做抹布，后来改变了主意。她已经有很多抹布了。

拉尔斯的私人物品还包括一小沓照片。包括一些很久之前的照片，是她和拉尔斯童年生活的片段。托娃把这些照片放在家庭照片盒中，夹在自己的相册中间，放到阁楼上。

还有一些比较新的照片，托娃不认识照片中的人。一些拉尔斯和她断交之后的生活片段。鸡尾酒会上微笑的中年人。一群在山间瀑布下驻足的徒步旅行者。这是她从未见过的拉尔斯。她把这样的照片都扔进了垃圾桶。

有一张照片不属于任何一类。照片中，拉尔斯和十几岁的埃里克并排坐在一艘帆船上,两双长腿垂挂着,被日光晒得黝黑的肤色跟亮白色的船身形成鲜明对比。

拉尔斯教埃里克驾驶帆船,传授了所有的技巧,甚至为不太可能出现的航海状况提供解决方案。比如,如何利落地剪断锚绳。

这张照片让人心痛。托娃差点把它扔进垃圾桶,但在最后一刻忍住了,她把它塞进厨房抽屉的后面,跟锅垫和毛巾放在一起,尽管它不属于那里。

我被囚禁的第 *1311* 天

如果说有什么话题是人类永远都说不完的,那就是他们的户外环境。尽管他们讨论得很多,但人类最让我难以置信的是……嗯,难以置信。就说那句愚蠢的话:你敢相信现在的天气吗?我听过多少次了?确切说有1910次。平均每天一次半。别再跟我说什么人类的智慧。他们甚至无法理解可预测的气象事件。

想象一下,如果我大摇大摆走到邻居海蜇面前,一边难以置信地摆动着身体,一边发表这样的评论:你能相信水箱今天冒出的气泡吗?太荒谬了。

(当然了,这件事本身也很荒谬,因为海蜇不会回答。它们无法进行这种程度的交流。它们也无法被教导。相信我,我试过了)。

太阳,雨,云,雾,冰雹,雨夹雪,雪。人类双脚直立在地球上行走了几百上千年。怎么想他们都应该相信了。

今天,他们的额头上都沁出了咸湿的汗水。有些人把入口处发放的小册子当成扇子不停挥舞。几乎所有人都穿着短款的衣服和系带凉鞋,双腿露着肉,趿拉着凉鞋鞋底。

他们不停地抱怨天气太热。你能相信现在的天气吗?今天已经 17 次了。

换季了。已经有一段时间了,白日的时间长,黑夜的时间短。很快,我将迎来一年中白日最长的一天。人类称之为夏至。

我的最后一个夏至。

没有什么能永远沉没

第二天下午,托娃坐在科莱特美容店的吹风机下,旁边是芭芭拉·范德胡夫。科莱特美容店在索维尔海湾市中心开了近五十年,店门漆成粉红色,没有换过地方。科莱特本人已经七十多岁了,和针织小组成员一样,但她拒绝退休,没有把美容院的经营全部交给她雇用的年轻发型师。

对此托娃很是感激。虽然她并不是一个虚荣的女人,但她允许自己享受这样的时刻。她不相信别人能把她的头发做得恰到好处。几分钟前,她看着科莱特灵巧地修剪芭芭拉的头发。科莱特真的是这里最好的发型师。

"托娃,亲爱的。你最近怎么样?"芭芭拉在头盔式吹风机允许的范围内尽量靠近她,格外强调"怎么样"。似乎是要先发制人,打消托娃假装没事的任何企图。芭芭拉总是能高效地识别出别人胡扯,托娃十分佩服这种品质。

不过,托娃也因为自己不做伪装而感到自豪。她如实回答:

"还好。"

"拉尔斯是个好人。"芭芭拉摘下眼镜,任其连着珠链掉在胸前,用手帕的一角点了点渗出泪水的眼睛。托娃忍住了嗤笑的冲动。她已经不是第一次看到芭芭拉这样介入别人的悲剧了。托娃和拉尔斯淡出彼此的生活之前,芭芭拉和拉尔斯见面的次数屈指可数。

"他走得很平静。"托娃装作权威地说道,隐瞒了这是第三手消息的事实。查特村的人当时紧紧抓住她的胳膊,向她保证,拉尔斯生命的最后时刻没有感到任何痛苦。

"能安详地离开是件幸福的事。"芭芭拉抱着胸口说。

"设施也很不错。"

"哦?"芭芭拉歪了一下头。这对她来说是个新的信息。托娃没有向针织小组的成员提起过她的贝林厄姆之行,看来在杂货店收银的伊森·麦克这次终于没有多嘴多舌。

"是的,我去拿了他的私人物品。没什么东西。那里很干净,管理不错。"

"他在哪儿?"

"查特村。在贝林厄姆。"

"哦!"芭芭拉重新戴上眼镜,翻阅膝上的杂志,"这个地方?"她举起一整页的广告,上面是庄严的查特村的园区照片,在万里无云的天空下,草坪绿得很不自然。

"对，就是这里。"

芭芭拉把页面移到离鼻子几英寸的地方，眯着眼睛看着小字。"看！上面说那里有一个海水游泳池。还有电影院。"

托娃没看。"真的吗？"

"还有水疗中心！"

"这比我想象中的要豪华。"托娃同意道。

芭芭拉不屑地吐了口气，合上杂志。"不过我的安迪绝不会让我住养老院的。"

"当然不会。"托娃点点头，她的嘴角不完全是微笑，也不完全是讪笑。

芭芭拉用杂志给自己扇风。坐在头发烘干机下面会很热。

"没错。"托娃从烘干机旁边的矮桌上拿起一本破旧的《读者文摘》，假装在看目录。她当然知道海水游泳池、电影院和水疗中心。她从查特村带走的那份资料就放在家里的茶几上。她至少看了三遍了。

"准备好了吗，托娃？"科莱特爽朗的声音从沙龙对面传来。托娃推了推太空时代的头盔，拿起自己的钱包，向芭芭拉·范德胡夫礼貌地道别，然后去修剪头发了。

那天晚上在水族馆，特里办公室的灯亮着。托娃从门缝里探出头来打招呼。

"嘿，托娃！"特里招手让她进去。特里的办公桌上放着一堆文件，最上面是一个白色的外卖纸盒，一双筷子像天线一样竖着，托娃知道那是埃兰中餐馆的蔬菜炒饭。那天晚上就是这个盒子把章鱼从它的水箱里引了出来。

"晚上好，特里。"托娃低下头。

"休息一下吧。"说着指了一下办公桌对面的椅子。他拿起一块塑料包装的幸运饼干。"你要来一块吗？我每次至少收到两块，有时候三四块。不知道他们觉得我这一品脱炒饭是多少个人吃。"

托娃笑了笑，但没有坐下，仍然站在门口。"那真好。不过不用了，谢谢。"

"随你。"他耸耸肩，把它扔到了杂物堆上。特里的书桌上杂乱无章地堆放着文件，这种状况总是让托娃手心发痒。一会儿她会推着清洁车来打扫，给桌子后面的三个相框除尘。里面的照片一张是特里的女儿小时候在游乐场荡秋千。一张是特里搂着一位年长女性的肩膀，那是他的母亲，深棕色的皮肤，一头乌黑的卷发，脸上挂着跟特里一样宽厚的笑容。还有一张是特里的大学毕业照，他的长袍的袖子被风撩起，紫金色的流苏从学位帽上垂下。照片旁边是学位证书：华盛顿大学海洋生物学理学士，最优等生泰伦斯·贝利。

托娃家里的壁炉上没有这种照片。如果那个夏夜的事没有发生，埃里克秋天就会进入那所大学。

特里拿起筷子，捞起一口米饭，对于一个在牙买加的渔船上长大的年轻人来说，他动作熟练，像是天生就会一样。年轻人学东西就是快。他嚼了几口之后说："你哥哥的事我很遗憾。"

"谢谢。"托娃低声说。

特里用薄的外卖餐巾擦了擦手指。"是伊森告诉我的。"

"没关系。"托娃说。对伊森来说，一边扫描商品，一边找话题聊天一定是个挑战。她绝对会讨厌这个工作，整天都得闲聊。

"不管怎样，碰见你真好，托娃。我想请你帮个忙。"

"什么事？"托娃抬起头，对迅速转换话题表示感激。终于有人不再对她的损失没完没了表达惋惜了。

"你今晚能擦一下前窗吗？就擦里面。"

"当然可以，"她回答，然后补充道，"我很乐意。"她是认真的。大厅宽大的窗台上总是积满了污垢，现在没有什么比喷洒清洁剂，然后用抹布把玻璃上的污渍和污痕都擦干净更让她高兴的事了。

"我想让门面干净整洁，迎接周末的人群。"特里用手摸了摸自己的脸，看起来很疲惫，"如果你来不及去其他楼层也不用担心，好吗？我们可以下周继续。"

国庆节是水族馆最繁忙的周末。在索维尔海湾的鼎盛时期，镇上曾经举办过盛大的海滨节。现在就是比平时忙一点儿。

托娃戴上橡胶手套。水泵房要打扫，前窗也要完成。今晚要干到很晚，但她从不介意熬夜。

"你真是救星，托娃。"特里对她露出感激的笑容。

"我很乐意有事干。"她也回以微笑。

特里整理着桌上的文件和乱七八糟的东西，一件银色的东西吸引了托娃的目光。那是一个看起来很重的夹子，它的闩至少有特里食指那么粗。他不经意地举起它，然后又放了回去，就像一个镇纸。

但托娃明显感觉到它不是镇纸。

"我能问问那是干什么的吗？"托娃靠在门口，胃里有一种不舒服的感觉。

特里叹了一口气。"我觉得马塞卢斯又开始胡作非为了。"

"马塞卢斯？"

"GPO。"托娃思考了一阵才弄明白这个缩写字母的意思：太平洋巨型章鱼（Giant Pacific Octopus）。它还有自己的名字。她怎么不知道？

"原来如此。"托娃轻声说。

"我不知道他是怎么做到的。不过这个月他已经吃掉八只海参了。"特里又拿起夹子，好像在掂重量。"我觉得他是从那个小缝隙里跑出来的。我得找块木头垫着，才能把这东西装到他的水箱后面。"

托娃犹豫不决。她该把休息室外卖盒的事告诉他吗？她看着桌面杂乱的文件和夹子,最后说道:"我不知道章鱼怎么会离开封闭的鱼缸。"

从技术上讲,这是真的。她不知道他是怎么做到的。

"这件事的确很可疑。"特里看了一眼手表,"嘿,如果我现在走,也许还来得及赶到五金店。"他关上笔记本电脑,开始收拾东西。"小心湿地板,好吗,托娃?"

特里总是提醒她要小心。他很担心她会摔倒,摔断胯骨,把水族馆告个底朝天。托娃无法想象自己会起诉任何人,尤其是这个地方,但她也懒得再纠正她的朋友了。此外,她总是很小心。威尔曾开玩笑说,"小心"应该是她的中间名。

她如实回答:"我一直都是。"

"你好,朋友。"她对章鱼说。听到她的声音,章鱼从一块石头后面钻了出来,身上满是橙色、黄色和白色的亮点。章鱼一边向玻璃漂去,一边眨着眼睛看着她。托娃注意到,它的颜色今晚看起来不错。更亮了。

她笑了笑。"今晚不想冒险了吗?"

他的一条触手吸住玻璃,圆鼓鼓的身体上下起伏,仿佛是在叹气,当然这是不可能的。然后他突然向水箱后方游过去,眼睛一直盯着她,用一只触手的顶部摸索着水泵的空隙。

"不,你不能,先生。特里已经盯上你了。"托娃斥责它,然后朝水箱后面的小门走去,那扇门的后面连着这一区所有水箱。当她走进这个狭小潮湿的房间时,本以为会发现那个家伙正在逃跑,但出乎她意料的是,它还在自己的水箱里。

"话说回来,也许你应该享受最后一晚的自由。"她想起了特里桌子上的夹子。

章鱼把脸贴在后玻璃上,双臂向上伸展,就像一个孩子请求被抱起。

"你想握手吗?"她猜测着说。

章鱼的手臂在水中旋转。

"嗯,我想也是。"她从长条金属桌子下面拉出一把椅子,慢慢爬了上去,她的位置刚好可以取下鱼缸后面的盖子。当她拉开插销时,她意识到章鱼可能在利用她。让她把盖子拿开,好让它逃走。

她赌了一把。掀开了盖子。

他浮潜下去,无精打采,八条手臂伸展,就像一颗怪异的星星。然后,他从水中举起一只触手。托娃伸出手,上面还有上次留下的淡淡的圆形瘀伤,他又缠上了她的手臂,好像在闻她的味道。他触手顶端伸到她脖子附近,戳着她的下巴。

她迟疑地摸了摸他斗篷一般的身体,就像抚摸一只狗。"你好,马塞卢斯。他们是这么叫你的吧?"

突然,缠着托娃的触手猛地一拽让她在椅子上失去平衡,有那么一瞬间,她担心他想把她拉进水缸里。

她俯下身去,鼻子几乎碰到水,她的眼睛现在离他的只有几英寸远,他深蓝的瞳孔近乎黑色,像一块发光的大理石。他们相互看了很久,托娃意识到有一条手臂绕到了她的肩膀上,戳着她刚刚弄好的头发。

托娃笑了。"别弄乱了,我今天早上刚去了美容店。"

他放开触手,消失在岩石后面。托娃愣了一下,四处张望。他听到了什么吗?她摸了摸自己的脖子,它触手摸过的位置有湿湿的凉意。

他再次出现,倒退着向上游。他一条触手的顶端套着一个灰色的小东西。他把东西递给她。一个贡品。

她家的钥匙。她去年丢失的那把。

我被囚禁的第 1319 天

我在地板上捡到了那把钥匙，就在她打扫卫生时存放东西的储物柜附近。我本不应该拿走的，但我忍不住。那个东西有点眼熟。

回到水箱之后，我把它和其他东西一起藏进了我的窝里。中空岩石的最深处有一小块地方，即使是最仔细的清洁工也无法找到。那就是我藏宝贝的地方。

你会问，我收藏了什么宝贝？从何说起呢？三颗玻璃弹珠，两个超级英雄塑料玩具，一枚祖母绿戒指，四张信用卡，一张驾照，一个珠宝发夹，一颗人类牙齿。你为什么露出厌恶的表情？又不是我拔的。它的前主人在一次校外活动中弄丢在这里的。

还有什么？耳环——很多单只耳环，从来没有一对的。三只手镯。两个我不知道叫什么的装置。我猜是……插头？人类把它们塞进小孩子的嘴里，让他们保持安静。

在我被囚禁的这段时间里，我的收藏品大大增加了，我也变得更挑剔了。早期，我有很多硬币，但现在硬币已经司空见惯，我不会再去捡了，除非它们与众不同，就是你们人类所称的"外币"。

这些年我也捡了很多把钥匙。钥匙和硬币属于同一类。一般来说，我不会捡。

但是，正如我所说，这把钥匙异常有趣，我必须拿走它。而且，直到那天晚上，当我用触手尖端划过它的齿纹时，我才明白它为什么如此特别。我以前遇到过这把钥匙。或者说，和它一模一样的钥匙。

我想，从这个角度来说，钥匙和指纹完全不同。钥匙是可以复制的。

我很小的时候就接触过这把钥匙的复制品。在我被抓之前。它拴在一个金属圆圈上，躺在海底，在一堆只能被称之为人类残留的遗骸当中。不是骨头和肉，那些东西无法长久存在，而是一只橡胶运动鞋底，一根乙烯鞋带，几颗衬衫上的塑料纽扣。这些东西被冲刷到一堆石头下面，就留在了那里。这些一定属于她所悼念的人。

这就是大海的秘密。如果能再次探索那里，我将不惜付出一切代价。如果我能回到过去，我会收集所有的东西——鞋底，鞋带，纽扣和那把一样的钥匙。我会把这一切都交给她。

我为她的损失感到难过。归还这把钥匙是我能做的最起码的事。

不是电影明星，但可能是海盗

早上九点，卡梅隆拉了一下黛尔酒吧的前门，做好了门是锁着的心理准备。但门一下子敞开了。他眨了眨眼睛，适应着昏暗的光线。

酒保老艾尔从后面探出头来。"卡梅隆。"他说，听起来有点惊讶。他浑厚的嗓音就像黑帮电影里的人物，浓浓的意大利和布鲁克林口音在加利福尼亚中部听起来有点滑稽可笑。

"嘿，伙计。"卡梅隆坐到一张高脚凳上。后面堆满酒箱的角落是"飞蛾香肠乐队"在布拉德搞砸一切之前用作表演的小舞台。台球桌旁边的栏杆上放着一台古老的收音机，歪斜的天线正对着酒吧唯一一扇破旧的窗户。收音机里播放着一男一女的谈话，争论着利率和联邦储备金之类的无聊话题。

"还是一样的？"老艾尔把一张鸡尾酒餐巾纸扔在吧台上。

"不，今天不是喝酒。"卡梅隆清了清嗓子，"我有个提议，一个关于房地产的提议。"

老艾尔靠在吧台水槽上，双臂交叉，挑了挑眉。

"楼上那套公寓，"卡梅隆坐直了身子，"空着的那套。"

"怎么了？"

"我想租下来。我已经想好了。下周我就可以凑齐第一个月的房租，然后……"

老艾尔举起一只手。"别说了，卡米。我没兴趣。"

"你还没听我说完呢！"

"我对当房东不感兴趣。"

"你不必当房东！我会……自己看着办的。你甚至都感觉不到我在这里。"

"没兴趣。"

"但上面没人住！"

"我喜欢这样。"

"你想要多少钱？"卡梅隆从连帽衫口袋里掏出黑色拉绳包，把珠宝扔在吧台上。"我可以付钱。你看！"

老艾尔的目光在那堆纠缠在一起的珠宝上停留了一会儿，然后他摇了摇头，从水槽里拿起一块灰色抹布。"你干了什么，抢劫老人？"

卡梅隆哼了一声。"我只是需要住的地方，几个月就行了。求你了？"

"对不起，孩子。"

"别这样,艾尔。你知道我住进来只有好处。"

"现实点吧,卡梅隆。我可以用你欠的账单写一部长篇小说了。你还没把去年弄坏的那张桌子赔给我。你当时表演杂技,从舞台上冲下来。"

卡梅隆皱了一下鼻子。"那是行为艺术。"

"那是破坏公物。但我慷慨地原谅了你,因为顾客好像挺喜欢你演奏时的噪声,还有,你的姨母是我的好朋友。但我有底线。听着,这个小地方你吐口痰的距离就是一个新的公寓,你为什么不带着家传珠宝去别的地方看看?"

"嗯,就因为。"卡梅隆不做过多解释,好像背景调查和信用记录不通过是显而易见的问题。

"随你便吧。"老艾尔耸耸肩,用抹布在吧台上扫着圈圈,时不时停下来往水槽里拧脏水。最后他停下来,把抹布扔回水槽。"那是你妈妈的东西吧?"

"是的。"

"你姨母给你的?"

"是的。"

酒保拿起金色的网球手环。"有些东西还不错。"然后他拿起索维尔海湾高中 1989届的戒指说:"看看这个。现在没人会买这个当毕业礼物了吧?"

卡梅隆耸耸肩。他怎么会知道?他高中没毕业,老艾尔肯定知道这个事。

"索维尔海湾。是在华盛顿,对吧?"

"我想是的。"卡梅隆说。他知道。他在谷歌上搜索过。那又怎样?据他对母亲的了解,那枚戒指很可能是他妈偷来为某个恶习埋单的。也许照片上的人是她的同谋。

"你知道吗,我记得让娜去索维尔海湾找过她。"

"找谁?"

"你妈妈。"

"你在说什么?"

"你的姨母没告诉过你吗?"

"告诉我什么?"卡梅隆把夹杂指间的一沓鸡尾酒餐巾扔到吧台上。

老艾尔叹了口气。"我对黛芬妮的了解仅限于她是让娜的妹妹。据我所知,她上高中时就离家出走了。去了华盛顿,没人知道为什么,她在那里惹了些麻烦,让娜不得不请假去把她妹妹领回家。我记得有天晚上她在这里说起过这件事。"

卡梅隆只说了"哦"。他感到头脑麻木。

"总之,"老艾尔把戒指放在手掌上,晃了晃手,像是在掂量,"也许是男朋友的。我大四那年把我的戒指送给了我的女友。"酒保的脸上慢慢露出了笑容。"她用一条链子把它挂在脖子上,链子够长,正好吊在那个好地方——乳沟里。"

卡梅隆缩了缩脖子。

"是的，据我所知，她可能还戴着。我们分手后，我再也没要回来。"他嘟囔了一句。

门嘎吱一声打开了，扬尘填满的一块三角光区劈开了昏暗的酒吧，两个老头走了进来。卡梅隆认出他们是镇上的人，是白天在这里工作的人。他们向卡梅隆点点头，然后开始搬凳子。

老艾尔自觉地打开了两瓶酒，然后把它们滑过吧台。他朝卡梅隆的方向举起第三瓶。"来一瓶吗？"然后他又补充了一句，声音稍微缓和了一点，"免费。"

"当然，谢谢。"

老艾尔心虚地点了点头，好像两块钱的啤酒足以弥补他拒绝出租公寓的行为。然后，他走到收音机旁，拽下电线，整齐地绕在拳头上。片刻之后，角落里的自动点唱机亮了起来，扬声器里传来了悠扬的吉他声。显然，白天的员工喜欢乡村音乐，黛尔餐厅也正式开始营业了。

卡梅隆一口气喝完了冰镇啤酒，然后一把抄起吧台上的戒指，悄悄溜出门外。

索维尔海湾高中1989届校友在网上非常活跃，卡梅隆猜这是因为毕业三十年同学聚会即将在今年晚些时候举行。三十年，跟他一样大。他的母亲应该是在这些孩子毕业的那个夏天怀孕的。

男朋友的戒指。哪个混蛋把他妈妈的肚子搞大了？

有人专门扫描了一大堆照片上传到同学会页面，应该是整本高三年鉴。老人们太闲了。卡梅隆浏览着充满颗粒质感的照片，偶尔看到像他妈妈一样的棕色卷发时就会停下来，但实际上，他在找另外一个人。他把那张皱巴巴的照片放在厨房操作台上，他要找的是照片里和她站在一起的男人。

他查看纪念戒指，突然发现底部有一个模糊的刻字。鳗鱼？作为吉祥物很奇怪，但如果是因为邻近水边也说得通。虽然年鉴页面没有以此为主题，但以鳗鱼为主题也是蛮奇怪的。

他继续翻看扫描的照片。都是常见的高中生，留着大波浪卷发，穿着二十世纪八十年代的俗气衣服，在镜头前搔首弄姿。有一张照片引起了他的注意：一张他从未见过的妈妈的照片。她站在拥挤的码头上，一个男人搂着她，侧着头把脸埋在她被风吹乱的头发里，好像在亲她的脸颊。就是他。

手指突然发木，他放大照片，看到一个标题。黛芬妮·卡斯莫尔和西蒙·布林克斯。

"找到了。西蒙·布林克斯。"他喉咙深处传来了沙哑的声音。他迅速打开一个新的页面，输入了这个名字。

一页接一页的搜索结果描绘出一幅清晰的画面：一位著名的西雅图房地产开发商和夜总会老板。《西雅图时报》专题报道了他的度假别墅。他与法拉利跑车的合影横跨整个版面。

这家伙是个大人物。一个肥头大耳、极其富有的大人物。

卡梅隆发出一阵短促的笑声,举了举拳头。

西蒙·布林克斯。卡梅隆漫步走进客厅,慢慢陷进布拉德和伊丽莎白的新沙发里,研究着那张夹在戒指里的照片。这真的是他的父亲吗?虽然只是一张照片,但这是这么多年唯一的线索了。他研究他母亲的样子,无忧无虑的笑容,被风吹乱的头发。她又高又瘦,几乎比布林克斯还高,而布林克斯看起来非常魁梧。他怔怔盯着她的脸颊移不开眼睛,那时她丰满而健康,还有婴儿肥。这跟他记忆中瘦骨嶙峋的黛芬妮·卡斯莫尔完全不同。

他研究着照片的背景:一个巨大的花盆里盛满了鲜花。水仙花和郁金香。是四月份。三月、五月也有可能,但这些花都盛开着,照片是在四月拍的可能性非常大。

卡梅隆是 2 月 2 日出生的。他算了算。他会不会也在这张照片里?

从孕期来说是有可能的。

"嘿,"伊丽莎白在走廊里喊道,"黛尔那里怎么样?"

卡梅隆站起来,跟着她走进厨房,讲述了他未能说服老艾尔把公寓租给他,以及发现了西蒙·布林克斯这个人和他的法拉利跑车。

"你确定他是你父亲?"伊丽莎白开始切红辣椒。今天要做墨西哥烤肉。她开始剁红色的椒片,即使每一刀都几乎贴着手指,她也不用看着刀子。卡梅隆愿意付出一切代价拥有这种自信。

"他还能是谁?"卡梅隆举起照片,"看看这张照片,这两人明显有一腿。"

伊丽莎白挑了挑眉。"嗯,很多人都有一腿。这不能证明什么。"

"但时间很凑巧。"

"他长得跟你像吗?"

卡梅隆歪着头看照片。"二十世纪八十年代的发型不好说。"

"你不是花了一下午上网搜索他吗?"

"是啊,不过现在他看起来就像个中年人。像个爸爸。"

"因为所有的爸爸看起来都一样。"伊丽莎白翻了个白眼。

"但问题是,这重要吗?我是说,如果他相信他是我爸爸……"

"你别以为他和你妈妈在一张照片上就能唬住他。"伊丽莎白把辣椒倒进平底锅,蒸汽滋滋响起,"还有,难道你不想知道他究竟是不是吗?你不想有个亲人吗?"

"亲情被高估了。"他把砧板上剩下的辣椒塞进嘴里。味道出奇的清甜。

"所以你要……干什么?去华盛顿找他?"

"当然。为什么不呢?"卡梅隆希望她把这句话当成反问句,因为他有无数个理由不这么做。首先,他怎么去?布拉德不可能把卡车借给他,让他跑上一千英里的路。

"那可是一次冒险。"

"是啊,没错。"

伊丽莎白挺着肚子靠近冰箱,拿出一包火鸡肉碎,撕开后倒进平底锅里。"如果不是因为我正在孵化这个外星生物,我们一定会陪你去的。"她翻炒着肉,锅里发出嘶嘶的响声。"还记得我们小的时候吗?我们编了很多去找你爸爸的故事。我们以为他会是个海盗或者电影明星什么的。天啊,我们那时真可笑!"

"西蒙·布林克斯绝对不是电影明星,但他可能是个海盗。不管是什么,我都不在乎。只要他愿意支付十八年的子女赡养费,他可以一直保持神秘。"

"好吧,就算计划失败了,我听说西雅图真的很漂亮。"

"是的,当然。"卡梅隆点头说。很漂亮。有很多树。谁在乎啊?华盛顿州西部是美国最潮湿的地方,西蒙·布林克斯最好用现金雨招呼他。

伊丽莎白从冰箱里拿起一壶柠檬水,倒了两杯,把其中一杯递给他,然后举起另一杯。"来吧,骆驼人。敬未解之谜。"

"敬未解之谜。"他与她碰杯。

在加利福尼亚最后一晚的凌晨,卡梅隆躺在床上,再次沐浴在手机屏幕的冷光中。

他点击了两下,下载了一个旅游应用程序,广告里天花乱坠承诺最低票价，也确实是，飞往西雅图的享途航班凌晨五点从萨克拉门托国际机场起飞，也就是三个小时之后。如果他现在出发，一定能赶上。

他匆忙地掏出绿色旅行包，把所有的内裤、衣服和那一小袋首饰都扔了进去。

收拾好行李后，他回到手机屏幕前，祈祷信用卡交易成功，然后点击了预订按钮。

如果西蒙·布林克斯真的是卡梅隆的父亲，那么他将为过去三十年里错过的每一秒宝贵的父爱付出代价。

理论上的真实故事

小苏打可以清除钥匙上大部分的锈迹。令托娃惊讶的是,这把历经磨难的钥匙居然能顺利地插进她家的前门。她把原配钥匙放回钥匙圈上的合适位置,然后换下了不时会卡在锁里的备用钥匙,把它扔进厨房的杂物抽屉里。

她刚坐下喝着咖啡、做填字游戏,突然听到前廊上传来一阵轻微的刮擦声。当她从厨房的椅子上站起来时,腰部传来响声,她用一只手掌撑着慢慢向门口走去,正好看到猫从纱门松动的地方钻进来。挡板什么时候松了?又是一个需要修补的地方。威尔不在了,只会越积越多。也许可以用万能胶修好。

她可以去五金店买万能胶。特里在同一间五金店找了一块木头改装那把夹锁。当托娃把那把锁扔进垃圾箱时,发出了一声闷响。

猫坐在门厅中央,尾巴整齐地盘在它纤细的身体底部,眨巴着眼睛看着她,喧宾夺主,好像在问她在这里做什么。

最近的生物和缝隙究竟是怎么了?"好了,过来吧。早餐在厨房。门廊服务已经中止了。"

当晚,她的脚步声在水族馆空旷的门厅里回荡。她开始了例行的准备工作。"你们好,亲爱的。"她去储物柜的路上对神仙鱼打招呼,然后向蓝腮太阳鱼、日本蟹、尖吻杜父鱼和可怕的狼鳗打招呼。她调好柠檬和醋,把拖把和水桶放在走廊里。等她回来时就可以用了。

马塞卢斯像往常一样躲在他的石头后面。她钻进水泵房的门,看到水箱上没有枷锁,立刻松了一口气。一股负罪感涌上心头。特里会不会觉得自己放错地方了?

她的脑海中闪现出猫咪的身影,她离开时把它留在家里,蜷缩在她的沙发上。她自然而然做出了决定,先不修补纱门,至少暂时不修了。

给这些生物留一点儿空隙吧。她大声笑道。水泵发出同意的汨汨声。

她拿出一张旧的脚凳,小心翼翼地爬上去,然后打开水箱后盖。从上方望下去,水面机械的水纹波动让她感到一阵眩晕,她咬紧下巴,捋起毛衣袖子,手指撩过水面,不知道她的手臂是否足够长,可以伸到它的藏身之处。但她不会这样做的,藏身之处应该是神圣的。

但她不需要考虑这么远,因为他游了出来,漂了上来,眼睛一直盯着她。他的一只手触手回摆动,托娃想象他在挥手。她把手放了进去,呼吸变得急促,可能是因为冰冷的海水,也可能是因为她所做的事很荒唐,或者两者都有。章鱼几乎立刻做出了回应,两只触手缠绕在她的手腕和前臂上,它特有的方式让她感到沉重而奇特。

"晚上好,马塞卢斯,"她正式打招呼,"今天过得怎么样?"

章鱼握紧了他的手,托娃把这种温和的力道理解为寒暄。相当于"很好,谢谢关心"。

"看来你最近没惹麻烦。"托娃肯定地点了点头。他周身颜色正常,没有再和休息室里的电线纠缠。"好孩子。"她补充道,随即又后悔了。玛丽·安就总是叫听话的洛洛"好孩子",奖励它小饼干。

马塞卢斯并没有因此感到冒犯,就算有也没有表现出来。他的触手伸到托娃的肘弯处,然后伸到另一侧,轻敲她的骨节处,似乎想了解关节的力学原理。她的身体结构在他看来一定很奇怪,全身都是关节窝和脆弱的骨头。他戳戳她下垂肱三头肌,被重力拉扯的皮肤,一年比一年松垮。

"针织小组的人背地里说我是皮包骨头,她们以为我没听见。"她摇摇头,"我们已经是几十年的朋友了。以前每周二一起吃午饭,现在是隔周。威尔活着的时候,每次出门,他都说:

'你怎么能忍受得了那群老母鸡。'"

章鱼眨了眨眼睛。

"她们的确是喜欢说三道四,但她们是我的朋友……"托娃的自言自语被水泵的嗡嗡声淹没了。她的声音似乎也被这里湿热的空气包裹,变得跟平常不一样。针织小组的成员会怎么看待她?那群老母鸡肯定不会放过这个大放厥词的好机会。托娃不会怪她们的。她为什么来这里,向这个奇怪的生物讲述自己的故事?

章鱼紧紧抓住她的手腕,摸索她前臂上的胎记,那是托娃年轻虚荣时最讨厌的胎记。胎记是她光滑白皙皮肤上的弃儿,那三块令人发指的斑点,每一个都有芸豆那么大。现在,胎记被皱纹和老年斑包围,几乎看不出来了。不过,章鱼似乎对这块胎记很感兴趣。

"埃里克以前叫它米老鼠痣。"托娃忍不住笑了,"我想他是嫉妒了。他说他也想要一颗。有一次,大概是他五岁的时候,他拿了一支记号笔,在胳膊上画了一颗,跟我的一样。"她压低了声音,"他还用那支笔装饰了沙发,那些记号根本洗不干净。"

章鱼又眨了眨眼睛。

"哦,当时我非常生气,但我告诉你,几年之后,当我和威尔终于把那张沙发处理掉之后……"托娃点点头,似乎认为她想表达的都尽在体面的不言中。她没说的还有:当搬家工人抬着沙发从石子路离开时,她躲进了浴室里。埃里克的每件东西都是一次新的失落,甚至他耍赖创作的艺术品也不例外。

"他十八岁就死了。就在这里。我的意思是外面的海。"她把头偏向房间的另一端,朝向那扇可以俯瞰皮吉特湾的小窗,现在外面已经是深夜。马塞卢斯爬过窗户吗?他看到大海会感到欣慰吗?或者刚好相反,他会更加难受,自己的自然栖息地近在咫尺,远在天涯。托娃突然想起她的老邻居索伦森太太会在天气好的时候把她的鹦鹉笼子放在门廊上。索伦森太太解释说,鹦鹉喜欢听野鸟唱歌。这总是让托娃感到莫名的悲伤。

但是马塞卢斯并没有顺着她的目光看向那扇黑暗的小窗。也许他根本就不知道窗户的存在。他的眼睛仍然盯着托娃。

她继续说:"有一天晚上,他淹死了。在一艘小船上。就他一个人。"她在凳子上挪动身体,缓解臀部的疼痛。"经过几周的搜寻,他们终于找到了锚。锚绳被割断了。"她咽了咽口水,"他们继续寻找尸体,但我敢肯定,那时埃里克已经尸骨无存了。大海是无法保存任何东西的。"

章鱼暂时移开了视线,似乎在为它的同类和它们在食物链中的位置承担一定的罪责。

"他们说他肯定是自杀的。没有其他解释。"托娃喘着粗气,"但事情总是那么奇怪。埃里克很幸福。不过他才十八岁,谁知道他脑子里在想什么?没错,我们是吵过架……那件事非常愚蠢。他和朋友在家里踢球,踢倒了我的彩绘木雕马工艺品。那是我最喜欢的一匹,它很老旧,很容易坏。是我妈从瑞典带回来的……它的腿断了。"

她站直身体。"总之,我逼着他去售票亭工作,他感到非常不满。但我能怎么办呢?让一个十几岁的孩子整个夏天都游手好闲?"

埃里克从威尔那里继承了游手好闲。他们俩在书房里一待就是几个小时,看橄榄球、棒球或任何当季的球赛。看完后,托娃会用吸尘器吸走沙发缝隙里的薯片屑,再用抹布擦掉咖啡桌上苏打罐留下的水渍。即使埃里克不在了,每当有比赛,威尔都会做同样的事情:坐在他的垫子上,而埃里克的垫子空着。像往常一样游手好闲,仿佛一切都没变。这总是让托娃很恼火。

保持忙碌更有益于健康。

"任何讲道理的父母都会坚持让自己的孩子找一份暑期工,"她继续说道,声音有一丝颤抖。"当然,如果我知道会发生这样的……"她无意识地将空闲的手伸进围裙口袋,找到抹布,开始擦洗水箱黑色橡胶边缘上的白色钙化物。这些污垢虽然很顽固,但最终还是松动了。章鱼依旧抓着她的另一只手臂,不过它的眼睛闪烁着疑惑的光芒,托娃把它理解为:你到底在干什么,女士?

她轻轻地笑了笑。"我没办法啊!"

水箱另一端的边缘落满灰尘，但是太远够不着。她移动重心，伸展手臂，突然，脚下的凳子开始摇晃。章鱼的触手瞬间滑过她的指尖。她重重地摔在坚硬的瓷砖地面上。

"哦，天哪！"她喃喃自语，检查身体的各个部位。她的左脚踝有点疼，但还能站起来。她捡起掉在水箱下面的抹布。章鱼从石头后面探出头来，它一定是被凳子翻倒的声音吓跑了。"我没事。"她松了一口气。一切都完好无损。

除了脚凳。

它翻倒在水泵旁边的一堆杂物上。一定是她摔倒的时候，脚凳弹了出去。凳子面脱落，掉在一边。"天哪。"她抱怨着，一瘸一拐地走过去捡凳子。她试图把凳子面重新装好，但似乎少了点什么东西。她在淡蓝色的灯光下眯着眼睛在瓷砖上寻找螺丝钉之类的东西，然后从围裙口袋里掏出眼镜再看一遍。什么也没有。

她又着急地试了一遍，但还是不行。该怎么向特里解释呢？她本不应该爬凳子，更不应该在泵房里爬凳子。有那么一瞬间，她考虑着处理掉证据。把摔坏的凳子和当天的垃圾一起扔进垃圾箱。或者，带着凳子离开犯罪现场，把它带回家放在路边，等着收垃圾的日子。但如果特里开车经过她家，看到它在那里怎么办？一想到这里，她的心就怦怦直跳。

"不，我不能这么做。"她坚定地说。她做不到。托娃·沙利文不是骗子。她必须告诉他。

特里也许会开除她。这件事足以证明她这个年纪工作有很大的风险。她不会责怪他的。

有什么东西在她身后移动，发出哗啦哗啦的声音，当她转过身时，看见章鱼正在逃离水箱。

托娃目瞪口呆："特里说得没错。"章鱼伸展一条触手，然后以一种反自然的方式把它挤进水泵和盖子之间狭窄的缝隙。这怎么想都是不可能的。缝隙的宽度不会超过几英寸。当他斗篷状的巨大身体（至少有一个熟透的西瓜那么大）变成黏黏糊糊的流体、从缝隙挤出来之后，托娃才意识到自己一直屏住呼吸。

他从墙上滑下来，滑到靠墙的一个柜子下面，离开了她的视野。他没有马上出现，托娃不知道他是否打算回来，也许他永远地逃走了。她咽了咽口水，被这个想法刺激到了。他至少应该跟她说句再见。

过了一会儿，他从柜子下面爬了出来。"哦，你在这儿。"他直视着她的眼睛并缓慢靠近，用一只蜷曲的触手将一个银色的小东西放在她运动鞋的鞋尖上。

托娃张大嘴巴。一颗螺丝钉。脚凳上丢失的小玩意儿。

她说了声"谢谢"。但这时他已经回到水箱了。

第二天早上，托娃醒来之后，起床穿上拖鞋，倒在了地上。"怎么回事？"她眨了眨眼睛。是左脚脚踝的问题。当她看到脚上紫红色的印记时才感到剧烈的疼痛。

她第二次试着站起来，终于成功了。她忍着痛，一瘸一拐走到厨房煮咖啡。

她一直坚持到午饭时间，才考虑给雷米医生打个电话。

到了傍晚，她终于说服自己去书房，从玄关边桌上找到电话簿。她坐在威尔的老位置上，腿支在茶几上，脚踝上放着一袋冷冻豌豆，翻着电话簿。然后她把书放在旁边的垫子上，打开电视。

快五点时，她终于拨通了电话。雷米医生的办公室五点关门。

"斯诺霍米什诊所。"一个不耐烦的声音从电话中传来。托娃可以想象接待员格雷琴正弯着腰，电话听筒夹在肩头，手里拿着外套和钱包。也许她不应该打电话来。但她的脚踝已经肿了个包，这个包的大小和颜色像李子。尽管她不愿意承认，但她可能需要就医。她报出了自己的姓名和出生日期，并简要说明了自己的困境，但省略了工作时发生的那部分。她也绝对没有提到这一切是她和一只太平洋巨型章鱼交谈时发生的。她只是说自己在打扫卫生时从凳子上摔了下来，理论上这是事实。

"沙利文太太，太可怕了。"格雷琴的语气缓和下来，"等一下，我看看能不能找到雷米医生。"电话转到了等待音乐，是轻柔的爵士乐，托娃猜想是为了舒缓情绪。

格雷琴回来之后非常专业地答复道："医生说，只要疼痛暂时可以控制,明早你可以第一个就诊。我给你预约了八点。他说要抬高腿,不要去碰它。"

"没问题。"托娃说。

"沙利文太太,今晚你不能去水族馆工作。"

托娃张开嘴想抗议,但又闭上了。她的工作关格雷琴什么事?先是伊森在她买菜时教训她,现在又是这样。索维尔海湾的人就不能别管闲事吗?"当然不会。"她最后回答。

"太好了,明早见。"

托娃挂断电话,然后拨了另一个号码。

在等待特里接电话的过程中,她用手指敲打着沙发上的坐垫。他注意到泵房里的凳子损坏了吗?她已经把螺丝重新拧上了,但显然还需要其他工具才能完全拧紧,所以凳面还是歪的。她本想今晚带着威尔的旧工具包,这样就能完全修好了。现在,谁知道她什么时候才能回去?

还有地板的问题。今晚谁来拖地板?有没有其他人?

马塞卢斯会注意到她今天不在吗?他知道螺丝钉的重要性。这个事实仍然让托娃惊叹不已。

"托娃?"特里接起电话,"怎么了?"

随着一声沉重的叹息,她向特里讲述了一个理论上真实的故事,就像她对格雷琴说的一样。

这是她有生以来第一次请假。

有行李吗？

卡梅隆扫视着传送带，寻找他的绿色行李包，在一堆灰色和黑色的行李箱中应该很容易找到，但几分钟后，他决定在附近的长椅上休息一会儿。他猜想自己的包应该是最后一个出来的。

他一边盯着转盘，一边拿起手机查看旅馆。离索维尔海湾几英里处有一家。根据他在等待登机时查阅的县房产记录，西蒙·布林克斯在该地区拥有三处房产，他自然在那一片开始找。他放大了旅店的房间照片，不是铺着松软地毯、装备平板电视的全新公寓，甚至不是一间位于酒吧楼上的破公寓，但看起来还算干净，而且价格也足够便宜，如果他把珠宝典当了，应该可以用那些钱在那里住上几个星期。

说到这个，他的包呢？班级纪念戒指在他口袋里，其他首饰都在行李包里。传送带还在不停地推送行李箱，但现在只是断断续续。他想象着穿着橙色马甲的工人们把最后一批行李从机舱里堆到推车上，然后离开停机坪。这是一个多么糟糕的系统。效率低下，有太多人工操作的节点，无数出错的可能性。

"我就知道会这样。"

一个戴着无框眼镜、年龄与他相仿的人坐在长椅的另一端，拆开一个三明治，把一端塞进嘴里，咀嚼时也懒得合上，熏肉不停地从嘴里掉出来，让卡梅隆反胃。谁会在早上八点吃熏肉？

"我想等会儿就会出来的。"卡梅隆说。

"你没坐过享途航班吧？"熏肉发出了笑声，腌黄瓜和生菜在他嘴里翻来覆去。"相信我，他们可是出了名的不靠谱。我们现在在拉斯维加斯的概率比拿到行李还要大。"

卡梅隆吸了口气，准备向这个陌生人解释，一家顶级股权投资公司刚刚以数十亿美元的估值买下了享途航班，投资者对公开募股的传言也是跃跃欲试。但是，行李转盘戛然停止。

"该死。"卡梅隆嘟囔了一句。

珠宝。他为什么没带在身上？现在那袋珠宝在萨克拉门托和西雅图之间的某个地方，更有可能是，被某个行李员塞进了储物柜里。他把头埋进双手里咆哮着。

"看吧，我说对了吧？"熏肉对着传送带点点头，它像死蛇一样一动不动，"好了，我们去申请索赔吧。"

卡梅隆盯着行李区远处一间小办公室外的队伍。当然，行李票背面的小字注明，他们不会赔偿托运行李中的贵重物品。当工作人员坚持说他的行李包塞不进行李架时，他快速浏览了一下免责声明,当时他认为这个声明不可能适用于他。卡梅隆·卡斯莫尔没有贵重物品。

当他到达行李处时,队伍已经排了二十多人。熏肉站在他旁边,靠在墙上,还在啃着三明治。他没完没了地嚼着。

"对了,我叫艾略特。"

"很高兴认识你。"卡梅隆尽量让自己看起来像在专心致志地玩手机,好像手机里正发生着什么非常重要的事情。

"我们没有见过面,我告诉了你我的名字,但你还没告诉我你的。"

这家伙就没别的事要做吗?"卡梅隆。"

"卡梅隆。幸会。"他举起令人难以忍受的三明治,"饿了吗?乐意分享。"

"不用,谢谢。我不太喜欢熏肉。"

艾略特瞪着眼睛。"哦,这不是熏肉!这是素三明治。"

"什么?"

"素三明治!不含肉的。从国会山那家店买的。他们去年在机场开了一家窗口店。"

卡梅隆盯着油腻腻的三明治,里面卷着薄薄的……某种东西的切片。"你是说这是用山药做的?"

"是的!他们的鲁本三明治很好吃。你确定不来点?"

"不了。"卡梅隆克制住自己发出嘲笑的声音。西雅图的文艺青年，果然不负众望。

"你确定？我这里还有一大半，还没动过……"

"好吧。"卡梅隆同意了，主要是为了结束谈话，同时也是为了安抚脑中那个唠叨的声音——他现在不能拒绝免费食物。

艾略特咧嘴一笑。"你会喜欢的。"

卡梅隆咬着三明治，继续滚动着手机。凯蒂发布了一张和狗狗一起的自拍照。标签是单身狗女士。他皱了皱眉头，但香脆的口感缓解了他的情绪。山药？真的吗？其实……还不错。

他对艾略特点点头。"谢谢，老兄。味道真不错。"

"那等你尝尝他们的法式蘸酱。"

队伍蠕动着。最后，艾略特把油腻的包装纸揉成一团，扔进旁边的垃圾桶里，甚至没有碰到垃圾桶边缘，这让卡梅隆非常恼火。

艾略特转向他。"你不是本地人吧？来这里工作？度假？"

"探亲。"

"哦，不错。我家在这里，我去加利福尼亚参加祖母的葬礼。"

去世的奶奶……卡梅隆喃喃说道："节哀顺变。"

"说实话，她有点刻薄，但她很爱我们这些孙子孙女，"艾略特说，声音非常温柔，"把我们都宠坏了，只有祖母才能这样溺爱孙子，你知道吧？"

"是啊，当然。"卡梅隆说着把自己的包装纸也扔进了垃圾桶。他没有祖父母。但他在伊丽莎白家时,她的爷爷会捏他的脸颊,给他焦糖吃。糖果又甜又黏,他手劲儿也很大,而且他身上总是有一股老人味,是发酵的尿和关节炎药膏混合在一起的味道。伊丽莎白说他住的老人院几乎就是个停尸房。

"不管怎样,我想她现在已经安息了。"艾略特的脸上洋溢着悲伤的笑容。卡梅隆垂下视线,再次感到自己像一个监视人类生命体验的入侵者,一个窥探平常生活的局外人,因为这一切都是他无法理解的。失去祖父母,担心行李箱里的贵重物品:这些都是别人的经历。

队伍开始移动,艾略特摘下眼镜,在衬衫上擦了擦。"你的家人见到你一定很激动!他们在西雅图吗?"

"不是,在索维尔海湾。我爸爸。"卡梅隆觉得这个词跟老人糖一样又干又黏。

"真棒。和老爸的宝贵时光,是吧?"

"差不多吧。"

"索维尔海湾很不错。那里真的很美。"

"我也听说了。"

艾略特歪着头,"你从没去过?"

"没有。我爸最近刚搬到那里,所以。"卡梅隆挤出一个微笑,没想到说谎这么容易。

"搬得好,"艾略特说,"索维尔海湾以前是超级旅游胜地,但现在有点破败。有个水族馆还开着吧。你应该去看看。"

卡梅隆说:"当然,谢谢。"他要去见西蒙·布林克斯,显然没打算浪费时间去看鱼。队伍向前蠕动。享途航班公司的行李办公室一定是由一群树懒和蜗牛管理的。他转向艾略特。"你以前遇到过这种情况吧?我们要在这里等多久?"

艾略特耸耸肩。"哦,他们通常都很快。大概两三个小时吧!"

"三小时?开什么玩笑?"

"一分价钱一分货,对吧?"

让娜阿姨在第三声铃声之后接起了电话。"喂?"她的声音气喘吁吁。

"你还好吗?"卡梅隆把手指塞进另一只耳朵,阻挡路过旅行团的噪声,不知出于什么原因,旅行团决定要在距离行李区三英寸远的角落里聚集。

"卡米?是你吗?"

"是的。"他从游客身边挤开,"你在干什么?为什么在大喘气?"卡梅隆脑中浮现出沃利·帕金斯那张讨厌的脸。他打了个冷战,准备挂断电话。

"我在清理第二间卧室。"姨妈回答道。

"那是个大工程。"

"我想你可能需要一个住的地方,"停顿了很久,"我听说了你和凯蒂的事。"

"消息传得很快。"卡梅隆咬了一个指甲。他得和让娜姨妈好好谈谈：他妈妈怀孕的时候在另外一个州生活，为什么这件事她只字不提？行李领取处并不是一个理想的谈话场所，她为了他尽心尽力做了很多事，至少得给她报个平安。别无选择……

"让娜姨妈，我不能住在……"他在坦白自己真实想法之前闭上了嘴。我不能住在那个破烂拖车里。他虽然常常搞砸事情，但尽量避免沦落到住拖车。

如果这是他唯一需要的东西就好了。

电话那头传来一阵水流声，之后是一阵蒸汽嗞嗞的声音，让娜姨妈正在倒咖啡，然后把咖啡壶放回到咖啡机里。"我知道，我知道。你不能和我住在这里，"她说："但是，卡米，你没有备选方案。"

"事实上，我有！"有那么一瞬间，卡梅隆考虑把整个计划告诉她。但不是在此时此刻，在机场。"其实我有一个计划。但问题是……"

"是什么？"

"我需要帮助。需要一小笔钱。"卡梅隆面无表情地说。

让娜姨妈的叹息声从电话那端传到了西海岸。"又怎么了？"

从何说起呢？他再次突破底线，离家出走，然后打电话回家要钱。比起自己失职的母亲，他也好不了多少。但他还有什么选择呢？走廊对面，艾略特从人群中挤出来，大步向他走来，一只手欢快地挥舞着，另一只手拖着一只灰色行李箱。幸运的混蛋。

"卡米，出什么事了？"让娜姨妈追问道。

低矮天花板上的扬声器里传出了通告，一个女声提醒旅客时刻注意行李和个人物品。真是够讽刺的。

他深吸一口气，然后尽可能简洁地解释了他发现戒指和照片的经过，临时买的飞机票和住宿计划。

意味深长的沉默之后，让娜姨妈轻轻地说："哦，卡米。我应该告诉你的。"

"没关系，但有件雪上加霜的事，"他借用让娜姨妈的一个比喻，"航空公司把我的包丢了。"

广播声再次响起。

"你能大声点吗？我听不见！"

"他们弄丢了我的包！"他不是故意喊得这么大声。几个游客抬起头看了他一眼，赶紧从他身边散开了。

让娜姨妈咂舌道："那又怎样？你需要袜子和内衣吗？"

"不止这些。我现在全身上下大概只有四块钱。"

"我给你的首饰呢？我还以为你已经当掉了呢？"

"珠宝在包里。"

电话那头沉默了许久，让娜姨妈又叹了口气。"对于一个如此聪明的人来说，你有时还真是个笨蛋。"

艾略特闻上去还有淡淡的胡椒味和芥末味，他尾随卡梅隆穿过天桥，向停车场走去，即使卡梅隆只用一个词打发他没完没了的问题，他也不气馁。难道享途航班真的不知道他的行李在哪儿吗？不知道。他要去哪？某个地方。怎么去？公交车。好在艾略特没有问卡梅隆如何支付，因为他没办法把姨妈借给他两千美元提炼成一个词。

让娜姨妈坚持说这不是真正的贷款，卡梅隆认为这意味着姨妈不指望他能还钱。这是有点伤自尊心。但是，享途航班不能永远扣着他的行李。他会当掉首饰，然后在交游轮费用之前把钱汇到让娜姨妈的储蓄账户。虽然她没有明说，但卡梅隆知道钱是从那里来的。让娜姨妈多年来一直在为她梦想中的阿拉斯加游轮假期攒钱。最后一笔钱将在八月底支付，九月启航。卡梅隆宁愿卖掉器官把钱凑齐，也不会成为她去不了的罪魁祸首。

"你需要搭车吗？我可以载你一程。"艾略特第一百次问他。

"不用了，我没事。"

"索维尔海湾很远。你得坐一天一夜。"

"我会在路边露营。"卡梅隆干脆地说。

"嘿！"艾略特小跑着追了上来，"我有个疯狂的想法。"

比山药做的假熏肉还疯狂？卡梅隆回头瞥了一眼。"什么？"

"我朋友有辆露营车想卖掉,虽然有点旧,但能开。你把它买下来,你想去哪儿就去哪儿,还能有地方住。"

卡梅隆皱起了眉头。其实,这主意并不坏。但是……露营车?他可能负担不起。他从口袋里掏出手机,查看转账应用程序:到账了,两千美元。在备注里,有一个笑脸表情,后面还有一个警告:不要把钱花在愚蠢的事上。

让娜阿姨什么时候学会发表情了?露营车算不算愚蠢的事?也许吧。为了满足好奇心,卡梅隆问:"他要多少钱?"

"具体不清楚。几千块?"

"你觉得一千五他愿意卖吗?"

艾略特咧嘴一笑。"我也许能说服他。"

残疾但忠心

日落时分,索维尔海湾的公共海滩上到处都是石蟹。埃里克还小的时候,有一年夏天,沙利文一家在饭后散步时,埃里克发现了一只失去了后腿的螃蟹。他自然坚持把它带回家,给它起名叫"八腿艾迪",因为它本该有十条腿,现在一边失去了两条。好几周过去了,埃里克和威尔看着可怜的艾迪在一个玻璃缸里笨拙地爬来爬去,缸里装满了车道上的碎石。托娃把土豆皮和西葫芦渣留着,每晚给八腿艾迪喂食,有一两次威尔开车去埃兰的宠物用品店买盐水虾,螃蟹吃得津津有味。

作为一只螃蟹,艾迪存活了很长时间,但有一天早上,托娃发现它试图逃跑的身体已经变得僵硬,探出去的眼球永远地停滞了。威尔用手指夹住尸体,准备把它扔进花园。埃里克慌张地从卧室里跑出来,坚持要把它好好埋葬。男孩跌坐在地上,搂住父亲的腿,紧紧地贴在那里,就像那些把自己锁在树干上的嬉皮抗议者一样,意志坚定地对抗不公正。

埃里克的手工纪念石还安放在花园里杂草丛生的蕨类植物下。愿你的灵魂安息，八腿艾迪，残疾但忠心。

托娃从未像现在这样同情那只可怜的螃蟹，她的左脚包裹在可笑的塑料模具中，一瘸一拐在厨房里转悠。六周，雷米医生说。无力的六周里，她无法拔除大黄花圃里的蒲公英。让人抓狂的六周里，她的走廊底板将积满灰尘。最令她无法忍受的是，特里会找其他人填补她的空缺。

"你有四条腿，"她边倒咖啡边对猫说，"或许你能借我一条吗？"

作为回答，猫舔了舔爪子。

她还没来得及喝下第一口热咖啡，门铃就响了。

"哦，看在上帝的分上。"她走向前门。

"托娃！"珍妮丝尖锐清脆的声音透过窗玻璃响起，"很抱歉没打招呼，我顺道过来的，你在家吗？"

托娃不情愿地拧开了门闩。

"哦，太好了。"珍妮丝端着一盘炖菜走了进来，不带感情地陈述，"你错过了这周的小组聚会。"

"是的，我身体不舒服。"

珍妮丝对这个说法不屑一顾。"就算你身体没问题也不见得会来。"她好像在演情景喜剧一样，"怎么回事？你工作时摔倒了？我听乐途的伊森说的。"她把盘子放到托娃的柜台上。

托娃的脸顿时惨白。伊森？他怎么会知道？

"我不是在暗示什么，"珍妮丝举起一只辩护的手，"但如果你需要律师，我认识一个人。"她伸手去拿皮夹。"我有他的电话号码。"

"珍妮丝，别这样。只是扭伤而已。"

"严重扭伤。"珍妮丝看了一眼她的靴子，摘下粉色薄纱围巾，连同她的手提包一起挂在厨房的椅子背上。她轻哼着歌，端着盘子打开冰箱。

"看看最下面的架子。"托娃嘀咕道。

"啊哈，这里是空的。"珍妮丝用手扫了扫，"芭芭拉做的。她说是土豆韭葱之类的，她说是在网上找到的食谱。"

"她真好。"托娃一瘸一拐地走向咖啡壶，"要我煮咖啡吗？"

"不，你应该坐下，把脚抬起来。"珍妮丝走到她前面，挡住了咖啡壶，"我来煮咖啡。"

珍妮丝煮的咖啡总是偏淡，但托娃还是按照指示坐了下来，在一旁盯着她放咖啡粉和水。

"那只猫需要喂吗？"珍妮丝放下圆框眼镜，迟疑地观察着猫，它正趴在餐椅下，为托娃提供着精神上的支持。

"谢谢，但它已经吃过早餐了。"托娃回答，然后在珍妮丝产生任何做饭的想法之前补充道，"我们都吃过了。"猫翻了个身，侧着身子，露出它浑圆的肚皮。它变得丰满都是炖菜的功劳，这个体态非常适合它。托娃亲切地称之为"同情体重"。

"好吧,冷静。我只是想帮忙。"珍妮丝把两个热气腾腾的杯子放在桌上,然后坐下,"你看过雷米医生了吗?"

"当然。"托娃嘟囔着说。

"然后呢?"

"我告诉过你了。扭伤了。"

"你要休息多久?"

"几周吧。"这是事实,但托娃省略了雷米医生的嘱咐:她需要做骨密度测试;她这个年龄重返工作岗位可能不是最好的选择。他说,可能不是。既然还没有定论,那就没有必要提。

"几周,"珍妮丝重复道,怀疑地盯着托娃的靴子,"总之,我来是有原因的。不止是为了确保你还活着。"

"原来如此。"托娃喝了一口珍妮丝煮的咖啡。也许应该再加一汤匙咖啡粉,不过味道还不错。

"其实有两个原因。"

托娃点点头,等待着。

"好吧,首先我要告诉你一件事。如果你上周二参加聚会,就不会错过玛丽·安的大新闻,但因为你不在……"

"是什么?"

"她要搬去和她女儿一起住。"

"和劳拉?在斯波坎市?"

"没错。"珍妮丝确认道。

"什么时候?"

"九月之前,她要把房子卖了。"

托娃慢慢地点点头。"我明白了。"

珍妮丝摘下圆框眼镜,然后从托娃桌面上的纸巾架上抽出一张纸巾,擦拭镜片。她眯着眼睛看着托娃说:"这样最好。你也知道,那栋房子的楼梯很陡,而且洗衣房在地下室……"

"是的,的确有点麻烦。"托娃同意。去年玛丽·安就是下楼梯的时候摔倒的,她很幸运,只是缝了几针。"劳拉接她过去真是太好了。而且去斯波坎,这可是件大事。"

"是的,是个巨大的变化。"珍妮丝重新戴上眼镜,"我们正在筹划一个特别的道别午宴。可能要等几个星期,取决于她搬家的进展,你当然得参加。"

"那是自然,就算走路一瘸一拐我也不会错过的。"托娃是认真的。

"好。"珍妮丝抬起头,脸上的表情难以捉摸,"你知道,玛丽·安走后,针织俱乐部成员就剩下三人了。我们该考虑一下长期计划。"

托娃长长地吸了一口气,试着想象只有芭芭拉、珍妮丝和她的兴趣小组该如何运作,没有了玛丽·安,也就没有了她从商店买回来、用烤箱热过的饼干。她们这样聚在一起几十年了,针织小组已经成了一种习惯。

"好吧，这些事我们三个可以慢慢考虑。"珍妮丝起身，把围巾裹在肩上，椅子刮擦油毡地毯的声音让已经睡着的猫抬起了头，睁开了狐疑的眼睛。"我该走了。蒂莫西要带我去埃兰新开的德州墨西哥餐厅吃午饭。"

"真不错。"托娃说着，尾随珍妮丝来到前门。珍妮丝的儿子总是带母亲出去吃饭。她想象着他们共用同一碗鳄梨酱，沾着玉米片吃。

"哦！我差点忘了第二件事。"珍妮丝短促地笑了笑，转身从口袋里掏出一部手机，"给你，这是你的。"

托娃的眼睛眯了起来。"我没有手机。"

"你现在有了。"珍妮丝把手机塞给她，"这是蒂莫西的旧手机，没什么特别的。但紧急情况下还能用。"她不经意瞟了一眼托娃的脚。

托娃瞠目结舌。"我解释过多少次了，我不需要手机。书房里就有一部完全正常的电话。我不需要随身再带一个。"

"你需要，托娃，你一个人住，而且一个人在水族馆里工作。如果你又摔倒了怎么办？我们已经讨论过了，大家一致认为你需要一部电话。"

她停顿了一阵伸出手，珍妮丝把手机放进她张开的手掌里。"谢谢。"她轻声说。

"好，非常好。"珍妮丝微笑道，"我会让蒂莫西打电话给你一点指导。玛丽·安送别午餐的事会我会再联系你。如果你有任何需要……"

"当然。"托娃在珍妮丝离开后锁上了门。

晚餐就吃韭葱炖土豆。芭芭拉的厨艺并不出众，但这道菜闻起来很香，托娃透过烤箱门观察时，它正冒着诱人的气泡。她的晚餐是一成不变的鸡肉加米饭，偶尔来个调剂也很不错。她一定要给芭芭拉写一封感谢信。

计时器响了。托娃俯身从烤箱里取出热气腾腾的菜肴。她把盘子拿出来一半，小心翼翼地用脚踝保持平衡，这时口袋里的东西袭击了她。

啪。

盘子掉在地上，油和奶酪撒了一地。啪！托娃踩在沾满奶油的油地毡上，滑了一下，一周内第二次摔倒。

啪！啪！啪！

她掏出那个可恶的设备，小小的屏幕上有个未接来电提示。她咬着牙把它甩了出去。

为什么人们非要多管闲事？

现在她必须先站起来，但这也是个不小的挑战。她每次尝试都会在一片狼藉中滑倒。手机就像一只银甲虫，肚皮朝上躺在厨房的另一侧，就算她能够着也不会操作。最后，她终于爬上了一把餐椅。

"谢天谢地。"她嘟囔着,不知道用了多少张纸巾才把手上的炖菜擦干净。

晚餐是鸡肉和米饭。托娃坐在沙发上,把盘子放在膝盖上。这是威尔在有比赛时的用餐方式。

"你看看,我们已经堕落到什么地步了,小猫?"她抚摸着它柔软的额头,然后拿起遥控器,打开晚间新闻。

新闻播报员喋喋不休地谈论着股市和天气,但托娃无法集中注意力。她的思绪一直停留在玛丽·安的大新闻上。玛丽·安终结的开始,她人生最后章节的第一句话。她无法继续独自生活,回到了孩子般的依赖状态。至少她女儿劳拉还愿意收留她,而不是把她送到养老院。

芭芭拉的女儿在西雅图,她们会照顾她。珍妮丝呢?她和彼得已经住在蒂莫西家的下沉式套房里了,完美地融入了儿子和儿媳忙碌的生活。人生到了某个阶段就得去某个地方。

男人的平均寿命比女人的短几年,托娃一直认为这是一种低调的不公。威尔的死因简单明了,至少对他本人来说是这样。癌症,住院,治疗:所有这些都很糟糕,但几乎同样痛苦的还有处理材料,保险申诉和事后安排。托娃总是深夜独自一人在厨房桌子前花好几个小时处理这些事情。当她有需要的时候,谁会为她做这些事？还是说，这些纷至沓来的文书工作最终也是后继无人。

她把一碗鸡肉饭放在茶几上（自然是放在杯垫上），然后走到壁炉前，塑料靴子蹭着地毯。她用手抚摸着壁炉光滑的雪松木边角，那是她爸爸亲手打磨和上漆的。这栋房子的骨架就是他用斧头凿出来的，这是传统的手工艺，是瑞典人的杰作，可以屹立数百年不倒。她生命的余晖耗尽之前自己还能撑多久？那致命的最后一击又是什么呢？狭窄的楼梯？凹凸不平的车道？打翻的炖菜，沾满奶油和土豆的地板？

他们会在厨房地板上发现她吗？叫救护车送她去医院？谁来填写夹在写字板上的入院表格？那些仅仅是个开始。

除非。

她想起了从查特村拿回来的资料包。

也许是时候填写申请表了。

餐厅特供

卡梅隆不是露营车专家，但他相当肯定这辆车就是一块废铁。

当他在 I-5 州际公路上狂奔时，发动机嘎嘎作响，松动的皮带发出尖锐的响声。艾略特的朋友曾警告过他这辆车有点难开，也提醒他没拆包装的备用皮带还在手套箱里。不过卡梅隆说服他把价格降到了一千二百美元。

虽然这辆车很烂，但拥有一辆车的感觉还是不错的，即便这是用让娜姨妈"不是贷款"的钱购买的。

现在，卡梅隆花了剩余八百多美元中的六美元买了一杯价格过高的拿铁咖啡，正沿着西雅图以北两小时车程的高速公路向目标地逼近。驾驶座的棕色靠垫散发出难闻的气味，坐上去有些扎人，后背隔着衬衫都感到痒。后排坐垫在舒适度和气味方面也没好到哪里去。昨晚，他在西雅图南部某个隐约有点工业气息的停车场过夜，睡得很不踏实。他在车里辗转反侧，突然听见轮胎碾过碎石的声音，猛地起身透过露营车的小窗户看见一辆警车驶入，在黎明前的灯光下，警车的轮廓清晰可见。他慌忙坐进驾驶座，飞速离开了那里。

在华盛顿的第一晚并不愉快。但现在又是全新的一天。

最新的路标显示距离索维尔海湾还有20英里。距离西蒙·布林克斯还有20英里。八百美元能撑多久？能撑一段时间。尤其是现在他不用付住宿费，八百块足以支撑他找到老布林克斯或者他的旅行包。

露营车的雨刷对于毛毛雨完全没有用，因此他向前倾着身子，眯着眼睛看着光滑的高速公路带。突然，刹车灯将仪表盘照得通红，堵车的队伍像墙一样出现在眼前，他急忙重重踩下刹车。至少刹车还能用。他一边用手指敲打着方向盘，一边盯着长满青苔的护栏和杂草丛生的路肩。这里的一切都是那么绿。茂密的常绿森林紧紧地挤在一起，卡梅隆看着它们稍微感到有些不适，有种身临其境的幽闭恐惧。

还有十英里。五英里。两英里。下了高速公路，"欢迎来到索维尔海湾"的招牌已经褪色生锈。他驱车直奔一个从网上找到的西蒙·布林克斯办公室的地址，最终来到了高速公路边一栋不起眼的小商业楼里。招牌上是"布林克斯开发商"。停车场里一辆车都没有，卡梅隆有一种不祥的预感。果然，大门是锁着的。

现在时间还早。也许布林克斯和他的员工不是早起的人。卡梅隆也不爱早起，很明显，这是遗传。

现在怎么办？也许他可以去水族馆看看？那里的人说不定知道布林克斯开发商办公室什么时候开门。

水族馆的金属圆拱屋顶上有很多条霉菌，还有像是结了痂的苔藓和鸟粪斑块。卡梅隆走过停车场时，海鸥在头顶盘旋，这里的停车场也是空荡荡的。他去拉门，发现门锁着，顿时明白了原因。

"正午开始营业。"他看了看门牌嘀咕道。这地方是怎么回事？感觉像是半梦半醒，也可能是半死不活。他看向远处荒凉的木板路，空气中一股下水道的味道，但他知道这不是污水，而是粘在岩石上的海藻被烤干的味道。是硫黄，闻上去像臭鸡蛋。浪花一阵接一阵拍打着防波堤。

还有一个小时就到中午了。一个尴尬的时间段。吃早饭太晚，吃午饭太早。但他可以喝杯咖啡。主干道上有一家熟食店。

他在上山的途中差点熄火两次。当他终于到达山顶时才松了一口气，慢慢放松了离合器。

熟食店与一家小杂货店相连，看起来冷冷清清。走进店里，仿佛时光倒流。过了一会儿，狭窄的过道里传来一阵骚动的声音。眼前就算是有一个黑白电视人物突然出现，卡梅隆也不会感到非常惊讶。

然而，来人是一个留着红胡子的老头。他围着一条印着"乐途杂货店"字样的绿色围裙，粗壮的胳膊抱着几包拉面，显然他正在摆放货架。

"早上好，"他说，"你需要什么？"

"咖啡？我以为这里是餐厅呢。"

"熟食在前面。跟我来。"他把拉面扔在地上，堆成一堆。

"我可以等。"卡梅隆说，看着那堆东西点点头，"我不着急。"

红胡子回头对他说："那怎么行。我去把坦纳叫来，"说着立马喊道："坦纳！"

从迷宫般狭窄逼仄的过道里，出现了一个闷闷不乐的少年，他也穿着相同的绿色围裙，跟在他们后面，匆匆忙忙地朝前面跑去。

"可算是来了。"说着红胡子打开了熟食店的灯。除了漂白剂，还有一股食物残留的味道，像是胡椒和洋葱之类的汉堡配料。他想起了自己和凯蒂同居之前租的那间破公寓，从走廊散发的味道就能猜出邻居们的晚餐。

坦纳递给他塑封的菜单。

"这是菜单。"红胡子多此一举介绍，"你看完之后，坦纳会负责点单。"

卡梅隆扫视菜单。看起来像是被谁家的狗或者小孩咬掉了一个角。"我喝黑咖啡就好。"说着肚子开始叫。

"坦纳，给他做特餐。"红胡子吩咐道，还没等卡梅隆反对，那孩子就傻乎乎点点头跑开了。在看不见的厨房里，锅子叮当作响，设备开始运转。红胡子俯下身悄悄说："熏肉奶酪三明治。"

怎么又是熏肉？他希望这次不是山药做的。"好吧。"卡梅隆犹豫了一下，同意了。

"我请客。坦纳是个新手。我一直想让他在厨房里多练练，但最近没有多少受害者。"红胡子咧嘴一笑，坐到他对面的长椅上，用手摸了摸满是雀斑的脑袋。"介意我陪陪你吗？"

卡梅隆耸耸肩。

"对于外地人，我总是格外关照。好好欢迎一下。"红胡子眨了眨眼睛。

"你怎么知道？"

"这里的人我都认识。"红胡子笑着说，"你从哪儿来？"

"加利福尼亚。"

红胡子发出低沉的口哨声。"加利福尼亚。别告诉我你是那种腰缠万贯的房地产商，来炒房的。"

卡梅隆发出一阵空洞的笑声，无法想象拥有自己的房子。"啊，不是。只是来这里寻找……家人。"

那家伙歪了歪他的光头。"是吗？我就说你有点面熟呢。"

卡梅隆兴奋起来，他怎么没有马上想到这个角度呢？红胡子大概六十多岁了，比他爸爸要老，但也不会超过十年。他一定是那种谁都认识的讨厌鬼。

"是的,"卡梅隆说,"其实是在找我爸爸。"

"他叫什么名字?"

"西蒙·布林克斯。你认识他?"

听到这个名字,红胡子瞪大了眼睛。"私下里不认识。抱歉。"

厨房里传来贝斯的低音,是一首卡梅隆听过无数次却叫不出名字的歌。这就是三十多岁人生的一部分吗?不了解年轻小孩喜欢的音乐?在上一场"飞蛾香肠"的演出中,他注意到观众的是年龄层似乎都有点大。他们已经变成经典摇滚乐队了吗?

不,他们什么都不是了。

红胡子听到这个声音皱起了眉头。"我去让他把那鬼声音调小点。"他开始起身。

卡梅隆对可怜的坦纳涌起一股同情,举起一只手制止。"没关系,我不介意。"

"你们年轻人都听的什么玩意。"红胡子摇摇头。

"好吧,其实也没那么糟,作为'飞蛾香肠乐队'的主吉他手,我懂音乐。"话一出口,他就后悔了。他为什么要提起这件蠢事。

"'飞蛾香肠'?真正的'飞蛾香肠'?"

"你……听说过我们?"卡梅隆瞠目结舌。乐队上一支单曲的下载量还不到100次,他们以为都是黛尔的常客,但也许红胡子也是其中之一。如果布拉德听到有人在千里之外听"飞蛾香肠乐队"的歌，一定会傻眼的。他甚至可能会求卡梅隆把乐队重新组建起来。

红胡子严肃地点点头。"我是你们的超级粉丝。"

"哇！"卡梅隆这一次真的不知道该说什么了。

"嗷，你别这个表情啊，现在我有点不好意思了，"红胡子的脸颊和他的胡子一样红，"我只是在逗你玩。"

"啊。"卡梅隆说，脸颊火辣辣的。

"所以你不是在开玩笑。'飞蛾香肠'是个什么鬼名字？"

一个愚蠢的名字。

坦纳出现在靠包厢的一旁。"本店特供。"他大大地叹了口气，放下一个堆满薯条的椭圆形盘子。薯条下面的某个地方，应该是一个三明治。闻起来十分美味。

"然后呢？"红胡子抬头瞪着坦纳。

"然后……请慢用？"

"咖啡呢？"

卡梅隆举起双手。"嘿，没关系。"

"这样不行。"红胡子的鼻孔张得大大的。"我们的顾客不是点了黑咖啡吗？快去做！"然后他转向卡梅隆，"对不起。"

坦纳闷闷不乐地走向厨房，大概是去准备一杯咖啡。卡梅隆希望这孩子别往咖啡里吐口水。

"好吧，咖啡也算我请的。我就不打扰你享用午餐了。"红胡子从包间里走了出来，"祝你顺利找到你老爸。"

离开商店时，卡梅隆在灰暗的光线下感到不安。阴天的阳光怎么会这么刺眼呢？他在口袋里摸索他的墨镜，走过停车场一半的路程时才注意到露营车有些不对劲。

它向一边倾斜了。

"不，不，不，不。"卡梅隆呻吟着，急忙绕到露营车后面，发现正是他担心的：副驾驶后排的轮胎完全瘪了。"该死！"他大叫一声，用力踢了一下轮毂罩，撞到了大脚趾。

他蜷缩着坐在路边。支付了拖车和新轮胎的费用后，剩下的钱也没有多少了。他再次查看手机，找回行李包还是没有进展。伊丽莎白发来一条短信：骆驼人，你那边怎么样？

"糟透了。太可怕了。"他喃喃自语道。然后，一抬头就看到红胡子站在店门口，盯着停车场，手像遮阳板一样高举在额头上，红胡子在微风中摆动。

"看来你需要帮忙，是吗？"红胡子漫步穿过停车场。他在卡梅隆面前停下，伸出一只手。"对了，我叫伊森。"

"谢谢，老兄。"卡梅隆握了握手，跟着他向商店走去。

我被囚禁的第 1322 天

我喜欢指纹，但这有点过了。

她已经三天没来打扫卫生了。厚厚的指纹使玻璃变得模糊，地板也灰蒙蒙的，上面都是脚印。情况很不好。

你知道我有三颗心吧？这一定很奇怪，因为人类和其他大多数物种只有一颗心脏。我真希望这些多余的血管腔能赋予我更高的精神境界，但可惜的是，我多出来的两个心脏基本上控制着肺和鳃。另一个叫作器官心脏，它为身体其他部分提供动力。

我已经习惯了器官心脏停止工作。当我游泳时，它就会关闭。这也是我为什么一般都不去主水箱的原因之一：我需要不停游泳。爬行对我的循环系统来说要温和得多，虽然主水箱的地面上到处都是美味佳肴，但也有鲨鱼。长时间游泳会让我感到疲倦，所以说，我非常适合生活在小水箱里。

人类有时会说我的心脏停了一下，以表达惊喜、震惊和恐惧。这起初让我很困惑，因为我的器官心脏每次游泳时都会停止跳动，停止很多次。但当清洁女工从凳子上摔下来时，我并没有游泳。但我的心脏还是停了一下。

我希望她能痊愈，不仅仅是因为脏玻璃需要她擦。

绿色紧身衣

埃里克去世的那晚是一个周三。

1989年,周三晚上是索维尔海湾社区中心爵士健身操的时间,托娃很少缺课。她在运动裤里穿了一件翠绿色的紧身衣,紧紧包裹着她三十九岁的苗条腰身。威尔很喜欢这件紧身衣,他总说这件衣服和她的眼睛很配。

这个星期三,她回到家开始脱掉运动服,像往常一样准备去洗澡,但威尔拦住了她。最后一缕阳光透过卧室的窗户,让他们的性爱沐浴在眩晕的光辉中。想想吧,威尔笑着看着她,他们躺在光秃秃的床单上,被子皱巴巴堆在床脚,我们很快就可以随时享受二人世界了。

埃里克本该秋天入学华盛顿大学。那天下午他去哪儿了?托娃到现在都不知道。警察反复问她,但她只能回答他可能和朋友出去了。他总是和朋友出去,因为他已经十八岁了。托娃几年前就不再关注他复杂的社交活动了。他是个好孩子。最棒的孩子。

那件绿色紧身衣没有像往常一样进入洗衣篮。威尔把它从托娃身上剥下来后扔在了客厅角落里的查尔斯顿椅的扶手上。第二天一早,威尔和托娃发现埃里克在渡轮售票亭值完夜班后没有回家,于是报了警,当索维尔海湾警方来到沙利文家时,那件绿色紧身衣还在那里,原本整洁的房间有了一处瑕疵,是非正式记录的一部分。

托娃还记得,警探们交谈时,她一直盯着这件衣服看。她还是觉得不可思议。埃里克在朋友家,睡在别人家的沙发上,只是忘了打电话。好孩子时不时会这样,不是吗?甚至最棒的孩子也会这样。

不知道什么时候,有人把紧身衣收进了洗衣篮,一定是托娃洗的,因为除了她还有谁洗过衣服?当然不可能是威尔。但她不记得了。从埃里克的失踪被证实到他被宣布死亡,关于很多事的记忆都是一片空白。

查尔斯顿扶手椅还在,不过几年后托娃把它重新装饰了一下。她选择了蓝绿相间的佩斯利图样,希望给房间增添一点儿欢快的气氛。但不知道为什么,虽然这把椅子换了新装,但它始终像是那个见证了一切的同谋。

她搬家时,第一个就把它处理掉。

托娃从未想过要在自己长大的房子里度过成年时光。不过,生活很少按照她期望的轨迹展开。爸爸建造这栋三层楼的房子时，她才八岁。

中间那层是用来居住的。下层是一间开在山坡的地窖，用来储存苹果、萝卜和碱渍鱼罐头。顶层是阁楼，用来放母亲的行李箱。

箱子里装满了托娃的父母舍不得留在瑞典的东西：无法融入他们美国新生活的遗物。绣花床单，被遗忘的娘家陪嫁的瓷器，木盒子和小雕像，上面精心染了红色、蓝色和黄色。雨天的下午，托娃和拉尔斯会爬上梯子来到阁楼，在光秃秃的椽子下玩耍。在蕾丝花边的桌布上野餐，用缺口的骨杯倒上茶，招待被当作客人的达拉马。

几年后的一个夏天，爸爸决定把梯子换成楼梯。他找了两个最好的店员来帮忙。他们从天亮一直干到天黑。从爸爸的身体健康从那时起就开始恶化了。托娃还记得，当年轻人在雪松木板上钉钉子时，他就坐在走廊的椅子上休息。

楼梯建好后，帮手将岩棉塞进椽子，然后打磨地板。与此同时，爸爸在阁楼的设施上下功夫，他在一个角落里建了一个娃娃屋，在另一个角落里建了一张结实的桌子。他还做了两把木椅，在椅腿上雕刻花藤，在椅背上刻上一串星星。

完工后，妈妈拿着扫帚过来了。爸爸把卷在角落里的编织地毯上的蜘蛛网打掉，铺在完工房间的中央。托娃、拉尔斯、妈妈、爸爸和两个帮手都站在地毯上，欣赏着。阳光艰难地穿透了脏兮兮的天窗。妈妈用浸过醋的布擦拭，直到它闪闪发光。

"现在，"爸爸拍着窗框说，"你们有个正儿八经的儿童游戏房了。"

但他们不再是孩子了。拉尔斯已经十几岁了，托娃只比他小两岁。他们在这间改建的阁楼里度过了一些时间，但很快对游戏房的兴趣就减退了。托娃认为，爸爸没有亲眼看到他们放弃了他辛苦建造的房间是一种仁慈。

真的，它本该是孙子的游戏室。但是，她和威尔显然没有孙子。

威尔和托娃搬回来照顾妈妈时，埃里克还很小。托娃想把埃里克的婴儿玩具捐出去，但妈妈坚持说：留着将来给自己的孙子吧。于是托娃把它们藏在了阁楼上。

埃里克死后，这些玩具一直放在阁楼上。现在还在那里。

唯一的变化是天窗。威尔把它换掉了。埃里克死后过了几年，威尔出了点意外。悲痛会让人变得这样。托娃不愿去想那件意外。正常的威尔不是那个样子。但失去孩子后就没什么正常的了。

具有实用主义精神的托娃认为新窗户是那件意外带来的结果。现在他们拥有一扇更大更明亮的窗户。

当她在阁楼里踱步时，感觉自己似乎可以穿过玻璃，走到另一边的树梢上。这个房间真的很美,是看海的最佳场地。

有一次,她和威尔见了一个房地产经纪人,就是为了看看房子的市场如何。

"太不可思议了,"中介赞不绝口,"整栋房子都不可思议。这种地方居然有这样一栋房子。"

这是真的。我们的房子坐落在山坡上,位于一条陡峭的、长满黑莓灌木的石子车道尽头,开车经过的人有可能完全看不到这里的房子。

经纪人用手指摸索着楼梯扶手,看着阁楼高耸的横梁,就像一座大教堂一样,高耸而光洁。她从阁楼的一个架子上拿起一辆缺了一只轮子的玩具车。那是埃里克的车。经纪人说:"当然,在房子挂出去之前,我们要把这些东西都处理掉。"

他们决定不卖了。

玩具车还在那里。托娃把它捡起来,塞进长袍口袋里。

这次可不一样。

托娃上床睡觉时已经很晚了。猫在床单上卧成一堆睡得正香,它的侧腹轻轻地上下移动。她小心翼翼地把被子往后拉,以免吵醒它。她自己笑了笑,从未想过要和一只动物同床共枕,但她很高兴它在这里。

她进入了一个陌生的世界。肯定是一个梦,但她不太确定,因为感觉太单调了。在梦里,她躺在这张床上,双臂搂着自己的身体,然后胳膊开始生长,像婴儿的襁褓一样缠绕着她。手臂上有数不清的吸盘,每一个都在拉扯她的皮肤,触手越来越长,形成一个茧,周围的一切都变得黑暗而寂静。一种强烈的感觉席卷她全身,过了一会儿,托娃意识到这种感觉是解脱。蚕茧温暖而柔软。她极其幸运,独自一人。最后,她沉沉睡去。

不是光鲜亮丽的工作

卡梅隆坐在伊森的厨房餐桌旁，不知道自己是否应该待在这里，还是要做些什么。伊森给一个在拖车公司的朋友打了电话，那人看起来不是很乐意，但他还是免费把卡梅隆的露营车拖到了伊森家的车道上。卡梅隆对他表示了无数次的感谢，爆胎的问题虽然还没有解决，但至少他不会被困在杂货店的停车场里了。

这些事花了好几个小时才解决。现在已经五点了。按计划返回布林克斯开发公司的计划泡汤了。

"你确定我可以停在这里吗？"

"只要你早上别太吵就可以。"

卡梅隆笑着说："我可不是个爱早起的人。"今晚不用再担心找不到阴凉的停车场睡觉了。他又喝了一口威士忌，感觉肩膀轻松了许多。他离开莫德斯托后第一次感到放松。

"老实说，我很高兴有人陪我。"

"我也一样。"卡梅隆有同感。虽然伊森说他不认识西蒙·布林克斯，但他也许能帮上忙。他似乎认识这里的每个人。六度分隔理论不是说两个陌生人之间其实隔了很少的中间人吗？即使像布林克斯这样的有钱人，偶尔也得买点牛奶吧。

卡梅隆想到了一个绝妙的主意。"伊森。"他大胆地说。

"嗯？"

"乐途杂货店还需要人手吗？"卡梅隆靠在桌子对面，"我的意思是，你会雇用我吗？"

伊森似乎考虑了一会儿。

"我会收银，"卡梅隆这辈子都没用过收银机，但这有什么难的？"上货。擦桌子，随便什么都行。"

"好吧，我很抱歉，但没有多余的工作。"伊森摇摇头，"我得炒了坦纳的鱿鱼才能雇你。"

卡梅隆泄气地把杯中酒一饮而尽。"算了，没关系。"

"但如果你在找工作，我倒是有些内部消息。"伊森又给他倒了一杯苏格兰威士忌。琥珀色的酒液在杯中翻腾，散发出温暖醉人的味道。"如果你愿意，我可以帮你联系。"

卡梅隆用拳头撑着下巴。该死的露营车轮胎。伊森的拖车朋友帮他检查车时吹了一声口哨。轮辋破裂，轮毂弯曲。情况不妙。几年前，他的老吉普车的轮辋被顶坏了，修理费花了几百美元。现在，他的行李还没找到，他必须要还让娜姨妈的游船费。他需要赚点钱。

"是个类似维修的职位,"伊森补充道,"不是光鲜亮丽的工作。"

"没问题,"卡梅隆抬起头,"能帮我联系一下吗?"

"说起来,他给了我一沓申请表,我放在熟食柜台上。"伊森起身走出厨房,边走边说他马上回来。

几分钟后,他回来了,挥舞着一张纸。

"我现在就填。"卡梅隆拿起了桌上的笔。

伊森的脸上慢慢露出了笑容。"这么说吧,有我推荐,你一定会成功的,小伙子。那么,我们来庆祝一下吧!"

第二天上午 10 点 45 分,卡梅隆回到了水族馆。这次,门一下就打开了。

伊森今天一早就给他的"老伙计"打了电话,10 点的时候敲响露营车的门,把卡梅隆从睡梦中惊醒。伊森的绿眼睛炯炯有神,他完全没有被宿醉影响。他用爽朗的语气告诉卡梅隆面试在一小时后。

"记住,他叫特里,是个喜欢鱼的怪胎,但他人很好。"伊森已经解释了十遍。"放轻松,我相信你会当场被录用。"

这个正在办公椅上转来转去的家伙与卡梅隆想象中的喜欢鱼的怪胎大相径庭。他去打橄榄球中后卫也没问题。他正在打电话,但还是冲卡梅隆点点头,示意他进来。

他用嘴型表达了"对不起"之后转身继续讲电话。

卡梅隆在门口徘徊，不知所措，他不想偷听但又想听从指示。他没必要在面试一开始就违抗命令。

鱼类爱好者压低了声音。"托娃，听着，我的回答跟上次你打电话的时候一样。如果医生说你需要休息六周，我坚持你听医生的话。"他眉头紧皱，对电话那头的回应不屑一顾。"好吧。好吧。四周后，我们再重新评估。"又停顿了一下，"是的，我当然会确保他们能够胜任这个工作。"

停顿。

"是的，我知道垃圾桶周围的污垢是怎么堆积起来的。"

停顿。

"好的，我会确保他们使用纯棉布。聚酯纤维会弄花玻璃。知道了。"

停顿。

"好的，你也保重。"他的声音变得柔和，隐约还带着加勒比海的口音，不过卡梅隆并没有真正去过加勒比海。

鱼类爱好者长叹一声，换下听筒，摇摇头，站起来伸出手。"特里·贝利。你一定是来面试的吧？"

"是的。"卡梅隆直起身子，想起了伊森告诉他的话。"是的，先生。维修工。"他把申请表递到桌上。

"很好，很好。"特里重新坐下，开始浏览申请表。卡梅隆也坐了下来，突然后悔自己写的东西。他和伊森喝了大半瓶苏格兰威士忌，伊森向他保证简历不重要，他推荐的绝对没问题。

也许他太乐观了。

特里皱起了眉头。"你在海洋世界负责水箱维护？"

"对。"卡梅隆点点头。

"你在曼德勒海湾鲨鱼展工作过？拉斯维加斯那个？"

"是的。"卡梅隆感觉自己的嘴角在抽搐。他是不是扯太远了？

特里的声音平淡了下来。"曼德勒海湾的鲨鱼展是哪一年来着……1994年。"

"是的，二十世纪九十年代就是好啊。"卡梅隆笑了笑，试图保持镇定。

特里不买账。"你还没出生呢。"

卡梅隆出生于1990年，但是现在纠正特里似乎不是明智的举动。相反，他说："是的，有些可能是夸大其词。"

"好吧。谢谢你的时间。你可以走了。"

卡梅隆抬起头，没想到这句话如此有效地刺痛了他。

"我是认真的。"特里的声音很平淡，"你在浪费我的时间。"

"等等！"卡梅隆被自己低声下气的语气吓到了，可是该死的轮胎。让娜姨妈的游轮。这些都需要钱，而且要快。他指着申请表说："好吧。这些都不是真的。"

"难以想象。"

"伊森说你会觉得很有趣。"

特里叹了口气。

"但是，伙计，听我说完，"卡梅隆说，"我现在处境艰难。我会维修，保养，无论你需要什么人……我有多年的建筑经验。在加利福尼亚为有钱人盖豪宅。"他并没有说自己被解雇过无数次了，但他担心这已经写在他脸上了。

特里向后靠了靠，双手交叉，挑了挑眉。做出了一副好吧，我听着的姿势。

卡梅隆向前倾了倾身子，认真地说道："我密封过无数块卡拉拉大理石。无论你需要什么，我都能做到。我保证。"

特里盯着申请表仿佛看了一个世纪。最后，他抬起头，眼睛眯成一条缝。"我不在乎加利福尼亚或卡拉拉大理石。我也不欣赏这种小把戏。"

卡梅隆研究交握放在膝盖上的双手，感觉就像上学时因为在体育馆看台下偷偷抽烟被叫到校长办公室一样怪异。他当初是活该，现在也是一样。

特里接着说："你知道，当我来美国申请大学时，统考成绩并不是很好。但我了解海洋生活。我是在金斯敦附近的一艘渔船上长大的。"他从凌乱的桌面上拿起一沓文件，"但我知道我想来这里学习海洋生物学，很多人给了我机会，让我实现了这个梦想。"

卡梅隆抬头看了一眼办公桌后面镶框的毕业证书。优等生。特里显然不只是个鱼类爱好者,他是鱼类天才。

"所以你……想给我一个机会吗?"

"不是很想,"特里狠狠地盯着他,"我想你不是缺机会的人。你可能都没有意识到你有过很多机会。但你把它们丢掉了。"

一针见血。

"不管怎样,我给你一个机会,但不是因为我觉得你值得。我是在给伊森机会。前一阵子,我们打扑克他输得很惨,他一直耿耿于怀。"特里发出一阵笑声。

"谢谢,先生。"卡梅隆坐直了身子,"你不会后悔的。"

"你不想知道这份工作到底是什么吗?"

"不是维修吗?"伊森肯定提到过卡梅隆在建筑方面的经验。他想象自己修补屋顶和修理漏水的水龙头。

"嗯,算是吧,切鱼饵,清洗水桶。这一类的工作。"

"好吧。"鱼饵。能有多糟呢?不管怎么说,他只需要干到他找到行李包,或者他找到西蒙·布林克斯。当然了,这件事他不会告诉特里的。

"一小时二十块,一周二十小时。"

卡梅隆心里默默计算了一下,乐观的心情顿时低落下来。除去税和露营车的油钱,他要干到夏末才能还清让娜姨妈的钱。即使他可以吃伊森从商店带回来的过期食品省下一些钱。夏末对于她的游轮押金来说已经太晚了。

卡梅隆说:"如果你愿意给我更多工作,我会干的。"

特里双手合拢,若有所思地停顿了一下,然后说:"你干净吗,孩子?"

卡梅隆反射性地低头看了一眼自己的衬衫,也许他昨天应该在伊森家把衣服洗了。然后他意识到特里的意思。他的……犯罪记录。

"嗯,基本上算是。有几个轻罪。有一次,酒吧快打烊了,然后……"

特里摇摇头。"不,我是说,你会打扫卫生吗?你会拖地吗?"

"哦。"卡梅隆考虑了一下,"哦,会,完全可以。"

"那我可以给你更多的夜班时间。但是,"特里竖起一根适可而止的手指,"这只是临时的。我需要找个人顶替请假的正式清洁女工。"

"没问题。"

"卡梅隆·卡斯莫尔,伊森·麦克可能不太擅长给求职者建议,但他是我的好朋友。我是因为他才给你这个机会。"

"明白。"卡梅隆点点头。

"别让他失望。"

卡梅隆在码头上闲逛,等着伊森来接他。正午的阳光在海面上洒下耀眼的银色条纹,一群划桨板的人在码头上荡起层层涟漪。

他手指摸索着口袋里的钥匙卡。从来没有老板如此信任过他。他以水为背景拍了一张钥匙卡的照片,然后发给了让娜姨妈。

当他点击发送时,一个电话打了进来。卡梅隆一眼就认出了这个号码。他这周打了上千次,留下了几十条语音留言。当他点击绿色接听按钮时,心跳加速。

"我是卡梅隆。"他装出一副商务的腔调。

"您好,我是布林克斯地产公司索维尔海湾办公室的约翰·霍尔,"电话里的声音听起来很疲惫,"您多次致电留言。请问有什么需要我帮忙的吗?"

"是的!"卡梅隆用力吸了一口气,"我是说,有的。我想约见布林克斯先生。"

"恐怕现在不行。"

"为什么?"

"布林克斯先生大部分时间在西雅图的办公室。我建议您去那里找他。"

"我试过了!"卡梅隆怎么可能没试过,他们的网站上就是西雅图办公室的号码,"他们告诉我他没空。"

"那么他就是没空。"约翰·霍尔的声音里没什么情绪。

"但这不可能！"卡梅隆讨厌自己越来越像发牢骚，就像他求凯蒂别把他的东西扔出窗外时一样。"求你了，这很重要。"

约翰·霍尔大概正在电话那头整理文件。远处传来火车的鸣笛声。卡梅隆发誓他听到了同样的声音，就在码头这里。为什么他明明离得很近，却感觉那么遥远？

最后，霍尔问："你说你是谁？"

"卡梅隆·卡斯莫尔。我是……家人。"

"我明白了。"停顿了很久，然后霍尔谨慎地说，"那你应该知道，每年这个时候，布林克斯经常去避暑别墅。"

"避暑别墅？在哪儿？"

霍尔笑了。"我不能随便泄露地址。也许你应该去问问你的家人。"

等卡梅隆反应过来时，电话已经断了。他瘫坐在长椅上，耷拉着脑袋。他怎么才能找到他的度假豪宅呢？

他刚要把手机塞回口袋，让娜姨妈回复了一个香槟表情和一句话：我为你感到骄傲，卡米。

我被囚禁的第 1324 天

特里换人了。用你们人类的话说，以旧换新。

他去面试时路过了我的水箱。他佝偻着身体，肩膀前倾，手掌湿漉漉的：显而易见的焦虑。当他离开时，脚步流畅很放松。看得出来，这是一次成功的面试。

他走路的方式似乎有些……熟悉。我希望能有更多机会研究一下，但他走路的速度太快了。我想我很快就会有机会的。也许就是今晚。

昨晚晚些时候。我绕过拐弯处，想看看岩蟹是否在蜕壳，因为它们在壳软的时候最美味。老实说，地板的状况令人担忧。回到水缸后，我花了好长时间从吸盘间抠出一些污垢。

我真希望这位年轻人今晚就能开始他的新工作。岩蟹明天就开始蜕壳了。我可不想再爬一次这恶心的地板。

至于之前的清洁女工，我只能猜测她不会回来了。我会想念她的。

最喜欢受伤的生物

卡梅隆的脊柱像是挨了一棒球棍。切碎几大桶鲭鱼鱼饵,然后撒进整个水族馆的水箱里,这可不是闹着玩的。他的腰间阵痛,左肩胛骨下肌肉打结,每次向右转头时,脖子里就会有个讨厌的东西不停地跳动,因为露营车副驾驶位的后视镜坏了,所以他经常向右转头。

车坐垫也是个问题。几个晚上之后,卡梅隆终于受不了了。露营车的前主人肯定把它当成了小便池。昨晚臭气熏天,他把垫子拖出来扔到伊森的车道上,宁愿睡在油腻的胶合板上。他半睡半醒之间想到,能有多糟呢?事实证明:非常糟糕。他老了。毕竟已经三十岁了。

至少轮胎和轮毂罩修好了,总共花了七百美元。如果他的行李包没有神奇地出现,他就得靠最后的一百美元勉强度日,直到周五从水族馆领到第一笔薪水。还有三天。

他开车向右转了最后一个弯,脖子又响了,驶入了索维尔海湾的主要商业街区，那里有许多破旧的小商店。伊森告诉他房地产经纪人的办公室就在中间。他把车停在前面，旁边有个老旧的计价器，看上去不像是在工作。当他拉开门时，店面的门发出了死气沉沉的声音，就像一个快没电的儿童玩具。

"有什么可以帮您的？"房产经纪人是一位中年妇女，一头漂白的金发，狭长的脸没有什么表情。

卡梅隆做了自我介绍，并解释说他在找西蒙·布林克斯。

房产经纪人笑着摇了摇头。"我当然看过他的广告，但我私下里并不认识他。"

"他是做房地产的，你也是做房地产的。你就没有办法牵个线吗？"卡梅隆低头看了一眼桌上的名牌。杰西卡·斯内尔。"如果可以的话，那可真是帮了我大忙了，杰西。"

"是杰西卡。"她不满地纠正。他扫了一眼空荡荡的办公室。墙上贴着一本由某家户外探险用品公司赞助的日历，已经翻到了八月，上面有一个孤独的身影，划着小船，在雾蒙蒙的湖面上抛着钓竿。现在才是七月的第二周，不知道为什么，日历提前更新让他非常恼火。

"求你了？"卡梅隆甜甜一笑，双手合十，"我真的需要找到他。"

经纪人眯起了眼睛，脸上一副不耐烦的表情，纸一样的皮肤很容易皱在一起，就像他的旧棒球手套。她调整了一下眼镜，说:"你说你是谁来着?"

他挺直了腰板,再次说出自己的名字,犹豫了一下,然后补充道:"我是布林克斯的儿子。"

"他的儿子?"

"也许,或者说……很有可能。"卡梅隆正了正肩膀,"我的意思是,我有充分的理由相信他是我的父亲。"

杰西卡·斯内尔挑了挑眉。

"确凿的证据。我有确凿的证据。"

"那我就不明白你为什么需要我的帮助了。"房地产经纪人耸耸肩,"问问你家里的其他人吧?你母亲?"

"我九岁时被母亲抛弃了。"

"天呐!太可怕了。"她睁大眼睛,放松了下巴。上钩了。他是那幅画里的渔夫,而她是湖里等待的孔雀鱼。

"我没有其他家人,你懂吧?"说到这里,卡梅隆在背后交叉手指。在这种情况下,让娜姨妈肯定会理解他稍稍歪曲事实的必要性。

杰西卡·斯内尔点点头,眼睛中流露出同情的神情。

"所以,我从未见过我的父亲,"卡梅隆继续道,"我妈妈不让我们相认。"她确实这样做了,不是吗?她和卡梅隆在一起的九年里,关于他父亲的任何事,她都闭口不谈。在那之后,她随时都可以联系他。或者至少尝试弥补她造成的混乱。至少在卡梅隆身边回答一些疑问。但是她没有。所以，没错，这是真的。这件事也是他母亲的错。从某种象征的意义上来说，是他母亲把他们分开的。如果不是因为她的生活一团糟，也许他的父亲——不管他是不是西蒙，不管他是不是照片上那个人——会留在他的身边。

斯内尔轻咬着薄薄的下嘴唇，快速地左右扫视着，一副害怕干坏事被抓到的样子。"是这样的。去年我没能参加地区大会，"她哼了一声，澄清道，"我的意思是，我本来可以去的，我甚至都注册了，但我女儿要参加钢琴独奏会，虽说行业大会是本地最大的贸易展，但我很难兼顾这些事情，你知道吗？"

卡梅隆坚定地点了点头，似乎对这个特定的困境深有感触。他低头注意到杰西卡的办公桌上有一个陶瓷镇纸，那是一只看起来很严厉的绿色大青蛙。底座上用俏皮的字体写着：别在这里胡说八道。让娜姨妈肯定喜欢这个。

经纪人向上推了一下眼镜。她为什么不把眼镜调整一下呢？用一把微型螺丝刀就能轻松搞定。

她继续说："这次大会。我没去，但布林克斯肯定去了。据我所知，他很喜欢参加这些活动，一个开放酒吧的爱好者。"她伸出小指和拇指做了个"放松放松"的手势。

卡梅隆强忍着不去摸青蛙的背，上面满是灰尘，他再次点了点头。

"总之,每个注册的人都会收到一份与会者名录。我可以找找他。"

"说真的,谢谢你。这对我来说意义重大。"卡梅隆的笑容扩大了,斯内尔的脸颊也微微泛红。

"请坐。我得好好找一下。"

斯内尔消失在后面某个房间里,卡梅隆坐了下来。他的脑海中开始浮现出一个场景:一个穿着定制西装的白发男人坐在锃亮的红木吧台召唤他,一个服务员在旁边候着。儿子,你应该见识一下好的生活,那个男人把胳膊肘靠在闪闪发光的吧台上,拍了拍他旁边的座位,这里的座上铺着酒红色的软垫,跟黛尔那里留着油腻屁股印的凳子不一样。男人笑容温暖,左脸颊上有一个酒窝,和卡梅隆的酒窝一样,他内心有什么东西在涌动,快要溢出来了,过了很久他才意识到自己被喜悦和放松的幻想冲昏了头。金色的液体无声无息地飞溅到两个杯子里。可能是白兰地,也可能是伊森喝的那种顶级威士忌。酒液在超大冰块上流下,男人正准备亲切地拍拍他的背,突然——

叮咚!

他扭头一看,一个女孩紧握着拳头,站在房地产办公室的门内。她的头发湿透了。她很性感,是他在索维尔海湾见过最迷人的女孩。不知为什么,她愤怒的表情让她更加有魅力。

"杰西!"女孩的叫声隐隐透着厌烦,卡梅隆觉得这一幕应该时常发生。他欣赏着这位不速之客，同时暗自庆幸自己猜对了房产经纪人的绰号。

他朝里屋竖起了大拇指。"她在后面。"

"是吗。知道她什么时候回来吗？"她不耐烦地双手交叉抱在胸前，小巧而丰满的胸部在背心领口隐约可见。卡梅隆不由自主在椅子上晃来晃去。他怎么回事？还是十二岁的小孩吗？不过，凯蒂已经离开他三个星期了。

他抬起下巴。"我不知道，很快吧？"

"她在做什么？"

"嗯，服务我？服务……客户？"

女孩笑着朝他走来。她身上有防晒霜的味道。"你是客户？"

"为什么不能是？"

"哦，我不知道。也许是因为杰西卡·斯内尔卖的是价值几百万美元的豪宅？你身上的臭味比西雅图海鹰队比赛第四节体育场的厕所还难闻。还有，你的下巴上沾了一些棕色的东西——天哪，我真希望那是巧克力。"

卡梅隆立刻举起了手，想起了早餐吃的巧克力蛋白棒。露营车里连一面能用的镜子都没有。他有什么办法？

"好吧，我不是来买豪宅的，不过杰西在帮我做一件事。"

"随便吧。"她用手捋了捋湿漉漉的头发，然后撩起脖子上的波浪卷，露出了颈后的粉色比基尼带子。

女孩朝着后面的房间继续喊:"杰西!"

"天哪,艾弗里。"斯内尔从走廊大步流星走过来,脸上又一次浮现出刚才鄙夷的表情。

艾弗里也不含糊。"你又把热水器弄坏了。"

"我把水箱的温度调低了。"

"降到极低水平吗?"

"我只是想减少我们的水电费。"

"我宁愿给煤气公司几块钱,也不愿在洗澡时冻死!"

女孩。洗澡。卡梅隆试图想点别的,任何事都行,最终思绪落在了维利纳拖车公园的衣原体问题。

杰西卡·斯内尔双手叉腰。"大多数人不会在自己的营业场所洗澡。"

"算了吧,"艾弗里的冷笑道,"你知道我早上划水之后要洗澡,然后才开门做生意。我差点被冻死了。"

杰西卡·斯内尔朝这位年轻的女士抬了抬下巴,卡梅隆推断出她与隔壁的商店有关。他记得看到过一家冲浪店。斯内尔一边吸鼻子一边说:"租约里可不保证有用不完的热水。"

"那也要看邻居是不是个体面的人。"艾弗里向卡梅隆投去期待的目光,似乎等着他英勇地出面干涉。

但房产经纪人手握一张纸:一张寻人的地图,很有可能帮他找到那个赖账的父亲。于是他不置可否耸了耸肩。

艾弗里瞪了卡梅隆一眼，然后又看了斯内尔一眼。"随便你。我会付额外的钱。把水温调高。"她气呼呼地走了出去，身上的椰子味一闪而过，接着是那个令人讨厌的门铃和摔门的声音。

"对不起。"经纪人脸上露出紧张的笑容。

"不用担心。"

"好消息，我找到了西蒙·布林克斯的地址。"她把纸递过来，轻声补充道，"祝你好运，我会为你祈祷的。希望你和父亲圆满团聚。"

卡梅隆再次向她道谢，然后把纸塞到口袋里。

"这是巧克力。"卡梅隆漫步穿过一小段人行道，来到艾弗里正在摆放三明治招牌的店门口，可能是冲浪用品店之类的。

"什么？"她眯着眼睛看着他，举起一只手挡住明亮的晨光。

"我脸上的棕色东西。那不是大便。是巧克力。"

"谢谢你告诉我。"她干巴巴地说。

"我看你刚才在店里过于关注我的状况。"

"好吧。"她掸了掸手，大步走向敞开的店门。前窗上印着"索维尔海湾皮划艇店"的标识。当他跟着她进门时，映入眼帘的是房间一侧摆放整齐的一排又高又厚的木板，对面墙上则堆放着塑料皮艇和独木舟。

"我的意思是，我不是什么怪人。"他急忙解释。但他表现得有点像个怪人，而且似乎无法控制自己。还有那该死的坐垫！他身上很有可能沾了尿味。艾弗里穿着非常合身的牛仔短裤，他向后退了一步，拉开一点距离。

她转过身来面对他，面无表情。"需要我帮你找什么吗？"

"我只是随便看看。"

"好吧。随便你。但别把东西弄乱了。"

"我是个幼儿吗？"

艾弗里笑着说："你脸上都是巧克力，闻起来像尿裤子了。如果鞋子合脚的话……"

"好吧，我什么都不碰。你可以向老板保证我不会弄脏店里的商品。"

"我就是老板，"她歪着头，"这是我的店。"

卡梅隆张了张嘴，不知道如何回应。她比他大不了几岁。他名下只有一辆恶心的露营车，而她却有一整间店。

"听着，我知道你是什么人，"她抱着双臂，声音有些厌烦，"我不知道你的目的是什么，但你耍了杰西，我知道。"

"你为什么在乎？你们也不是邻里和睦。"

"我在乎是因为我讨厌被人耍，"艾弗里上下打量着他，"你到底是谁？我以前从没见过你。"

"我只是想让那个房地产经纪人帮忙，"卡梅隆说完停顿了一下又补充道，"我在找我的爸爸。"

"哦，"艾弗里的声音稍微缓和了一点，放开手臂，美观的胸型一览无余。她吸了一口气。"对不起。我不是故意要大吵大闹的，今早有些状况。"

"我知道这种感觉，相信我。"卡梅隆微笑着，艾弗里又放松了一些，在他自我介绍时伸出手紧紧握住他的手。当他松开手时，脖子又发出了一声骨头摩擦的声音。

艾弗里听了不禁倒抽一口冷气。"哇哦。你没事吧？"

"嗯，应该没事。昨晚睡觉姿势不对。"话一出口，他就后悔了。这就是三十多岁时的搭讪台词吗？抱怨背痛？好在他没有说罪魁祸首是因为他拥有的那辆世界上最恶心的露营车。当太阳继续爬上正午的天空时，温暖的光线穿过商店的窗户。卡梅隆突然想到，今天早上离开之前，他应该把床垫冲洗干净，让它在白天的热气中风干。为什么他从来都无法及时想到这些事？

"是脖子扭了。我有办法。等一下。"艾弗里躲到柜台后面，一秒钟后又冒了出来，递给他一个瓶子。这是一种面霜，盖子上贴着鲜艳的橙色价签，19.95美元。她解释说："这是纯天然的。我长时间冲浪练习之后感到酸痛时，就会使用它。"

卡梅隆感觉自己的眉毛上扬了一英寸。二十美元买的有机凡士林。他挤出一个笑容。"谢谢，但这个就算了。"

"我请客。"

"真的，没关系。"

"你就收下吧？"当艾弗里把小瓶子推给他时，脸上露出了真正的笑容。"我不能对受伤的生物袖手旁观。"

过了一会儿，当卡梅隆走出来时，他的脖子上涂着高价的药膏，手机里也存了艾弗里的号码。

当卡梅隆把车开进车道时，伊森正坐在前廊上。卡梅隆朝房子走去，知道自己一脸傻呵呵的表情。

伊森说："刚才有人打电话找你。好像是航空公司的。留了个号码，你记得回电话。"

"谢谢，伊森。"卡梅隆的脉搏加快了。他的行李包。幸好他上次打电话时把伊森的座机加到了联系方式里。他的手机电池最近只能用两秒钟。他一直没想过要换手机，但他的珠宝找到了，而且他也有了工作，所以他要去看看今年春天发布的新款手机，那部有六个摄像头、几乎能为你做晚饭的手机。

他难掩笑容，躲进露营车，拨通了电话。

"享途航空行李服务。"一个女人接听了电话，听起来并不高兴。

卡梅隆报出了他的索赔号码。"所以我的行李包什么时候能送到？"

"请稍等，先生。"她在键盘上敲击了仿佛一个小时那么久。按键声在手机扬声器里回荡：咔嗒咔嗒。她是在写小说吗？最后，她说:"是的，我们是找到了您丢失的物品。"

"太好了。你们需要我的地址吗?"

"先生，恐怕您的物品在那不勒斯。"

"那不勒斯……佛罗里达?"

"意大利那不勒斯。"

"意大利?"卡梅隆的声音提高了八度，"享途航空有飞意大利的航班吗?"

"请稍等，先生……让我查一下。"不知为何，这位女士敲击键盘的声音现在听起来更加咄咄逼人。"啊，我知道怎么回事了。您的行李被转到了我们的欧洲合作伙伴那里。"她低低叹了一口气。"哇，即使是我们，这也太糟糕了。"

"是啊，你才知道吗?"卡梅隆努力让自己的声音保持平静，"那我怎么才能把它拿回来? 里面有些……贵重的东西。"

"先生，我们建议所有乘客在登机前取出所有的贵重物品——"

"但我别无选择，"卡梅隆爆发了，"他们让我在登机口托运行李，我和其他一百万人，因为你们头顶行李架只有火柴盒那么大。你们的飞机工程师知道一般的行李箱有多大吗，啊?"

停顿了很久之后，代理人说:"先生，我要把您转到我们欧洲合作伙伴的办公室，他们会分配一个新的索赔编号。我可以先在这里办理手续，然后再移交过去。请从您的姓开始……"

墓志铭与笔

托娃的一天开始得很早。她有很多事情要做。

首先,她开车到市中心,停车的时候遇到了点小麻烦,一辆巨大的破旧露营车占据了房地产经纪办公室和桨板店之间的两个车位,挡住了来往车辆的视线。虽然周四早上九点的索维尔海湾市中心来往车辆并不多,但小心点总没错。

她不安地瞪了一眼那辆笨重的汽车,然后一瘸一拐地走向目的地。杰西卡·斯内尔进门时好奇地歪了歪头。

"有什么可以帮忙的吗,沙利文太太?"

"是的,有的。"托娃平静地复述了一遍她排练过的解释,然后在三十分钟后离开了办公室,并约好房产经纪人今天下午到家里对房子进行初步考察。

接下来,她沿着街区走到银行。查特村要求入住申请人提供银行本票和账户余额的复印件。托娃想,这是为了证明她能负担得起费用。她希望他们相信她的话,她的财务不会有问题。她在索维尔海湾社区银行的存款一直很稳健。这些年来，她从母亲的遗产中得到的那笔巨款几乎没有动过。托娃从来不需要花太多钱。

她拉开银行大门，大厅里像往常一样弥漫着新鲜墨水和薄荷糖的味道，她突然想到，拉尔斯一定是在查特村住下后，用掉了继承来的大部分遗产。律师清点其他资产时，只剩下几百美元。实际上，拉尔斯死时只剩下一件浴袍。一时间，她犹豫了。去查特村养老确实是一种奢侈的生活方式，不是她的风格。但至少明码标价。拉尔斯在那里住了十多年，每月的费用都能算得清楚。

她对出纳员说："谢谢你，布莱恩。"出纳员眉头微微一挑，把支票递给了她。布莱恩的父亲西萨过去经常和威尔一起打高尔夫球。她不知道布莱恩会不会打电话告诉他父亲今天的交易。

她决定不去在意。这种事情总会发生的。人们会议论纷纷。索维尔海湾的人喜欢议论别人的事。

她的下一站是珍妮丝·金的家。珍妮丝的儿子有一台高级电脑扫描仪，今天早上托娃打电话问她能不能过去用一下，珍妮丝立刻同意了。

"你还好吗？"珍妮丝放低眼镜，担忧地盯着托娃的靴子。托娃并不擅长一时兴起的拜访。

"当然了。为什么这么问？"托娃不带感情地回答。申请表要求她提供驾照复印件，但当托娃解释这一点时，拒绝详细说明申请文件的性质。

珍妮丝帮她扫描驾照，并告诉她该按哪个按钮。完成后，她问："你想留下来喝杯咖啡吗？"

托娃预料到了这一点。她在日程中安排了喝咖啡的时间。

一小时后，托娃离开珍妮丝家开车去了埃兰。如果走州际公路只需要十分钟，但托娃还是一如既往地走小路。半小时后，她来到了提供照相服务的连锁药店，是她在斯诺霍米什县电话簿上找到的。申请表需要两张这样的照片。托娃没办过护照，所以没拍过护照照片。

一位看上去对工作兴致索然的年轻女士让托娃靠着一面白墙站着，并示意她摘下眼镜，托娃摘下眼镜，攥在手里，眯着眼睛看着相机闪了两下。

"一共是18.5美元。"店员说着递过来一个小文件夹，里面夹着两张方方正正、不苟言笑的照片。

"18美元？"

"还有50美分。"

"天哪。"托娃从口袋里掏出一张20美元的钞票。谁会想到两张小小的照片会花这么多钱呢？

她的最后一件差事在索维尔海湾最北边，从埃兰到费尔维纪念公园有将近一个小时的路程。午后的天气越来越好，在万里无云的晴空下，公园大门像欢迎的双臂一样敞开着。弯弯曲曲的步道绕着墓地的草坪蜿蜒而过,没有一条直线,这样的设计似乎是为了让道路线条看上去更加柔和。草地修剪得完美无瑕,一丝不苟地包裹着样式统一的墓碑。

她跪在草地上,手描绘着石碑上的刻字。光滑锃亮的石碑被七月的阳光烤得炙热。威廉·帕特里克·沙利文:1938—2017。丈夫,父亲,朋友。

当她把墓志铭交给费尔维纪念公园的负责人时,那位女士居然问她为什么不多写点。她解释说,墓碑刻字套餐上限是120个字母,而托娃只用了一半。但有时候简单点更好。威尔是个简单的人。

威尔的墓碑旁是埃里克的墓。托娃不想要墓碑,但威尔坚持要立,这让托娃十分不安,埃里克的墓立在这片青草地上,而他的遗体却从未离开过大海。但这块石头就摆在这里,上面用过于烦琐的字体写着埃里克·欧内斯特·沙利文。不知道威尔找谁刻的字,连埃里克的名字都记错了。他中间的名字应该是托娃的娘家姓林格伦。她一直幻想着把埃里克的墓碑偷走,从码头扔下去。但这种事只是想想而已。

同一排的第三块墓碑是空白的,是为她准备的。申请表上也有一些相关的问题。愿望,喜好。托娃猜想,这应该是对个人法务安排的补充。她已经明确表达了自己的偏好,但如果有人坚持要办葬礼呢?尤其是芭芭拉,她可能会做出类似的事情。托娃必须在离开前和她谈谈。一块墓碑就可以了,她不想要葬礼。

草坪另一端传来说话声。她转头一看,是老克瑞奇夫人正沿着小路走来。天哪,她一定有九十多岁了。不过看样子,她还能走动。她今天带着曾孙女,小姑娘的腿又长又直,就像一对毛衣针一样。

"嗨,沙利文太太。"曾孙女经过时招呼道。克瑞奇太太点点头,望着托娃,眼中流露出怜悯的神情。

托娃回答说:"你们好。"

曾孙女瘦弱的胳膊上挎着一个篮子。她们在隔了六块草坪的地方停下开始野餐。托娃闻到了一股鸡肉的香味。两个女人与死去的家人交谈,丝毫不介意对面是修剪整齐的草皮和冰冷的灰色墓碑,不在乎单方面与空气交流。

托娃从未对着威尔的坟墓说过话。她为什么要这样做?他疲惫不堪、病入膏肓的躯体在地下化为尘土,什么也听不见。癌变的肉体无法回答。她无法逼自己模仿玛丽·安·米内蒂,把丈夫的骨灰放在壁炉架上,每天与他对话。玛丽·安总是说,他在天堂能听到我的声音;对此托娃只是点点头,因为这能给她的朋友带来安慰,也不会伤害任何人。克瑞奇一家也是如此,她们和逝者开着玩笑,仿佛那个人正坐在红白格子的毯子上,和她们一起喝着柠檬水。可是,为什么托娃看到此情此景只想消失不见呢?

凡事都有第一次。克瑞奇家的女士们完事后离开,曾孙女疲急地挥挥手，午后她们的影子变得又长又高。托娃应该完成自己的事。她把注意力集中在威尔的墓碑上，用舌头舔了舔嘴唇。然后，她用低沉的声音大声说："亲爱的，我要把房子卖了。"

她用手指轻轻划过墓碑，仿佛这个动作会让她热泪盈眶。

那天晚上，杰西卡·斯内尔看完房子，托娃热了炖菜吃。然后，她开始继续整理申请表和文件。

十分钟后，她开车出门了。申请表的第一行说明就让她犯了难。请用黑色墨水填写。所以，她今天还要再跑一趟，去买一支合适的黑色钢笔。在尝试了所有的书写工具后，她发现没有一支是真正的黑色墨水。一个眼尖的人能看出颜色最深的墨水其实是深灰色的。

"托娃！晚上好。"伊森·麦克正在店里擦桌子。

"你好，伊森。"

在杂货区的正前方，摆放着包括钢笔在内的各种杂货。她扫了一眼：中性笔还是毡尖笔？啫喱笔还是圆珠笔？

伊森把抹布塞进围裙口袋，大步走过去，钻进收银台后面的位置。"你的腿怎么样了？"

托娃拄着拐杖。这是她唯一的让步。"正在康复中，谢谢关心。"

"真是太好了！现代医学真了不起，不是吗？你能想象穴居时代的生活吗？如果你扭伤了脚踝，那么其他人就会把你喂恐龙。"

托娃挑了挑眉毛。他不会是认真的吧。恐龙从未与所谓的穴居人或任何人类同时存在过。他们之间相隔了六千五百万年。也许伊森从来没有机会了解这些。托娃和所有小男孩的母亲一样，在埃里克小的时候就接受了全面的恐龙知识教育。有一次，他借了太多有关恐龙的书，图书馆不得不限制托娃借书。

伊森来回踱步，显得有些腼腆。"不管怎样，你需要什么吗？"

"我需要一支黑色钢笔。"

"一支笔？我不会让你为一支该死的笔付钱的！给你。"他从耳后掏出一支笔，从正面看不见，一定藏在他的红头发里了。"我不记得这支是蓝色还是黑色的了。"他在收银机旁的一张废纸上涂鸦，试图划出几道墨水。当他集中注意力时，舌尖从唇间探出。

"谢谢，但我要这些。我很乐意付钱。"托娃把两包常规圆珠笔放在柜台上。

伊森的笔终于出水了，在废纸上划出了乱七八糟的痕迹。"哎，这支是蓝色的。不过你可以把它当作备用。笔永远不嫌多！"他把笔递给她。

托娃笑了。"我不觉得，威尔去世之前经常拿走餐馆和银行柜台的笔。我们家的杂物抽屉里总是堆满了这些东西。"

"是啊,我可以想象。这些年来,他从熟食店拿走一两支圆珠笔时,我都睁一只眼闭一只眼。他以前每周都会来这里几次,边吃三明治边读书。你肯定知道。"

托娃脸上的笑容凝固了很久,好像不确定是否应继续。最后,她热情地说:"是的,他确实喜欢出门。谢谢你没有因为笔的事报警。"

伊森摆摆手。"他是个好人,威尔·沙利文。"

"是的,他是个好人。"

"那好吧,"伊森的声音让托娃联想到蛋奶酥的酥皮开始塌陷,"我猜你应该不需要这个。"他把给她的笔塞进围裙口袋里。

"谢谢你的好意。但表格上特别注明要用黑色墨水。"

"表格?"伊森脸色一变,语气变得警惕起来,"什么表格,亲爱的?"

"申请表。"她连忙回答。

"我就知道!"伊森的下巴上下颤抖着,"你决定了。搬到那个……养老院。托娃,亲爱的。那个地方,不是你……"

"你说什么?"

伊森吸了吸鼻子。"我的意思是,那地方不够好。"

"查特村是本州最好的养老机构之一。"

"但索维尔海湾才是你的家。"

托娃感到一阵恐慌,眼睛泛湿,感到刺痛。她咬紧下巴,忍住眼泪。她平和地解释道："麦克先生，我是一个实际的人，这是一个实际的解决方案。我不年轻了。我，嗯……"

她的目光移向靴子。伊森也顺着她的目光看过去。托娃发誓，在他的大胡子下，他的脸颊在颤抖。她一只手抚上他满是雀斑的前臂，毛茸茸的汗毛让她的手心痒痒的。他的皮肤出奇的温暖。

"我不是现在就走，伊森。"严格来说，这是真的。房子还需要一段时间才能卖出去。查特村还需要时间来审查她的银行对账单，18美元的护照照片和黑色墨水填写的表格。

伊森只回答了"是"。

"这是个正确的计划，"她补充道，"还有谁会照顾我？"

这个问题让两人陷入了长久的沉默。最后，伊森说："嗯，这是个重要的申请。你不要用这些笔了。"他对着那两包东西点点头，"那些都是垃圾。"他对货架上陈列的笔指指点点，然后拿出了另一个包装，上面印着更华丽的标志。"笔中的凯迪拉克。"

"那我要了。谢谢。"

"不用谢。"

她清了清嗓子。"多少钱？"

他摆摆手。"我说过了，我不会让你为一支笔付钱的。我请客。"

"不，不。"托娃今天第二次从口袋里掏出二十美元。"你等会再去扫条码吧，剩下的钱你留着。作为推荐费。谢谢你。"

"如果你想感谢我，"伊森突然说，"也许你可以找个时间和我一起喝茶。"

托娃愣住了。"喝茶？在这里？"她瞥了一眼熟食店。

"嗯，不，不在这里。老实说，这里的茶很糟糕。但如果你愿意，在这里也可以。其实我还没考虑好在哪儿喝的问题。"伊森咬了咬下唇，用肉嘟嘟的手指在收银台上敲了敲，"那就去别的地方？还是算了吧。没关系。这是个垃圾主意。"

"这不是垃圾主意。"托娃没想到自己能如此自然地说出一句俗语。珍妮丝就是这样从情景喜剧里学的新词吧？她不再阻止自己，不由自主回答了："当然，我们有空可以一起喝茶。或者咖啡也行。"

伊森摇摇头。"瑞典人就是喜欢喝咖啡。"

托娃觉得自己脸红了，犹豫着是否要调侃他是苏格兰人，但还没等她想好，他就递给她一张废纸，就是他涂鸦的那张纸。背面用蓝色的笔写着他的电话号码。

"给我个电话，我们再约。在你……走之前。"

托娃点点头，然后离开了杂货店，不知道为什么，她突然变得难以正常呼吸。

现在已经十点多了，天色终于暗了下来。在回家的路上，托娃临时改变路线拐了个弯。

今天还有一件差事。

水族馆的停车场空荡荡的，只有一辆破旧的露营车，就是之前停在杰西卡·斯内尔办公室门口的那辆。也许车主是个渔夫。她扫视了一下码头，寻找拿着鱼竿的身影，但空无一人。

她跟跟跄跄走到前门，停了下来。特里禁止她来打扫卫生，但他没有明确指示她不能用大门钥匙进行一般的社交活动。事实上，她试着把钥匙还回去，但他坚持要她保管好。她认为这不仅是对她值得信赖的肯定，也是对她的康复充满信心。特里告诉她，你很快就会回来的。

今早驱使她去墓地拜访威尔的那股力量带她来到了这里。为了……沟通。她想告知章鱼她要搬到查特村的计划。虽然威尔和章鱼马塞卢斯都无法听到她的话，但他们都应该知道。而且，他也许能帮她想想怎么解决和伊森·麦克的约定。还是说，她不应该把这件事告诉别人。也许只要她假装没发生过，邀请就会消失？她几乎可以想象马塞卢斯用那双精明、洞悉一切的眼睛盯着她，摆动他带着吸盘的手臂斥责她。托娃认为，自己假装与没有智识的生物交谈这种行为比玛丽·安·米内蒂和克瑞奇夫人加起来还要糟糕十倍。

哐当一声，门打开了。别的不说，她必须承认，她很好奇，在她不在的这段时间里，这里的卫生状况如何。

她屏住呼吸，以为会看到敷衍了事的卫生环境，油腻的玻璃，但令她震惊的是，一切看起来还不错。特里找来顶替她工作的人干得不错。自己并非不可或缺。这个迟来的发现让她感到一丝丝失望。但总的来说，这是一个好的发展。她多次想到没有人能好好打扫水族馆就打消了离开的念头。也许在托娃离开后，这个新来的家伙可以留下来。

她绕过走廊，向章鱼所在的水箱走去，在这只讨厌的靴子允许的范围之内，尽可能地谨慎行动。但其实这没必要，因为她是这里唯一的人类。她低声向老朋友日本蟹、狼鳗、海蜇和海参问好，在黑暗的走廊里徘徊片刻，然后像青烟一样消失在蓝绿色的空气中。这些生物也不会告诉任何人她在这里。这是它们的秘密。

她经过海狮雕像时，一如既往地停下来抚摸它的头。当她触摸儿子喜欢的东西时，儿子的样子在心里一闪而过。

靠近章鱼水箱后侧的入口时，托娃皱起了眉头。门缝里透出荧光。有人没关灯。

接着，里面爆发出一阵巨大的碰撞声。

顾虑使我们变成懦夫

卡梅隆眨眨眼睛，面部因为疼痛而扭曲。他轻揉隐隐作痛的太阳穴，摔倒时一定是撞到了桌子上。他擦掉衬衫上的血迹，狠狠地踹了一下已经坏了的梯子。如果他想，也许可以把水族馆告上法庭，狠狠敲一笔。设备维护不善。工伤。但他如何解释自己出现在水箱后面？

"你！"他说，站起来时瞪了那怪物一眼。它像一只长得过于巨大的狼蛛，钻进瓶瓶罐罐和水泵零件之中，蜷缩在水箱上方架子的角落深处一动不动。卡梅隆试图用扫帚柄勾住它，但它不知怎么就窜到了那里，卡梅隆继续用扫帚戳他。"你怎么回事，老兄？我是在帮你。"

它庞大的身躯上下起伏，就像在叹息。至少它还活着，但可能活不了多久了。章鱼离开水可以短暂存活（某个自然频道的纪录片中提到过），但这只章鱼离开水已经二十分钟了，这还只是从卡梅隆发现它时算起，卡梅隆打扫完之后没关后门，它试图从那溜走。

为什么没人提醒他展品会逃跑？不是，怎么会发生这种事呢？在一个水族馆里，水箱安全应该是理所应当的。老实说，现在中央主水箱游来游去的鲨鱼让他感到不安，尤其是他的头还在流血。鲨鱼能透过玻璃闻到血腥味吗？

"过来吧，伙计。"他恳求道，头还在抽痛。那个家伙试图勒住他的手腕，他调整了一下手套，把扫帚柄慢慢递过去。希望……什么呢？它像消防员一样从柱子上滑下来吗？他不能让这个顽固的混蛋就死在上面，但卡梅隆也不想用手碰它，戴着手套也不行。它看起来想杀了他。"快点！出来！回到你的水箱去。"

一条触手的尖端抽动着，挑衅地拨开两个金属罐，把它们打到地上，发出两声巨响。

这将成为卡梅隆被解雇的原因。一个人一生能被解雇多少次？法律应该规定一个上限。

他的身后传来轻微的咔嗒声，接着是一个女人颤抖但是清晰的声音。"有人吗？谁在里面？"

他转过身去，差点扔掉扫帚。一个娇小的女人站在门口。远远望去几乎是微型的：她最多五英尺高。她年纪比较大，可能比让娜姨妈大一点，大概六七十岁。她穿着一件紫色上衣，左脚踝打着石膏。

"哦！嗯……你好，我在……"

这位女士尖锐的喘息声打断了他的话。她发现了那个蜷缩在高架子上的怪物。

卡梅隆活动了一下双手。"对了,我只是想……"

"请让一下,亲爱的。"她推开了他,低沉平静的声音没有一丝恐惧。她的行动似乎没有被年龄和脚伤限制,几步就穿过了房间,她查看了脚凳摇摇头,然后爬上桌子,简直不可思议。站在上面,她几乎与章鱼齐平。

"马塞卢斯,是我。"

章鱼微微挪动了一下身体,从角落里探出头来看着她,眨了眨令人毛骨悚然的眼睛。这位女士是谁?她又是怎么进来的?

她点点头,表示鼓励。"没事了。"她伸出手,这个怪物伸出一只触手,缠绕在她的手腕上。她重复道:"没事了,下来吧,我帮你,好吗?"

章鱼点点头。

等等,不对。它没有点头。它点了吗?他揉了揉眼睛。他们在通风管道里放致幻剂了吗?

那样就能解释今晚的一切了

章鱼缠着女人的手臂,沿着架子前进。女人一瘸一拐地在桌子边移动,一边哄着那个家伙。当章鱼移动到空水箱的正上方时,她朝卡梅隆点点头。"你能把水箱的盖子移开吗?"

他把盖子向后滑动,保持水箱口开着。

"进去吧。"女人低声说。

随着生物"扑通"一声重重地掉进水里,冰冷的盐水荡漾开来。卡梅隆反射性地向后退,当他回过头时,章鱼又不见了,搅动了缸底巢穴外的岩石。

当女人低下身体,桌子发出咯吱咯吱的声音。卡梅隆冲过去,抓住她的手肘,扶着她站好。

"谢谢你。"她拍了拍手,然后调整眼镜,打量着他,"你受伤了吗,亲爱的?那个伤口需要处理。"她拖着脚走,捡起进来时掉在地上的挎包,在包里翻找了大约一分钟,最后递给他一张创可贴。

卡梅隆挥手。"这没什么。"

"胡说。拿着吧。"她坚持道,语气不容商量。他接过创可贴,撕开,把霓虹粉的胶布贴在头上。这是什么造型?好吧,反正今晚除了伊森,他也见不到其他人了。

"很好。"她点点头。然后,她声音平和地说:"好了,没事了。也许你能解释一下这里发生了什么?"

"我什么都没做!"卡梅隆用手指戳了戳水箱,"那东西逃走了。我试图把他弄回水里去。"

"他叫马塞卢斯。"

"好吧,马塞卢斯在捣乱,我只是想帮忙。"

"用扫帚袭击他?"

他不以为然。"不是所有人都能像你一样跟章鱼对话。听着，我已经尽力了。要不是我，那只章鱼现在已经漂洋过海了。"

"什么意思？"

"我是说，我发现他的时候，他正在从后门逃跑。"

老太太长大嘴巴。"天哪。"

"是的。"也许他们不会解雇他。也许他们会给他加薪。要不是他，他们得换一只新的章鱼了。一只太平洋巨型章鱼要多少钱？可能不便宜吧。

老太太的语气尖锐地问："为什么后门开着？"

"因为我在倒垃圾？你知道，这是我的工作，没人告诉我不能开着门。"

"我明白了。"

"但从现在起我会把门关上。"

"是的，明智之举。"

听了她最后这句话，卡梅隆突然意识到自己并没有做错什么。为什么感觉她是他的老板？她在这里做什么？他最好弄清楚这一点。他可不想被特里指责他在值班期间随便让一个老女人进了大楼。他再次打量她。她的体重不会超过八十磅。不太像是小偷。而且，她认识那只章鱼。也许她是个退休的海洋生物学家。或者是个志愿者。老年人拓展活动。

"我能问问您在这里做什么吗？"他尽量礼貌地问，"我是说,您看起来是个好人,但这里不应该有其他人,至少他们没告诉我。"

"天哪。当然。我肯定吓了你一跳。对不起,我是托娃·沙利文。这里的清洁工。"她薄薄的嘴唇上挂着一丝微笑,指了指靴子,"受伤的清洁工。"

"哦,很高兴见到你。"嘴上这样说着,但他心里想的却是该死。这个瘦弱的小女人居然跟他做一样的工作,他每天都感觉自己跑了一趟马拉松。已经两周了,每次轮班后他的脚还是会酸痛。他补充说:"我是卡梅隆·卡斯莫尔,现任清洁工。严格来说是临时清洁工。你受伤的事我很遗憾。特里雇我的时候说,他以为你要休息几个星期。"

"我没事。只是个愚蠢的意外。"托娃快速看了一眼被撞坏的凳子,"我很高兴特里找到了你,卡梅隆。在我看来,你完全能够胜任这份工作。由于个人原因,我离开岗位的时间可能比预期的要长。这也许是个不错的解决办法。"

卡梅隆停顿了一下,消化她的话。延长在这里的打工时间并不是世界末日。两个星期过去了,他还是没有找到西蒙·布林克斯。杰西卡·斯内尔给他的联系方式一定是旧的,当卡梅隆打电话过去时,号码已经不用了。"是的,那真是太酷了。这工作还不错。"

"这是一份可爱的工作。"托娃笑了,一个拘谨的笑容,好像在强忍悲伤。

好吧,她人是不错,但谁会喜欢拖地和清理地板呢?他左右摇摆几步。"所以,你是,有空来看看吗?"

"我来看马塞卢斯。"她的声音低了下去,"我知道这可能不太合适,我们还不熟,但今晚的事我希望你能保密。"

"为什么?"该死。这件事会让特里找他的麻烦。

托娃深吸一口气。"我不是纵容撒谎。但你看,马塞卢斯晚上喜欢到处乱跑。但今天我才知道他想离开大楼。"她皱起了眉头,"之前从未发生过,的确有点棘手。但我知道他乱跑已有一段时间了。他非常擅长水箱逃脱。"

"而且,没有其他人知道。"卡梅隆点点头,开始明白了。

"没有,不是非常肯定。特里怀疑过。如果他确实知道,他肯定会干预的。"

"比如,封住水箱的顶部?"

托娃点点头。"马塞卢斯会非常伤心。但我更担心的是,马塞卢斯年纪大了,卡梅隆,到处乱跑的章鱼是个麻烦。"

他想到了一个可能性。她真的这样想吗?特里这个鱼类爱好者会把他的动物安乐死?太残酷了!但如果它白天跑出去追逐来这里参观的小孩怎么办?这个女人的担心可能是对的。他双手合十。"马塞卢斯是你的朋友。"

"是的,我想他是的。"

"当你上去救他的时候,你一点都不怕他。"

托娃咂舌道:"当然不怕,他很温柔。"

"好吧,那还是挺厉害的。"

"谢谢你这么说。"

她短暂地看了看地面,然后抬起头,用一双精明的青灰色眼睛看着他。"那么,这件事是我们两个人的秘密?"

卡梅隆犹豫了。可以肯定的是,如果特里发现他是参与了这件事,不管这算什么事,那么这份工作就完了,还钱给让娜姨妈的希望也会随之破灭。找到西蒙·布林克斯呢?完蛋了。他不能被解雇。这次不行。

但一想到这位可爱的老太太会失去她的朋友,他就觉得很可怕。还有那只章鱼用像人类一样的眼睛瞪着他的样子,安乐死……他耸耸肩。"好啊,我们的秘密。"

"谢谢你。"她歪着头。

卡梅隆捡起扫帚,把坏掉的脚凳推到墙边,等别人来修。"顾虑使我们变成懦夫,不是吗?"

她愣住了。"你说什么?"

"顾虑使我们变成懦夫。"他觉得自己的脸开始发烫。他为什么总是在聊天的时候掉书袋?他开始解释:"这只是莎士比亚的一句台词,出自……"

"《哈姆雷特》,"她轻声说,"是我儿子最爱的戏剧之一。"

万事皆有可能

　　托娃对离开瑞典的过程没什么印象。毕竟，当时她只有七岁，拉尔斯只有九岁。他们从乌普萨拉乘火车出发，在哥德堡的旅馆与父亲告别。父亲乘飞机飞往美国，比全家提前几周抵达，先办理好手续和住房。酒店里有散发着薰衣草香味的白色厚床单，桌子上有一台电视，托娃和拉尔斯在等待上船的日子里每天都要看上几个小时的电视。大堂里有一家餐厅，用小高脚杯装巧克力布丁，拉尔斯有一次吃得太多肚子疼，吐在了白色的床单上。她还记得1956年5月那个明媚的早晨，当司机把他们送到码头时，瓦斯泰纳蒸汽号看起来像一个灰色夹心蛋糕。两个月后，他们抵达了缅因州的波特兰市，在那里的一间公寓里住了两年，然后再次迁移，搬到了华盛顿，索维尔海湾。表面上是为了离几个远房表亲近一些，但托娃从未见过这些所谓的亲戚。一直只有他们四个人。

　　他们在远洋邮轮上度过了几周，但托娃对此的记忆基本是空白一片，实在是非常可惜，这可能是她做过的最冒险的事情。

但她在瓦斯泰纳蒸汽号上为数不多的清晰记忆中有海象。当然，这并不是他真正的名字，但托娃和拉尔斯是这么称呼那位乘客的，他留着灰色的长胡须，垂在嘴角两端像海象的獠牙一样。

海象喜欢玩牌。在餐厅吃饭晚饭之后，拉尔斯在红色天鹅绒椅背摆上一排玩具，海象试图哄托娃和她妈妈打金拉米牌。起初，妈妈说女士们不应该玩纸牌游戏，但最后她还是同意了。在昏暗的玻璃灯下，托娃学会了打金拉米牌，红心大战和 21 点。有时，海象会狡猾地眨眨眼睛，在洗牌的时候耍个小把戏，让她猜猜他指间夹着的是什么牌，然后证明她猜错了，最后再从衣领下或袖口下拿出她猜的那张牌。

孩子，万事皆有可能。海象笑着对小托娃说，她再次被愚弄了，一脸不高兴。

托娃觉得自己现在一定阴沉着脸，看着这个年轻人捡起掉在地上的罐子，随意把它们放回架子上，似乎并不在意放颠倒了。在过去的两个星期里，芭芭拉·范德胡夫和伊森·麦克那伙人一直在制造谣言，说一个从加利福尼亚来的流浪汉取代了她的位置。但卡梅隆有整洁的指甲和洁白的牙齿。显然他还精通莎士比亚的作品。他答应为她保密。说不上来是什么原因，但是她喜欢他。她甚至相信他。

他和她想象的不一样。

泵房里十分潮湿，粉红色的创可贴已经开始脱落，现在正歪斜地贴在他出汗的太阳穴上。托娃强忍着用拇指将绷带按回去的冲动。当他注意到她在看他时，腼腆地笑了笑。"抱歉，我发誓我通常不会背诵死去诗人的作品。但今晚真的很奇妙。"他眨了眨眼睛，似乎在怀疑这一切是否真的发生了，这种感觉托娃深有体会。

他看着卡梅隆身后马塞卢斯的水箱，水泵周围的水面微微颤动，章鱼不见踪影。如果她没来怎么办？

"我也有同感，"她清了清嗓子，挺直了腰板，"无论如何，你觉得这里的条件怎么样？特里训练过你吗？你需要……补给吗？"那种绿色腐蚀性清洁剂的刺鼻气味已经渗透进来了。她后备厢里的那壶醋可以解决这个问题。

"算是培训过吧，我的意思是，拖地也不是什么前沿科学。"

托娃咂咂舌头。"没错，但做事有合适的方法。"

"我的方法……不合适吗？"

"我们一起看看吧。亲爱的。"托娃打开门，示意卡梅隆跟着她去走廊拐弯处。她进门时就注意到了，地板看起来还不错，但水箱正面玻璃面上留下了纤维条纹。托娃用手指划过其中一个。"你必须用棉布擦。不能用聚酯纤维。"

卡梅隆戒备地抱着双臂。"我看着挺好的。"

"那你得再仔细看看。"

"你是玻璃清洁专家吗?"

托娃不满地回答。"几十年的经验而已。"

"好吧,没人说过要用聚酯纤维还是棉布之类的东西。"卡梅隆不耐烦地说,"这里有什么,我就用什么。我怎么知道行不行?"

他说得有道理。如果这个男孩要长期干下去,托娃需要和特里谈谈培训的事。她走到一个垃圾桶前,指了指桶的边缘。"还有,看到这个了吗?垃圾袋必须包住四周,否则装满后垃圾袋会滑下去,垃圾会直接掉到底部,弄得更脏。"

"哦,拜托。我知道怎么把垃圾袋套在垃圾桶上。"

"显然,你不知道,"托娃的语调变得尖锐,"我不知道加利福尼亚是怎么装垃圾袋内衬的,但是——"

"等等,什么?"卡梅隆打断了她,"你怎么知道我是从加利福尼亚来的?"

"索维尔海湾的人喜欢说闲话,"托娃撇了一下嘴,希望自己能收回这句话。她自己也是这个小地方流言蜚语的常驻话题。

"是的,我注意到了。"卡梅隆顿了顿,眼中闪过一丝异样,"我敢肯定,你今晚出现在这里,拜访一只章鱼,不久就会谣言四起。"

托娃目瞪口呆,接着紧紧闭上嘴。

"别担心,我不会告诉任何人的。我保证过了,"他低声说,她眯着眼睛看着他，继续问道，"还有什么刺激的工作指导吗？"

托娃挺直了腰板。"是的，还有一件事。门的问题。水族馆最受欢迎的展品之一差点在你眼皮子底下溜走，这件事怎么也说不过去，你应该也同意吧。"

卡梅隆发出一声无奈的叹息，伴随着眼球迅速向上转动，虽然这个白眼几乎难以察觉，但这个动作还是牵动了托娃记忆深处的线头：埃里克小时候嫌她烦时就是这个样子。年轻人啊。这个人看上去至少有二十五岁，但托娃明显感觉到他还需要成长。

"怎么会有人认为那是我的错？"卡梅隆的声音突然响起，"为什么没人告诉我这里有放养的章鱼？也许他们应该在他的水箱上加把锁。"

"马塞卢斯会开锁，"托娃指出，"否则他怎么离开泵房？"

男孩皱起了眉头。他对此无法反驳，于是反问道："他为什么要这么做？"

托娃停顿了一下，思考这个问题。她也问过自己很多次，却没有一个明确的答案。她只能说出最有把握的猜测。"我想他感到无聊。"

卡梅隆耸耸肩。"如果一辈子都生活在一个小水箱里，那是很糟糕。"

"是的。"托娃同意。

"尤其他这么聪明。"

"马塞卢斯很聪明。"

卡梅隆眼中闪过一丝恐慌。"如果再发生这种事,我该怎么办?我的意思是,如果我在打扫卫生,他逃出来。"

"不要管他。"托娃说。还能有什么别的对策呢?让这个男孩拿着扫帚对付章鱼是行不通的。

"对,别去管他。"卡梅隆警惕地看了看走廊,好像马塞卢斯就潜伏在那里。

不过,托娃心里还是放不下。如果当初章鱼被休息室的电线缠住时,她也放任不管,那么它会怎么样呢?托娃一直以为马塞卢斯有足够的常识,不会做出逃离大楼这种大胆的尝试,他只是进行常规的夜间狂欢活动:逗逗海马,在海参的水箱里寻觅夜宵。一想到马塞卢斯会孤独地死去,她心里就突然涌起一阵恐惧,同时也为自己的无能感到羞愧,因为即使她在这里正常工作也无法阻止这一切的发生。他可以在夜里任何时候跑出来,在空荡荡的大楼里孤立无援。

也许让马塞卢斯逃出大楼是一种仁慈。他可以去皮吉特湾深处拜访埃里克。这个想法太不合时宜,她禁不住微笑起来。

男孩歪着头看着她。"有什么好笑的?"

"没什么。"

"来吧,托娃。跟全班分享一下吧。"卡梅隆善意地调侃道,眼睛里闪过一丝火花。

"真的，没什么事。"

"没什么事也是事！"卡梅隆冲她咧嘴一笑。当他不那么放肆的时候，真的是个迷人的年轻人。埃里克以前也是这样。她和威尔常常因为他的态度而发火，但他又是那么惹人喜爱，是那种人人都想结交的人。

她突然想到了一个主意。

"跟我来，"她招招手，摇摇晃晃地向泵房走去，"我有个计划。"

"计划？什么计划？"

"下次你在水箱外遇到马塞卢斯时的应对计划。"

"你不是说让我别管他吗？"卡梅隆小跑着跟在她身后，"你要教我怎么抓住他吗？"

她回头看他。"不完全是。我要教你怎么和他交朋友。"

"交朋友？"卡梅隆停下脚步，"好像不太可能。那只海怪和我之前相处得并不愉快。"

"万事皆有可能，亲爱的。"托娃微笑着说。

我被囚禁的第 1329 天

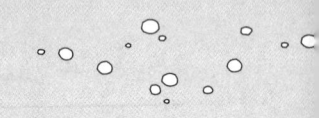

人类的许多言论都是一派胡言，但他们的废话中最可笑的也许是对自己愚昧无知的美化。我指的是一些荒谬的言论，比如：他不知道的东西不会伤害他！更有甚者：无知是幸福！

你们可能会反对我对幸福这个话题的反思，毕竟我被囚禁在这个可怕的地方。一个失去自由的头足类动物怎么会知道什么是快乐呢？我再也体会不到在大海里疯狂狩猎的快感了。我永远也无法沐浴在无垠夜空的月光之下。我永远无法交配。

但我拥有知识。对我这样的生物来说，感受到幸福是可能的，幸福取决于知识。

正如你所知，我善于学习。特里提供的每道谜题或脑筋急转弯，我都能轻松解开：锁在盒子里的扇贝；出口有贻贝的塑料迷宫。用人类的话说，这些都是小儿科。然后，我学会了打开水箱顶盖和泵房的门，我还学会了精确计算冒险的时间和距离以避免承受后果。

这也许不是幸福，如果幸福这种东西真的存在的话。但有了这些知识，我已经获得了类似于满足的东西。或者更准确地说，是暂时减轻了痛苦。

人类啊，仅仅因为无知就能获得幸福！在动物的王国里，无知是危险的。可怜的鲱鱼被扔进水箱里，对潜伏在下面的鲨鱼毫无察觉。问问鲱鱼，它不知道的东西会不会伤害它。

但人类也会被未知伤害。他们看不到，但我看到了。这种事经常发生。

比如，我在自己的水箱前看到了一对父子。他们正在谈论一场即将到来的体育赛事，父亲拍了拍少年的背鼓励他。父亲确信儿子会获胜，别忘了我以前是全州四分卫，你遗传了我的手臂，适合投掷。我不知道四分卫是什么，但我可以告诉你：这个男孩和这个男人没有遗传关系。父亲被戴了绿帽子。我必须承认，这是我最喜欢的人类词汇之一。

片刻之后，孩子的母亲也加入了他们，三人拖着脚步，盯着隔壁的尖吻杜父鱼，丝毫没有意识到有一天背叛会分裂这个家庭。

你问我怎么知道？我观察到的。我的洞察力非常敏锐，也许超出了你的理解范围。

一个物种后代的外貌由数以千计的基因决定，很多生物学表现对我来说就像纸上的字母对人类一样清晰。在 1 329 个不幸的日子里，我一直在磨炼自己的观察力。这个运动之子和他四分卫绿帽监护人的特殊案例中，有太多遗传特征不符的迹象，无法一一列举，简单说：鼻子的形状，瞳孔的颜色，耳垂的位置。声音的转折。啊！还有步态！步态总是很容易分辨。人类走路的相似度（在这个案例中，区别之大）远比他们想象中的要高。

但是，前任清洁女工和她的替补不一样。他们走路的姿势很像。

不仅如此，他们左脸颊上都有一个心形的酒窝，酒窝的位置异常低。他们的眼睛里都有绿金色的斑点。还有他们拖地时不由自主地呻吟（水泵运行的声音能盖住一些，但老实说挺烦人的）。

你对此不屑一顾，这些只是你的推测。是巧合。遗传的运行方式真是奇特。你发现了长相极其相似的人，他们非亲非故，出生在世界的两端。

你和我一样，都知道这个女人没有后嗣。你知道她唯一的孩子三十年前就死了。你也知道她的悲伤。悲伤影响了她一生。现在悲伤驱使她远离同类。我担心最终情况会变得更糟。

你的怀疑是可以理解的。这似乎违背了逻辑。

我可以继续提供更多证据。不过现在我必须休息了。这些交流让我筋疲力尽，而且这篇已经很长了。

但我告诉你，你最好相信我：最近接手清洁工作的年轻男子，是那个脚受伤的女清洁工的直系后代。

先向左转，再向右

七月下旬的一个早晨，卡梅隆终于找到了一条有用的线索。

行踪不定的房地产大亨西蒙·布林克斯夏天经常在圣胡安群岛的庄园度过周末，那是一座豪华的托斯卡纳风格别墅，坐落在悬崖峭壁上，俯瞰着海峡。这是卡梅隆在某个不知名网站的旧杂志文章中看到的。有了城市名和照片之后，他很容易就找到了地址。从索维尔海湾开车到那里需要两个小时。

在路上总共要花四个小时。卡梅隆翻阅手机通讯录，拇指停留在艾弗里的号码上。

约会的时候顺带敲诈一个可能是他亲生父亲的男人会很奇怪吗？会的。艾弗里会同意吗？有可能。关于艾弗里的一切似乎都很难说。尽管他们已经喝过几次咖啡，还在埃兰的酒吧吃过一次晚餐，但有一半时间她的日程安排都出现问题，不得不取消。对一个单身女人来说似乎过于复杂。卡梅隆猜想可能是她店里有事。他也不懂做生意。他屏住呼吸，拨通了电话。

"嘿，是你。"她听上去似乎很高兴。

"我今天要去探险，想一起来吗？"卡梅隆解释了他的计划。

艾弗里的叹息通过手机扬声器传了过来。"不行，我要看店。不过这周晚些时候我们可以找时间见个面。"

"当然，晚些时候。"

"我是认真的，"她真诚地说，"我们去划船。我看一下日程。"

他和艾弗里道别，把手机放在露营车的保险杠上，他把脚搭在上面，坐在伊森的草地躺椅上。他刚到这里的时候，天气很糟糕，还下着雨，但现在天气非常好。湛蓝的天空，浓绿的树木，所有的颜色都显得异常鲜艳。这跟莫德斯托尘土飞扬、闷热的夏天完全不同。他伸出右手，端详着自己的手指，然后卷曲手指，向着万里无云的夏日天空出了一拳。

他的生活终于有了起色。

首先是艾弗里。他从来没有交往过艾弗里这样的女孩，不知为什么，她忽冷忽热的态度更是增添了她的魅力。

还有一件事：他马上就要去见那个很可能是他父亲的人了。

第三件事：他现在这份工作已经做了好几周。他甚至不讨厌。谁能想到呢！切鱼肠。打扫卫生。虽然不是光鲜亮丽的工作，但孤独很适合他，尤其是晚上。有一半的时间，水族馆里只有他一个人在打扫卫生。他会拍打自动售货机，直到掉下没人买的饼干或者过期的蛋糕，然后戴上耳机，一边洗地板一边走神。

另一半时间,那个怪女人托娃也在。她本该休病假,但还是一直出现在这里。卡梅隆保证过不会出卖她。但他并不介意她来。他无法理解她对那只章鱼的痴迷。他跟马塞卢斯还没有交上朋友,却意外地享受她的陪伴。

身后的纱门砰地响了。片刻之后,伊森出现在露营车的后面。他穿着一件褪色的短袖,上面印着齐柏林飞艇乐队,看上去有点紧。他眯着眼睛看着卡梅隆。"天气真不错,是吧?"

"是啊,你猜怎么着?"卡梅隆告诉他西蒙·布林克斯的住处,以及他与艾弗里的对话。伊森点点头。

"好吧,那我们走吧。开我的卡车。"

卡梅隆歪着头。"什么?"

"你耳朵里是长毛了吗,小伙子?我说开我的卡车!"

"你想和我一起去吗?"

"当然想。你觉得我会让你一个人去揍那个混蛋吗?"他笑了,"这个好戏我可不能错过。"

"好吧,"卡梅隆有些犹豫地说,"我们一起去。"

"这个季节那里的景色非常不错。我们就当是一次探险,怎么样?我给你当导游。"

导游?

"事实上,"伊森继续说,"上山的路上,高速公路旁有个吃炸鱼薯条的好地方。"

炸鱼薯条？谁在乎炸鱼薯条？"好吧，在那之前，我们先去找布林克斯。"

伊森笑着说："先敲诈。再去吃炸鱼薯条。"

卡梅隆还是无法理解这片海的形状。它像一只长着数百根长手指的怪兽，紧紧抓住大陆的边缘，深蓝色的卷须以各种意想不到的方式在墨绿色的郊外切割出通道。伊森开上一条双车道公路，这条路似乎永无止境，路两边有鱼饵店、加油站及看上去有些破旧的小餐馆，这让卡梅隆对炸鱼薯条失去了信心，此外，公路两边交替出现海面让他感到困惑不已，还有一座接一座的桥（一个人能够穿过同一片水域多少次？）。

"不会太久的。"伊森大声喊道，完全无视放在仪表盘上的手机导航，上面显示他们距离目的地还有一个小时。他强壮的手肘搭在敞开的车窗边上，像一条有斑点的香肠，他坚持开着窗，因为"今天天气好，适合开车"。时速50英里的风和口音让卡梅隆很难听清他在说什么。

卡梅隆潮湿的手掌紧紧攥着班级纪念戒指，脑海中第一千次排练了即将发生的对峙。

有这样一种可能的场景，也许是最理想的结果。西蒙·布林克斯见到他大吃一惊，目瞪口呆，因为他一眼就认出了卡梅隆。虽然他很有可能是那种试图否认的混蛋，但卡梅隆有照片为证。

布林克斯不得不承认一切。

在不太理想的情况下，布林克斯会眯着眼睛盯着卡梅隆，直接告诉他要请律师处理，做 DNA 检测，在一切得到证实之前，他什么也不会说。

如果一切都被证实了，布林克斯想要建立父子关系怎么办？伊丽莎白打电话时也这么说。她似乎确信西蒙潜在的父性本能在见到失散多年的儿子之后会被激发，就像电影里的情节一样。但生活不是俗套的好莱坞剧本。

让娜姨妈也对这段父子关系抱有希望，但卡梅隆怀疑，她内心深处不太相信西蒙·布林克斯这样的人会和她姐姐约会。上次他们聊天时，卡梅隆说如果布林克斯给他一张支票，他马上搭下一班飞机回家，让娜姨妈对此不是很赞同。如果有必要，你可以在那里多待一段时间。你都买了一辆可笑的露营车，好好利用一下。那里的生活似乎很适合你。

这倒是真的。

但卡梅隆不想和一个可能是他父亲的人有瓜葛。他想要的是让这个狡猾的混蛋支付 18 年的抚养费。卡梅隆愿意接受一次性付款。一万？两万？他要全部寄给让娜阿姨。这么多年来她一直支持他，还借给他买露营车的钱。他已经还了将近一半，但这笔钱还是很重要。

"哎，快看！"伊森微微刹车，指了指公路旁的一条土路。

"如果你想去观鲸,那里有个很棒的地点。我曾带一位女性朋友去过,我们看到虎鲸像小猫一样嬉戏。非常壮观。啊,那晚我们做爱真是……"

"谢谢。"卡梅隆打断了他的话。恋爱中的老人真是口无遮拦,"我会记着的。"

"好吧,我只是说说,我知道你跟那个小姑娘已经好上了。"

"我不觉得艾弗里想大老远开车来这里看鲸鱼。"

"不试试怎么知道呢?鲸鱼非常壮观。"伊森转过身,眨了眨眼睛,卡车压着中线行驶到拐弯处,迎面出现了一辆车,他及时躲闪,回到了正确的车道上。"该死!看着路啊!不管怎么说,那里还有一片不错的沙地,非常适合散步。有很多海星和沙钱。"

"如果只是看海星和沙钱,我为什么不直接带她去上班呢?"卡梅隆干脆地指出,"我们拥有全州最大的本地棘皮动物展览。反正托娃是这么说的。"

伊森转过头,目光长时间定格在卡梅隆身上。他卷曲的胡须抽动着,好像在咬着嘴唇。卡梅隆不由自主地抓紧椅子的边缘。不是说眼睛要盯着路面吗!

最后,大块头的注意力又回到了仪表盘上。沉默了许久,他声音低沉地说:"你见过托娃·沙利文?"

妈的。秘密。托娃来水族馆的事不能让外人知道。卡梅隆不是第一次感到疑惑了,这件事有什么大不了的。想了一会儿,他觉得没什么可隐瞒的。老人有时很奇怪。而且，伊森也不会在乎这件事吧？停顿了一下，他回答道："是的，托娃偶尔会过来帮忙。"

"我以为她在休病假。"

"是的。当我什么都没说。"

"她还好吗？"伊森突然变得正经起来。

"她很好。我想她的脚已经好多了。"

"很高兴听到这个消息。"伊森喃喃地说。他红润的脸颊比平时更红了。

卡梅隆的脸上露出了笑容。"哦，天哪。你喜欢她。"

"谁会不喜欢她呢？"

"少废话，你脸上都写着呢。"

现在伊森的耳朵也红了。"她是个可爱的女人。"

"她是个可爱的女人。"卡梅隆模仿眼前这个苏格兰人重复道。他伸手轻轻拍了拍伊森的肩膀。"来吧，老兄。说来听听。你们有过什么故事吗？"

"故事？"伊森严肃地抿着嘴，"我从不追求已婚女士。直到前不久，她还是沙利文太太。"

"哦。"卡梅隆耷拉着脑袋，"我不知道这件事。"

"是啊，丈夫是个好人。几年前死于胰腺癌。"

卡梅隆握着双手，放在膝盖上研究起来。出于某种原因，以这样的方式知道托娃的事让他有些不舒服。她竟然不愿意跟他分享这些基本的信息。

"她这辈子挺苦的,"伊森继续说,"因为她的儿子的事。"

"你在说什么?"

"你不知道吗?好吧,你应该不知道。本地人都知道的事,但你来这里的时间不长。人们也不像以前那样提起这件事了。"

卡梅隆想起托娃的话,不禁打了个寒战。索维尔海湾的人喜欢说闲话。他嘀咕道:"我不知道她还有个儿子。"

"这不是我的故事,但谁讲都一样。"伊森长长地吸了一口气,"二十世纪八十年代末,她儿子在渡口工作。他叫埃里克。非常聪明。是毕业生代表。体育很出色,是帆船队的队长。总之就是很优秀,你懂吧。"

"是的,当然。"卡梅隆说。每所高中都有一个埃里克。

"他——哦,见鬼。我错过岔路了吗?"伊森抢过手机,眯着眼睛盯着屏幕,"嗯,朗达?你为什么不告诉我?"

卡梅隆挑了挑眉。"朗达?"

"就是导航的女声,我叫她朗达。她这次又搞砸了。"他把手机扔到了杯架里。"你父亲的住处离那里只有一英里。"他用拇指戳了戳后面。

"那故事呢?托娃的儿子怎么样了?"卡梅隆的指关节泛白,紧紧抓住车门把手,把车掉头转了一个大圈,这绝对不是合规的掉头方式。

"诶,那不重要。"

"告诉我吧。"

"我不该提起这件事。是个悲剧。"卡车加速向南行驶,轮胎在人行道上发出嗡嗡声。在茂密的树梢间,淡蓝色的水波若隐若现。"她儿子死了。淹死的。在他十八岁的时候。"

"天啊,"卡梅隆呼出一口气,"太可怕了。"

"是的。"伊森低声说,"好了,我们到了。"卡车驶离柏油路,驶上一条没有路标的碎石路,两人都因为扬尘开始咳嗽。

卡梅隆摇上车窗,疑惑地看着坑坑洼洼、杂草丛生的路面。"你确定是这里吗?"

伊森举起手机,仔细核对地址。"没错,肯定是这里。"

肯定个屁。这里才不是。

空旷的悬崖三面俯瞰深蓝色的大海,这里有潜力成为亿万富翁度假的地点。但没有托斯卡纳风格的别墅,也没有亿万富翁躺在泳池边,端着金杯啜饮。只有一片昏暗的碎石空地,让卡梅隆想起了一个电影场景——年轻小情侣被连环杀手灭口之前在车里亲热的场景。

"妈的。"他嘟囔着,踢了一脚地上的松果。松果消失在悬崖尽头,掉了下去。

"所以不是这里。"伊森毫无意义地说。

"肯定不是。"

卡梅隆的网络侦查能力也许并没有他想象的那么厉害。两人回到卡车上,沿着弯曲的公路缓慢行驶。

伊森遇到了一个土坑,本该冲过去的时候却刹住了车。典型的新手。现在他们被困住了,伊森踩下油门,车轮空转。

"哇,冷静。这个沟有点深。"卡梅隆耐心地解释道。路况是很糟糕,但这只是入门级的四轮驱动。他和凯蒂曾经开着一辆老吉普在加利福尼亚沙漠里遇到更糟糕的情况,吉普车都报废了。相比之下,这只是小儿科。

"该死的沟。"伊森暗暗较劲,加大油门。变速箱发出轰鸣声,好像它也厌倦了这种冒险。

卡梅隆叹了口气。"让我试试?"

"你?"伊森皱起了眉头,因为好奇而瞪大了眼睛。也许还有希望。"嗯,也可以。"他熄火把钥匙扔给卡梅隆。

"好吧 来吧,我们下车。"

"下车?"

"是的,下来。"卡梅隆从驾驶室爬下来时尽量压制住语气中的不耐烦。"我们得去看看怎么回事。可能需要加强后面的牵引力。你有什么可以用作楔子的东西吗?"他扫视了一下路面,路边是茂密的黑森林。和宽阔的沙漠完全不同。不过边上有块小石头也许可以用。他朝石头的方向歪了歪头,命令道:"把那块石头拿过来。"

伊森看起来很惊讶,甚至是有点崇拜。卡梅隆微微一笑。"我以前偶尔会在沙漠里越野。"

"是吗?"伊森点点头,向指定的岩石走去。等他回来的时候,卡梅隆已经在后轮前面垫上了厚厚的干土,正在底盘下面探头探脑,用手的边缘揣测角度。

卡梅隆解释如何操作。"首先,我们把卡车向前推,一两英寸就可以,用石头楔住右轮胎。向左打到头,后轮抓地之后,立刻右转。"

"左转?"伊森看着左边,前保险杠侧面和树墙之间大概只有两英尺的距离。"不行,我觉得不行。"

"没问题的,这是物理常识。"卡梅隆对这样的对话再熟悉不过了。他的四轮驱动的朋友也不明白力是如何运作的。他们只会坐在那里空转,大脑一片空白,轮子也在空转。他诚恳地看着伊森疑惑的脸,补充道:"相信我。"

"好吧,那就来吧。"

左转,再向右打死,后视镜里碎石泥浆飞溅,一阵连卡梅隆都心惊肉跳的颠簸之后,卡车冲上了公路。等他们出去之后,他放声大笑。他都快忘了这有多好玩了,这辆皮卡虽然不是吉普车,但在这种糟糕的路面上也不落下风。他向旁边瞥了一眼,伊森吓得一声不吭。卡梅隆嘴角扯出一丝邪恶的笑容，故意开过凹陷的草地，两人都从座位上弹了起来。"想再找点乐子吗？"

坐在副驾驶座上的伊森仰起头，发出一声动物般的嚎叫。"开始吧！"

卡梅隆猛踩油门。这可比炸鱼薯条有意思多了。

我被囚禁的第 *1341* 天

海洋生物是欺骗大师。我相信大家都很熟悉鮟鱇鱼，它潜伏在黑暗的水域中，用发光的诱饵吸引猎物上钩。我们这里没有鮟鱇鱼（对此我并不感到遗憾），但大厅里曾经有一张关于鮟鱇鱼的精彩展示海报。

我们都会通过撒谎来获得所需要的东西。海马假扮成一缕海带。假清洁鱼会等待时机咬宿主。还有我的变色和伪装的能力，核心也是一个谎言。可惜这个谎言也快撑不下去了，因为我发现自己越来越难融入周围的环境。

人类是唯一为了娱乐而颠覆真相的物种。他们称之为笑话，或者是双关语。说出口的话和表达的意思不同。笑，或者出于礼貌假装笑。

我无法笑。

但我今天听到了一个笑话，非常聪明、合时宜。先提醒你一句，这个笑话的包袱相当恐怖。

一个年轻的家庭站在我的水箱前,父亲(通常是父亲,因为他们最喜欢讲让人尴尬的谐音梗笑话,所以也叫"老爸笑话")转过身来对小孩说:"当老虎的尾巴被割草机夹住时,它说了什么?"

(不要问我为什么一只丛林猫会出现在一台割草机前,笑话往往是没有道理可讲的。)

孩子已经笑得前仰后合了:我不知道!它说了什么?

父亲回答说:不会太长了。

如果可能的话,我会大笑的。

不会太长了。这是真的。我能感觉到自己的细胞正艰难地发挥它们的功能。明天,新的一个月又开始了。这也许是我最后一次注意到特里翻动墙上的日历。我不可避免的末日即将来临。

三杯马提尼下肚后的真相

八月一个炎热的中午,玛丽·安·米内蒂的告别午宴开始了。托娃提前十分钟到达埃兰牛排餐厅。耀眼的阳光十分刺眼,她眯着眼睛爬上位于埃兰海滨区最豪华地段的餐厅前台阶。她的脚踝因为长期包在靴子里还有些酸软和虚弱。

"沙利文太太!"一个熟悉的声音从身后传来,接着一只手臂扶住了她的手肘。

"劳拉,亲爱的。你好吗?"玛丽·安的女儿四十多岁,身材修长。托娃接受了年轻女人的搀扶,一起走上楼梯。

据玛丽·安说,劳拉上周就来帮她做准备了。是劳拉组织了这次午餐会,这家高档餐厅也是她挑选的。托娃不认为玛丽·安会拒绝在家里喝咖啡,不过可能因为搬家打包和卖房准备,家里不方便接待客人。

"太好啦,太好了。"劳拉点点头,为她拉着前门。"我很高兴看到你康复了!妈妈跟我说了你摔倒的事。"她对着托娃的脚挑了挑眉。

"只是扭伤而已。"

"我知道,但你这个年纪……"

接待台后面的年轻女人爽朗地打招呼,正好打断了她们的对话。她举着高高一摞菜单,带着她们穿过餐厅,来到一张空着的长桌前,桌子旁边是一排可以俯瞰水面的窗户。至少,这里的景色很美。

"你们的服务员几分钟后就会过来。我先去给你们拿点喝的。"女招待边说着边绕着桌子转了一圈,在每个桌位上都放了一份菜单。至少有三十个位子。天哪。劳拉邀请了多少人?

"金汤力,谢谢。"劳拉把包往桌上一放,长吁一口气,"我一上午都在帮我妈妈收拾她住了半个世纪的房子。最好来杯双份的。"

"当然可以,女士。"

托娃坐到靠近桌尾的椅子上,她想到了玛丽·安把厨房水槽上方架子上的瓷器雕像和十字架打包装进纸箱从此封存起来,直到某个倒霉的年轻家庭成员偶然发现它们,不得不想办法处理这些老古董。女招待似乎在等托娃决定喝点什么,托娃勉强笑了笑。"请给我一杯咖啡。黑咖啡。"

女招待点点头就走了,留下两个女人沉默不语。托娃真希望自己带了针织手工。最后,她问:"女儿们好吗?"

劳拉和女儿塔图姆及小孙女伊莎贝尔一起住在斯波坎。现在，年仅七十岁的曾祖母玛丽·安也将加入她们。当然，塔图姆和她孩子的情况并不是事先计划好的，但托娃不禁对四代同堂的生活感到好奇。

劳拉点点头。"女孩们都很好。好极了。伊莎贝尔现在会走路了。"

"太好了。"托娃说。

"是啊。"劳拉笑了笑，但没有展开细说，人们在托娃面前谈论孩子时总是适可而止。这也是件喜忧参半的事。

令人不舒服的沉默再次降临，于是托娃问道："工作怎么样，亲爱的？"

"工作就是……工作。"劳拉在州立大学教心理学，她笑着讲述了暑假电子设备升级的事，托娃跟着点点头。听起来确实像一场噩梦。劳拉同情地叹了口气，然后解释说："这就是为什么我们必须让妈妈在秋季学年开始之前尽快搬家。我很遗憾你们没有好好道别。我知道你们关系有多好。几十年了。"

"我们可以电话联系。"

"我们会给妈妈装一个平板电脑。这样她就可以在线参加针织小组聚会了！"劳拉眉开眼笑，对这个解决方案非常满意。虽然托娃不太明白是什么意思。"那你呢？你什么时候回水族馆上班？"

托娃直起身子，向劳拉讲述了她最近与特里的谈话。他同意让她回来"帮助新人"。托娃对这样的安排再满意不过了，这样她就可以指导他如何正确地做事，在月底搬进查特村之前，她应该有足够的时间。她非常喜欢和那个男孩一起工作，这点她没有说。

"妈妈，这里！"劳拉喊道。玛丽·安在另一边向她招手，后面跟着芭波·范德胡夫、珍妮丝和彼得·金。

"呦乎——"芭芭拉挥着手靠近。她穿着一件亮片紧身上衣。"看看这里，也太豪华了！"她拥抱了劳拉。

珍妮丝坐到了托娃旁边的座位上。"怎么样，托娃？"

"脚踝怎么样了？"彼得·金坐在妻子身边。

"很好，谢谢。"托娃回答，希望她的伤不会成为今天下午的话题。

"真是个好消息。你胳膊上那是什么？"

托娃拽了拽袖子，试图遮住最新的吸盘印。"没什么。一定是太阳晒的。"

彼得皱起了眉头。托娃可以看出，医生的本能使他不会就此罢休。但贵宾代表突然打断了他。

"哦，天哪！感谢大家的到来！"玛丽·安有些羞涩地笑着，她在桌子中央的指定位置就座。越来越多的人涌入，托娃认出了几位来自圣安教区的居民，玛丽·安曾在那里担任董事会成员多年。几分钟后,大部分座位坐满了人,只剩下托娃另一边的两个座位空着。她松了口气,把皮包放在一个空位上。

"嗯,这可真热闹啊!"一个深棕色皮肤、眼睛闪闪发亮的年轻人端着两壶水走了过来。他的名牌上写着奥马尔。"好在我穿了运动鞋,我想你们不会让我闲着的。"人群中响起一阵赞许的笑声。

"我们是来狂欢的!"芭波·范德胡夫抖了抖身体。

奥马尔用手比了个枪瞄准她。"这才对嘛!"

"我们亲爱的朋友玛丽·安要搬走了,"芭芭拉指着脸红的玛丽·安,"去斯波坎。"

"哎呀,斯波坎!我很抱歉。"奥马尔的表情像是刚刚吃了柠檬,但他的目光仍在闪烁。

"嘿,怎么回事!我就住在斯波坎!"劳拉笑着把空的高脚杯举了起来。

托娃的咖啡终于到了,是一个看起来很忙的服务生送来的。她先研究了一下浓稠的黑色液体,然后喝了一口。咖啡又热又浓。她拿起菜单研究,对罗勒奶油酱和特制芫菁汁等描述不是很感兴趣。汤和沙拉在哪里?有玉米浓汤就好了。

"这里的座位有人吗?"一个隐约熟悉的低沉声音打断了她对菜单的关注。她抬起头,看见一个高大的身影。但这次他没穿骑行短裤,没戴复古太阳镜和头盔,看起来并不那么奇怪。是亚当·赖特，几周前在汉密尔顿公园帮她做填字游戏的那个家伙。"哦，你好。"他脸上立刻露出笑容，显然也认出了她。

"很高兴再次见到你。"托娃说着，拿起她放在椅子上的皮包。亚当的旁边是个矮个子女人，留着一头黑发。

亚当说："这是珊迪·休伊特。"他轻轻捏了捏同伴的胳膊，两人都坐了下来。"珊迪，这是托娃·沙利文。"

"你好。"托娃点头说。服务生用托盘端着两杯马提尼酒小心翼翼地放在这对夫妇面前。

亚当喝了一大口，托娃想起了那天他在公园里大口灌水的样子。他解释说："劳拉和我一起在圣安教堂上主日学。她听说我搬回了镇上，于是请我帮她妈妈搬家。我今天带了个帮手。"他对珊迪眨了眨眼睛。

"他们找到他可真幸运，"她咧嘴一笑，捏了捏亚当的二头肌，"我也很乐意帮忙，虽然我不太能搬重物。劳拉邀请我真是太好了，让我能一下子认识这么多索维尔湾的人。"

"是啊，劳拉在宾客名单安排上真是大费苦心。"托娃抿了一口咖啡。

"我想是的，"珊迪歪着头，"你和亚当是怎么认识的？"

托娃清了清嗓子，然后轻声说："亚当是我儿子的朋友。"

亚当扁了扁嘴唇，俯身凑到珊迪耳边，大部分内容托娃听不清，但她听到了曾经有一个孩子……

珊迪瞪大眼睛向托娃投去同情的目光，然后把注意力转移到研究菜单上。她理了理头发，在椅子上坐直，双手合十。"各位，"她轻快地对整个桌子的人说，"大家决定要吃什么？我听说裙边牛排非常好吃！"

埃兰牛排餐厅没有玉米浓汤。但奥马尔推荐了咖喱南瓜汤，托娃觉得非常美味，一滴都不想浪费，与此同时，坐在托娃和珍妮丝对面的亚当·赖特和彼得·金一直在抱怨西雅图水手队连败。托娃对这个话题丝毫不感兴趣。

"棒球。谁在乎呢，对吧？"珍妮丝说。

托娃笑了笑，然后用餐巾纸擦了擦嘴角。"比看棒球更乏味的事就是谈论棒球。"

彼得·金俏皮地捏了捏妻子的肩膀。"抱歉让你感到无聊了，亲爱的。"

"嘿，也许我被诅咒了，"亚当·赖特笑了，"我搬回城里，他们突然开始一直输。真该留在芝加哥。"他喝光了马提尼，从宝剑样式的塑料装饰上拿下一个肥大的绿橄榄，微笑着把另一颗递给珊迪，然后一只胳膊横在她的椅背上。

珍妮丝靠向珊迪。"找到房子了吗？"

"哦，是的！"珊迪眉飞色舞地说，"我们决定买新建的房子。就在城南。"

"那太完美了。你可以完全按照自己的喜好来装修。"

"没错！亚当打算在地下室建一个娱乐室。用来看棒球比赛。"

彼得·金眼前一亮。"好极了！有比赛的时候我会去拜访你们。"

四个人一起大笑起来。

珊迪转向托娃。"你呢，沙利文太太？"

"什么意思？"托娃挑了挑眉。

"你的房子？有人出价吗？"

珍妮丝放下叉子，转身盯着托娃。

"杰西卡·斯内尔告诉我们的。你们的房子正在出售。可惜不符合我们的需求。我们至少需要五间卧室，以后孙子孙女来了有地方住。"

"未来的孙子孙女，"亚当纠正她，"理论上的孙子孙女。"

托娃把餐巾捻在膝盖上。

"不过，你的房子真漂亮。"珊迪嚷嚷道，"杰西卡说你的房子很快就会被抢走的。"

"是的，我想是的。"托娃低声说。

"托娃，"珍妮丝尖声说，"她在说什么？"

"哦，不是吗……我是说，难道你们都不知道？"珊迪的脸颊变得通红，就像马提尼里的西班牙红椒一样。

"没关系，"托娃清了清嗓子，"珊迪说得对。我要卖掉房子。

我已经在贝林厄姆的查特村申请了一间套房。"

餐桌上陷入一片沉默。

"什么?"玛丽·安喘着粗气。

"你为什么什么都不说?"芭芭拉问。

"那房子怎么办?"珍妮丝向前倾。

"那栋漂亮的房子!你父亲的房子!"

"还有你所有的东西,托娃!"

"你有那么多漂亮的东西,你不会都不要了吧?"

"你的东西怎么办?"

"太多东西了。"

"那个阁楼,我无法想象。"

"你妈妈的箱子,雪松材质的那些,真可惜!"

"我完全有能力处理好我自己的东西。"托娃简单严肃地说,大家的议论声戛然而止。她们凭什么对她的东西说三道四?玛丽·安有那么多雕像,而珍妮丝有一整个房间都是电脑设备,大部分似乎没有实际用途。芭波不知道为什么,从单身的时候就开始收集大象了。她的整个客房都摆满了大象纪念品。他们有什么资格来指责她?

珍妮丝把手放在托娃的肩膀上。"你不需要这么做,你知道的。彼得和我一直都想让你和我们一起生活,你可以……"

"绝对不行。我不能那么麻烦你们。"

珍妮丝摇摇头。"你从来不是麻烦，托娃。"

服务生撤走餐具，玛丽·安绕着桌子感谢大家的到来。珍妮丝和彼得·金向大家道别，说他们上陶艺课要迟到了。芭波·范德胡夫穿着紧身的亮片裙金光闪闪地去看心理医生。奥马尔把支票拿给劳拉签字，开玩笑地说玛丽·安会在斯波坎引起轩然大波。亚当·赖特咽下第三杯马提尼的沉淀物，双手紧紧握住玛丽·安的前臂。"谢谢你邀请我们！"

"这里真不错！"珊迪也插了一句，似乎忘了她刚才扔下的炸弹。值得庆幸的是，餐桌上的其他人似乎也忘了，不过托娃还是听到珍妮丝和芭波窃窃私语，要让她改变主意。

玛丽·安拘谨地坐在托娃旁边的空椅子上。"我周末离开前还能看到你吗？"

"当然了，我会顺道拜访的。"

"那就好。"玛丽·安的声音有些颤抖。劳拉急忙走过去，站在母亲身后，用胳膊搂住她的肩膀。

"你把妈妈接过去一起住真是太好了。"亚当转向玛丽·安，靠在椅子上，"说真的，我很高兴有孩子，虽然这也意味着无法摆脱前妻。但孤独终老太可怕了，这不就是人们生孩子的原因吗？"

珊迪戳了他一下。"别说傻话，宝贝。"

劳拉猛地瞪了他一眼,什么也没说,但是伸手从他面前拿起还没喝完的马提尼酒杯递给一个路过的服务生。

"我是个白痴。"亚当举起手,又放下,"托娃,对不起。我不是那个意思。你不会孤独的。即使埃里克不在了。"

"没关系,"托娃轻声说,"那是很久以前的事了。"

"我记忆犹新。"亚当的声音更加清晰了。

玛丽·安用手捂住嘴,劳拉双手叉腰,瞪他的眼神似乎能把石头击碎。但托娃转向亚当,突然意识到自己的心怦怦直跳。"能说说你记得什么吗,我很想知道大家都记得什么。"

他用手捂着脸。"我是说,你肯定已经知道了。我还记得最后一次见他的情景。那天下午,他去打工之前,我们在小吃店吃了玉米片。我们打算第二天去我家的小木屋。他像往常一样,准备从家里的冰箱里偷拿几瓶啤酒。"他缩了缩脖子,"呃,很抱歉。"

托娃挥了挥手。"没关系。"

"总之,"亚当继续说,"他想给那个女孩留下好印象,我忘了她的名字了。他打算带她去小木屋。"

托娃发出了不带感情的嗤笑。从冰箱里偷啤酒?听起来像是她儿子干的。但其他的,可能吗?她摇了摇头。"我不记得埃里克当时有女朋友。"

"严格来说,我不知道她是什么人,但他们是一对。"亚当皱起了眉头,"该死,她叫什么名字?"

劳拉把手放在托娃的肩膀上。"你还好吗?"

"托娃?亲爱的?"玛丽·安应声问道。

"我很好。"托娃的声音听起来像是从山洞里传出来的。她站起身来,感谢劳拉的午宴,同时给了玛丽·安一个简短的拥抱,然后听到自己向亚当·赖特和珊迪·休伊特道别。

咔嗒,咔嗒。她的凉鞋踩在餐厅硬木地板上的声音似乎在推动她离开餐桌。外面,午后的阳光直射过来,她用手挡住脸,穿过埃兰牛排餐厅的停车场,向自己的车走去。当她坐在驾驶座上,打着火,收音机传出电台的声音时,她才意识到自己一直在屏住呼吸。她急促地呼出一口热气,雾气模糊了眼镜。

所以,威尔一直以来都是对的。

有一个女孩。

码头的阴影

艾弗里的房子很小,护墙板是黄色的乙烯基,位于县高速公路旁的一个小区内。从镇上到这里有很长的一段路程,难怪艾弗里早上冲浪之后选择在店里洗澡,即使水是冰的,也不会开车回家。车道的一边堆满了园艺工具和垃圾袋,卡梅隆几乎找不到地方停露营车。

她端着一个咖啡杯出现在门口,跑步短裤低垂在她的臀部,腰带和背心之间的浅棕色皮肤若隐若现。真要命!他突然很高兴在这里进行划桨板约会。她说不喜欢在休息日去店里,但也许她有其他的想法?

她眯着眼睛对着太阳说:"你来了!"

卡梅隆跳下车,把钥匙塞进口袋。"你觉得我能不来吗?"

她咧嘴一笑。"老实说,我一般不和比自己小的人约会。我已经不止一次被放鸽子了。"

"比你小的人?你觉得我多大了?"

"二十四岁?"

"三十还差不多。"卡梅隆一步跨过了门口的四级台阶,"不过我会原谅你的。我的青春活力和运动能力非常具有欺骗性。"

艾弗里翻了个白眼。"先别急着吹牛了,等上了桨板我们再看看你的运动能力。"

"我肯定是天生的运动员,当然没问题。"

"嗯哼。"艾弗里得意地笑了,指着打开的门说,"进来吧,我还要准备一下。"

"当然,那你呢?"

艾弗里转过身来,不解地问:"我怎么了?"

"你多大了?"卡梅隆的声音里透露出一丝焦虑。

"上个月刚满32岁。"看着他如释重负的样子,她笑了,然后弯下腰从纤维地板上捡起一只袜子。"怎么,你以为我多大了?"

"哦,显然是二十出头。"

她用袜子打他。"少来了。"

卡梅隆露出了他最好的笑容。"怎么不是?你……"

房间里传来一阵不耐烦的声音。片刻之后一个十几岁的男孩跑了出来。他几乎和卡梅隆一样高,一头蓬松的深色卷发,和艾弗里一样的橄榄色肤色。男孩看也不看卡梅隆一眼,举起一个麦片盒,埋怨道:"妈!芝士麦片吃完了。"

卡梅隆瞠目结舌。一个孩子?一个十几岁的孩子?

艾弗里脸上露出惊讶的表情，然后僵硬地吸了口气。"卡梅隆，这是马可。"她转过身去看那个少年，他瞪着卡梅隆的眼神就像在看一坨新鲜的大便。"亲爱的，这是我的朋友卡梅隆。"

"嘿。"卡梅隆点头说。

"你好。"马可抬起下巴。

"别管他。他十五岁。我还以为他十分钟前就出去骑车了呢。"艾弗里边说边揉马可的头发，他忍了几秒钟后躲开了她的手。卡梅隆心里默默计算了三遍确保自己没算错。十七岁。艾弗里十七岁就有了孩子！

"马可，亲爱的，如果芝士麦片没有了后，我们该怎么办？"

马可翻了个白眼。"清单。"

"没错。我们把它加到购物清单里。"她批评道，"我相信你会找到其他吃的东西。"

马可嘀咕道："薯片也吃完了。"

"真是惨无人道。"艾弗里干巴巴地说，"听着，我尽量晚些时候去杂货店。卡梅隆和我要出海。我不在的时候，别把家里弄得乱七八糟，好吗？"

"凯尔和内特一会儿能过来吗？"

"可以，但是你得保证不能只打游戏。你们做点别的事，去外面骑自行车吧！草坪需要修剪。"

"好吧，我会除草的。"

"很好。好好玩吧。给你。"她把袜子扔给他,"这只掉在地上了,放进衣篓里。"

最后这句话让卡梅隆心头一震。他把衣服仍在卧室地板上时,凯蒂也经常对他这样说。

"我应该告诉你的,"艾弗里咬着嘴唇,盯着露营车副驾驶的窗外,"对不起。"

"不,没事。完全没问题。"卡梅隆把胳膊搭在打开的车窗边上。没事吗?是的,这也没什么吧,对此他也很意外。不知道为什么,作为妈妈的艾弗里让他感受到了从未接触过的女人的魅力。他驶离高速公路,沿着蜿蜒曲折的长坡向水边驶去。变速箱在降档时颤抖了一下,松垮的传送带发出刺耳的声音,他有点后悔开车了。他本来是想炫耀一下露营车,因为前几天它状态不错。他用醋和柠檬擦洗了整个车内,窗户上一条印都没有。他甚至还买了一张便宜的新床垫。

她斜睨了他一眼。"你不介意我有个孩子?"

"嗯,这意味着追你是小菜一碟。"他磕磕巴巴说完最后几个字。这个玩笑开过头了吗?但艾弗里突然大笑起来,嬉皮笑脸地推了推他的肩膀。

"你今天必须下水。我要亲自把你塞进水里。"

"你不能!我没有泳衣。"

这倒是真的。卡梅隆所有的冲浪短裤都被凯蒂放进黑色垃圾袋里从阳台上扔出去了。现在可能正躺在布拉德和伊丽莎白的地下室里。

艾弗里瞪着他,难以置信。"为什么没有?"

"现在没有。"

"我店里有泳裤,你知道的。"

"对我来说太贵了。我切鱼、挖内脏可挣不了多少钱。"

"别傻了。我可以免费送你一条!"

"不,我不想再接受施舍。不过你送我抹在脖子上的那玩意儿太神奇了。"

"好吧。"她摇摇头,笑了笑,"希望你不介意又冷又湿。"

细浪拍打着鹅卵石海岸。这能有多难?尽管如此,艾弗里还是给他讲了一遍。"所以,你要把脚放在这里,"她指着冲浪板的中间,"然后像这样握住桨。"她边说边示范。

卡梅隆点点头,心不在焉地听着她的指令。

"最后一点,"她边说边将冲浪板优雅地划过水面,"千万别掉进水里!"一阵微风拂过她跑步短裤的边缘,分散了他的注意力。

"我不会的。"他保证,然后按照指示趴在冲浪板上,从沙滩出发。但是,当他刚抬起一边的膝盖准备站起来时,就开始摇晃了。扑通一声,他的脚猛地陷了下去,掉进了六英寸之下的粗沙里。"天啊!"他倒抽一口气,冰冷的海水让他无法呼吸。海水冷得离谱。

"五秒钟,"艾弗里侧过头,眉毛上扬,"破纪录了。"

"我只是在试水。"

"试着打开身体。"

卡梅隆终于两只脚都踩到了木板上。艾弗里说得对,站姿越宽越好。当她刻意告诉卡梅隆要带他体验初学者路线时,卡梅隆没有反驳。皮吉特湾很冷。

他跟着她绕过一条曲折绵长的突堤码头。在最外侧的岩石上,一只海鸥昂着头,怒目而视。他入迷地研究这只暴躁的海鸟,差点又翻倒,但这次他恢复了平静。每划动一下桨,他都感觉更稳了。

他们走到码头的一半时,艾弗里放下桨,盘腿坐在冲浪板上。卡梅隆的眼睛睁得大大的。他也要这样吗?

她咯咯地笑起来。"这没有看起来那么难。下蹲的时候,保持身体重心平衡。"卡梅隆屏住呼吸,按照她的指示做,不知不觉坐在了桨板上,在波浪上晃动。

"真不错。"他说。

"不错吧!"艾弗里斜躺着,用手肘支撑着身体。她的衬衫被撩起,露出完美的小肚脐。"索维尔有着皮吉特湾最平静的水域。

这也是我搬来这里的原因之一。"

"你什么时候搬来的?"

"五年前吧?是的,没错。马可当时十岁。我们从西雅图搬来这里。"

"一定很不容易吧?"

"他适应得不错。他爸爸在阿纳科特斯找了份工作,从那到索维尔要比到西雅图近一半的距离。"她用手拂过水面,"另外,我一直想开一家桨板店,在西雅图根本不可能。"

"你以前是做什么的?"

"一些零工,但在马可小的时候,我是全职妈妈。他爸爸是渔船上的一名水手,所以总是到处跑,"她凝视着海湾,"他夏天很少见到马可。但他不是坏男人。"

"前男友不都是坏人吗?"卡梅隆把一条腿伸向冲浪板的边缘,然后把一只脚浸入水中。天气仍然很冷,但阳光猛烈地照射下,水面几乎是暖的。

艾弗里笑了。"事实上,乔什和我是好朋友。我们从没约会过。只是在高一的时候睡过一次,然后,噗!一个孩子出世了,我们永远被绑在了一起。"

"噗!这就是生孩子的感觉吗?"

"相信我,别好奇分娩是什么样子。"艾弗里翻过身来,用手撑着下巴,"对不起,马可刚才不是很友好。老实说,我不常带男人回家,每次都不太顺利……"

"没关系。他才十五岁。嘴巴臭,脾气坏,像《芝麻街》住在垃圾桶里爱发牢骚的奥斯卡。"

"垃圾桶?他的卧室和垃圾厂一样!我已经不进他的房间了。"

"明智之举。"卡梅隆笑着说。一艘快艇从海湾远处驶过,过了一会儿,几波小浪花打过来,他和艾弗里的冲浪板轻轻地撞击着。他们几乎一直漂到了码头。在木质结构的最末端,一些青少年正在嬉戏打闹,有几个人蹑手蹑脚地在倾斜的栏杆上行走,就像在走钢丝一样。艾弗里眯着眼睛看着他们。

"至少马可不会做这种蠢事。"她摇摇头,"那边的水深大概只有 30 英尺,看涨潮情况。下面有巨大锋利的岩石。旧的木桩。一旦碰到,你就死定了。"

"噢。"卡梅隆并不喜欢高处。

艾弗里划进了码头的阴影处,海水呈墨色,卡梅隆也跟了进去,空气中弥漫着一股冰冷、油腻的味道。海带紧紧地贴在水面下的木桩上,倒映出清冷的深褐色。

突然,艾弗里说:"我曾经阻止过一个人跳下去。"

"跳下去?"

"一个女人。从这个码头上。"她用桨戳了戳一个爬满藤壶壳的桩子。

"哇哦,怎么做的?"

"我划着桨板过去帮她。跟她说话。"艾弗里哆嗦了一下，"劝她下来。"

"要是我，我都不知道该说什么。"

"大多数时候，我只是听她说。"艾弗里耸耸肩，"但那天的情况有点奇怪。我以前没见过她。索维尔海湾是个小地方。有新面孔出现是件大事。"

"这我深有感触。"卡梅隆不禁想起了托娃和她针织小组的成员。以及伊森有多喜欢在他下班之后给他讲镇上的新闻。"你把她劝下来之后呢？"

"把她送回她的车上。我本可以报警的，但是……"她长长地吐了一口气，然后挤出一个笑容。"我干吗要告诉你这个？我想说的是，如果我发现马可在上面乱跑，他会被终身禁足的。"

"他真幸运，有你这个好妈妈。"

"是啊，我妈妈也不会允许我乱来的，我就是这样被养大的。"

"真希望我也是这样长大的。"卡梅隆眼睛盯着水面，卡梅隆告诉艾弗里他妈妈把他丢在让娜姨妈家，再也没回来过。

"天啊，我很抱歉，卡梅隆。"她举起桨，放在他的冲浪板上，然后用桨把他的冲浪板拉近。两人轻轻碰撞后，她把手放在他的膝盖上。

他们头顶的码头传来脚步声，咚咚的声音在木板间回荡。一个青少年发出一声尖叫，一瞬间卡梅隆以为会有一具充满男性荷尔蒙的身体从侧面跳进漆黑的海水。但随之而来的是阵阵笑声。

他冷得发抖。"有时我想她是否还活着,"他的声音低沉下来,"如果她活着,这件事其实更糟。这么多年来,她从未想过自己的孩子,你知道吗?"

"你姨妈也没有她的消息吗?"

"没有。"

艾弗里摸了摸桨板边缘,留下一串小水珠。"这对你妈妈来说一定很艰难。"

"她很艰难?"

"我是说离开。把你留给一个可以更好地照顾你的人。"

卡梅隆轻轻哼了一声,正想反驳,却找不到合适的词句。当然,他以前也听过这种说法,有人说他母亲把他丢给让娜姨妈是一种不幸中的万幸。甚至是一种怜悯。就连让娜姨妈自己都这么说过。他一直觉得这些是彻头彻尾的谎话,空洞的陈词滥调,只是为了让他好受点。但不知怎的,从艾弗里口中听到这些话,感觉真实而可靠。

小时候,他经常想象有妈妈的生活,但在那些幻想中,妈妈样子总是非常典型,就像伊丽莎白的妈妈那样,喜欢看健美操视频,有独家的奶油饼干配方。失去那样的妈妈固然会让人痛不欲生。但也许艾弗里是对的,有妈妈的生活有可能跟想象中完全不一样。

"当我发现自己怀了马可的时候,度过了一段糟糕的时光。"艾弗里接着说,"我要做很多决定,你知道的。我来自一个大家庭,每个人都开始对我指手画脚。他们认为无论我做什么都会毁了自己的人生。"

"外人和外人的意见一般都很糟糕,"卡梅隆说,"重点是,你现在过得很好。"

"嗯,是的,我过得还算不错,对吧?"她脸上闪过一丝内敛的笑容,然后又变得严肃起来,"但那时,我才17岁。我不知道自己在做什么。我决定留下孩子,但有时我又想,也许把他送去领养,对他和对我都更好。"

"你想过把他送去领养?"

"差点就这么做了,"她双手抱着膝盖。"我的家人,他们都说这样对大家都好。但是,对我来说不是的,他们错了。但我理解他们,对某些人来说这可能是个正确的决定。"

卡梅隆脑海中再次浮现出艾弗里揉乱儿子头发的自信模样。对地板上的脏袜子毫不容忍。他在过于慷慨的姨妈的帮助下,才勉强凑够了买一辆破旧露营车的钱。艾弗里却养育了一个人,更不用说买房子和开桨板店了,而且还毫不犹豫地把一罐价值20美元的有机凡士林免费送给他这样的笨蛋。她的确是对受伤的生物没有抵抗力。

"我的朋友伊丽莎白和布拉德要有孩子了,"他没来由地提起这件事,自己也不知道为什么,因为这有点突然,"他们是我最好的朋友。我们一直都很要好。"

"那太好了。"艾弗里说。

"的确如此。太不可思议了。"卡梅隆慢慢地点点头,"他们根本不知道自己在做什么,但我想他们会慢慢弄明白的。"

"当然。几十亿人都是这样过来的。"

卡梅隆笑了。"你会喜欢他们的。布拉德是个呆子,但他是个可靠的人。我觉得你和伊丽莎白会变成好朋友。"他的手浸在冰冷、漆黑的海水中,"我希望你能见见他们,我是说,如果有机会的话。"他揉了揉突然开始发烫的后颈。

"当然,我很乐意。"艾弗里起身跪着,拨了拨桨,"我们回去吧?这里很冷。"

一小时后,当他们绕过突堤码头尽头时,那只愤怒的海鸥又狠狠地瞪了他们一眼。"高兴点,伙计。"卡梅隆自嘲地说。他越来越像伊森了。

海鸥向后一仰,张开嘴巴,发出鸟类能够发出的最响亮、最愤怒的叫声。

只是一只脚没站稳向后滑了几英寸,重心偏移,就这样卡梅隆再次掉进了水里。

他喘着气爬上来,喊道:"妈的,还是那么冷!"

艾弗里去哪儿了?踩着冰冷的水,他转头寻找她的身影。他现在看起来可能像一只海豹。或者是海狮？他不记得太平洋西北部的原生鳍足类是哪一种了。是寒冷让他无法思考了吗？体温过低？

"需要帮忙吗？"她踩着冲浪板向他划来，一边喘着粗气一边大笑。

"我没事。"他自言自语，试图爬上湿滑的冲浪板，但刚抬起膝盖，桨板弹开了，再次掉进水里。

当他终于浮出水面之后，艾弗里发出了一连串难以理解的指令。"转移重心，膝盖立起来，收紧核心肌，不，另一个膝盖，那个手肘，手抓着，不，你的右手，不，你的另一只右手……"

当海鸥从码头腾空而起，从他们身边滑过时，他终于翻到了木板上，像个混蛋一样坐在那里，身上滴着水，喘着气。

"你这个长羽毛的混蛋。"他骂骂咧咧，挥舞着拳头。

艾弗里终于从笑声中回过神来。她用衬衫下摆擦了擦眼睛。"已经离岸边很近了！你差点就成功了。"

"谢谢你相信我。"他嘴角扯出一丝微笑，"好吧，既然我已经湿透了……"他跳进清冽的海水中，冲向她的冲浪板猛地推了一下，她警告的声音被水声掩盖了。她跌进他怀里，尖叫着把他压在下面，冲浪板弹出几英尺远。

他浮出水面，咧嘴一笑。"现在我们都湿透了！"

"你死定了。"她的声音像砂纸，眼睛却闪闪发光。他用一只手搂住她的腰,把她拉到自己怀里,几乎感觉不到重量。她用双腿夹住他的臀部。虽然他此时整个人都麻木了,但还是热得要命。

"你没带换洗衣服,"他说,牙齿冷得打战,"我注意到你没带包。"他的嘴唇离她只有一息之遥。

她低声说:"因为我从不摔跤。"

"幸好露营车后面有毯子。"

她笑着向后退了一点。"卡梅隆,如果你想说我们需要脱掉身上的湿衣服……"

他假装生气。"难道不需要吗?"

"如果你觉得开露营车来这里是明智之举,因为马可和他的朋友霸占了我家……"

"怎么了?你不这样认为吗?"

"是的。"她再次靠近他,轻轻地吻他。她的嘴唇咸咸的,在颤抖,但当她向他张开嘴时,里面是温暖的、甜美的,令人陶醉。突然,她咻的一声划走了。她抓住漂浮的冲浪板,对他露出一个挑衅的笑容。"最后一个回到岸上的是蠢蛋。"

有过一个女孩

有过一个女孩。

这个想法就像有毒的常春藤，缠绕在托娃日常生活的方方面面。当她早上整理床铺时：有过一个女孩。等待咖啡沸腾：有过一个女孩。擦踢脚线（即使世界已经天翻地覆了，周三还是周三）：一个女孩，一个女孩，一个女孩。

埃里克很受欢迎，但他在选择约会对象时还是很挑剔的。整个高中期间，他有过几个女朋友，警方与她们都进行了长时间的谈话。当然，不是作为嫌疑人——他们从没这么说过——而是作为曾经与埃里克关系密切的人。她们也许知道埃里克那天晚上在做什么，是胡闹还是离家出走，或者……

艾什莉·巴林顿是艾里克出事前一年秋天返校节舞会的舞伴，但她什么都不知道，事发当晚她和家人在游轮上；珍妮·琳恩·梅森是那年春天的舞会对象，但她也帮不上忙，那晚她在西雅图参加一个社交聚会，并在朋友家过夜；然后是斯蒂芬妮·李。在警方的追问下，托娃想起来她是埃里克的同学，那个春天，因为所谓的学习约会，她来过家里几次。斯蒂芬妮说事发当天她在家睡觉。警察对此怀疑过，但最终确定这个年轻女孩无法提供任何信息。

有过一个女孩。她怎么会不知道呢？托娃努力盯着报纸的每日填字游戏，视线似乎交织在一起。五个字母：勇猛的人做的事。她知道答案是"STUNT（特技）"，但她的铅笔想写 A-G-I-R-L（一个女孩）。要是能猜出那个女孩的名字就更好了。她叫什么名字？是她忘记了吗？她听说过但是不知道那个名字的重要性？亚当·赖特想起来了吗？他还记得这件事吗？她试图在黄页上查找他的电话，但他没有登记，可能是因为他刚搬回镇上。总之，也许他根本不记得他们在埃兰牛排餐厅的谈话。他喝了不少马提尼酒。

这一点也让托娃耿耿于怀。有谁真正了解亚当·赖特？午餐之后酒醉的回忆真的可信吗？他是埃里克的同学，但两人的关系并不亲密。他自己是这么说的。

她抠着厨房桌角上脱落的防火板。抠这种东西是个可怕的习惯。她应该马上把它粘起来。但她还是不停地抠。为什么所有东西的接缝处都开了？

如果那天她没有带着填字游戏去汉密尔顿公园，没有因为黛比·哈里而跟亚当产生联系，天哪……他会在埃兰牛排餐厅认出她来吗？

为什么他现在才想起那晚的这些细节？

埃里克为什么开船离开？

为什么亚当记不起那个女孩的名字？

为什么艾里克没有告诉她那个女孩的事？

为什么所有的事突然现在冒出来？

"为什么？"她对猫说。它正爬在油地毡上唯一一片晒到阳光的地方，舔了舔爪子，眯起了眼睛。

托娃已经很多年没有处理过与埃里克有关的问题了。她感到筋疲力尽，以至于午饭后她躺在沙发上打个盹，这是她多年来从未做过的事。

电话铃声划破了她的睡眠。托娃摸索着拿起听筒，差点把它摔了。"喂？"她声音嘶哑。

"我有个好消息！"一个女人的声音。托娃的脑海里瞬间闪过一个女孩。但电话那头是杰西卡·斯内尔。她的房地产经纪人。

"哦？"托娃坐起来，揉了揉太阳穴。

"有人出价了。比要价高出一万！"杰西卡·斯内尔接着讲述了买家的情况和出价的细节，以及说明了如果托娃接受出价，接下来应该怎么做。"提醒你一下，我们还没有开放房子参观，所以如果你想再等等，我完全理解……但我可以告诉你，这个价格非常不错。我们的定价很有野心,可以用在开放日之前撤掉房源的条件议价。你觉得怎么样?"

"好的,好的。"托娃拿起一沓报纸和一支笔,在昨天完成一半的填字游戏旁边的空白处记下了数字。最近,她根本没心思完成填字游戏。不知怎么的,她觉得填字游戏没有以前那么重要了。"好的,我们就这么谈吧。"

"好极了。我会把文件发到你邮箱里。让我看看,你的邮箱……我们的档案里没有你的邮箱吗?"

托娃吸了吸鼻子。"我没有电子邮件。"

"哦,对了,你把卖方协议带到我办公室来了。"斯内尔不慌不忙地继续说,"没问题,我们也可以那样来。今天晚上我会把议价书的打印文本送到你家,好吗?"

"好的。"

挂断电话后,托娃长舒了一口气。他们会接受新的报价。然后签合同。房子就卖出去了。

在厨房里,她从咖啡壶里倒出一杯冷掉的咖啡,放进微波炉里加热,然后走出后门。猫正躺在一片阳光下,看到它,托娃发出一声苦涩的叹息。当她坐在花园的小板凳上时,它跳到她的腿上,把爪子放在她的胸前,用头顶着她的下巴。

"你以后怎么办呢,小家伙?"托娃抚摸着它耳后特别柔软的毛。"我想你无法回到野外生活了。"

作为回应，它发出了咕噜声。这个问题改天再解决吧。

有过一个女孩。

当托娃在杰西卡·斯内尔的文件上签字时，那个女孩还在她的意识边缘徘徊。她做晚饭的时候，这个念头不停敲打着她的大脑。在下山前往水族馆的短途车程中，它像一只锲而不舍的苍蝇在她周围盘旋。她差点错过了进停车场的转弯。这个弯她至少转了上千次。

疯狂。这是疯狂的开始。她失去了理智。因为一个喝了太多马提尼酒的家伙随口说的一句话。

卡梅隆今晚仿佛置身于另一个世界，两人默默地工作：她在桶里装满醋和水，他则冲洗、拧干拖把。最后，当他们在大楼的最东边工作时，她问道："亲爱的，有你父亲的消息吗？"

"没有。"

"真遗憾，"她继续道，试图让自己的声音听起来轻松一些，"你最终会找到他的。当你找到的时候，他会很高兴的。"

"是啊，也许吧。"他走在前面拐了个弯。

她追了上去，停在马塞卢斯水箱前，透过厚厚的玻璃望着里面。他从岩石后面游出来，眨着眼睛打招呼，然后把一只触手按在玻璃上。它沿着光滑的玻璃表面蠕动，完美的圆形吸盘看起来就像玩偶的微型陶瓷餐盘。

她突然想到一个主意。让这个男孩不再发呆。

意外之财

我们用另一把凳子,好吗?

卡梅隆怀疑地看着托娃把旧的脚凳拖出来,换上一把新的。怎么没人处理那把坏掉的老东西。要不然他今晚下班的时候带走算了。

"上次他就躲起来了,"卡梅隆指出,"为什么你觉得今天就可以?"

"他今晚心情不错。"

"得了吧,心情不错?"就算是章鱼沟通师来,也无法分辨无脊椎动物的心情。她能吗?卡梅隆探头看了看水缸。马塞卢斯看起来就像往常一样,像个奇怪的外星人一样飘来飘去,他那令人不安的眼睛一动不动,仿佛在思考着什么。如果有人把马塞卢斯切开,发现他的内部布满了电线和电路,他也不会感到震惊。一个来自遥远星系的海洋间谍机器人。不是有一部类似情节的电影吗?如果没有,应该拍一部。也许他可以写剧本。

他在凳子前犹豫不决,瞥了一眼隔壁的水箱。狼鳗。说真的,这是卡梅隆见过的最丑的鱼。有两条狼鳗停在一块石头旁边,可怕的牙齿从一模一样的下颌中突出来。"我们和它们一起玩怎么样?它们看起来也很友好。"

托娃无视他的挖苦,爬上凳子,把手伸进水箱。卡梅隆看着马塞卢斯的触手缠绕在她的手腕上。托娃摸了摸他的身体,那只生物似乎靠在了她的手上,这让他想起了凯蒂。她养的傻狗坐在她腿上时就是这样寻求关注的。

托娃对章鱼说:"现在,你来跟我的朋友卡梅隆打个招呼,这次你要友好一点。"她示意卡梅隆站上来代替她。卡梅隆翻了个白眼。但章鱼似乎听进去了,松开了抓着她胳膊的触手,同时它那双难以捉摸的眼睛转向了卡梅隆,满怀期待地在蓝色水箱里游来游去。

"好吧。"他嘟囔着,脱掉自己最喜欢的连帽衫,把它扔在柜台上,然后爬上了水箱。他把手浸入水中。水很凉。比皮吉特湾的水还要冷,这他最清楚不过了,多亏了艾弗里带他去郊游玩水。

章鱼向上伸出一只手臂,擦过他的手。

"啊!"他本能地把手从水里拽了出来,在下面看热闹的托娃发出一声轻笑。

"有点慌张是正常的。"

"我没有,"卡梅隆嘀咕,"只是水太冷了。"

"再试一次。"她鼓励道。

他再次强迫自己把手放在水里,马塞卢斯探查他手背的血管,探索他每一个指关节。然后,一瞬间,章鱼手臂的末端缠住了他的手腕。每一个吸盘都像是一个单独的生命体,不知不觉,卡梅隆感到有上百个吸盘爬上了他的手臂。

出乎意料的是,他笑了。

托娃也笑了。"这种感觉很特别,是吧?"

"是啊。"他低头看着水里。马塞卢斯的眼睛炯炯有神,不知为何,好像他也在笑。章鱼肌肉发达的触手越缠越紧,一直伸到他的肘部。这个家伙到底有多强壮?

卡梅隆一心只想着手臂的血液循环,没有注意到马塞卢斯伸出一只触手绕到他身后,拍了他另一边的肩膀。他转过身去,转错了方向。章鱼是故意的吗?是在开玩笑吗?

"哈,你被他骗了。"托娃的眼睛闪闪发光,"我哥哥也喜欢这样逗他的外甥——我的儿子。老掉牙的把戏。"

章鱼松开了。卡梅隆从凳子上走下来,检查手臂下方的吸盘痕迹。

"很快就会褪色的。"托娃向他保证。

"你的还没有褪。"卡梅隆指出。

"我的皮肤已经七十岁了,亲爱的。你很快就会恢复的。"

这有什么关系呢？这些痕迹看起来挺酷的，就像文身一样。也许艾弗里会觉得他很厉害呢！他从架子上拿了一卷纸巾，擦干手臂。他正准备像投篮一样把纸团扔进水泵房角落的垃圾桶时，章鱼缸里的东西吸引了他的注意。一分钟前马塞卢斯躲到了一块石头后面，石头旁边的沙子里有一个闪闪发光的东西若隐若现。

"那是什么东西？"他问托娃。

她抬起头，疑惑地看着他。

"那个发光的东西。"他低下头看着水箱，托娃也做出同样的姿势，调整了一下眼镜。

"天哪。"托娃皱起了眉头，"我不知道。"

恰巧在此时，章鱼的一只触手从岩石洞穴中伸了出来，顶端拨弄着沙子，这一幕让卡梅隆想起了让娜姨妈。当她在沙发上睡着时，眼镜掉了，只能半眯着眼睛在垫子上摸来摸去。

"我想它在找那个东西。"卡梅隆不太相信这是从自己口中说出的话。那只怪物真的在听他们交谈吗？

还没等托娃回答，章鱼摸到了那个神秘的物体，一下子把它从沙子中卷走了。卡梅隆眯着眼睛看。那是一个水滴形的银色东西，大概有一英寸宽。鱼饵？不，是耳环。一只女式耳环。

嗖的一声，章鱼把耳环扫进了洞穴。

不知道为什么，托娃仰头大笑起来。

"有什么好笑的？"

她握住一只手放在胸前。"我相信我们的马塞卢斯是个寻宝人。"

"寻宝人？"

当卡梅隆跟着托娃走出泵房时，她说起了自己失而复得的家门钥匙，显然章鱼从自己的水箱里翻出那把钥匙，并在某个晚上还给了她。卡梅隆点头附和，但他不确定自己相信她说的话。托娃是个靠谱的人，他今晚也目睹了一些不可思议的事，但关于章鱼的某些事听起来还是很疯狂。最后，他们在舒适的沉默中继续工作。卡梅隆又开始胡思乱想，回想着和艾弗里在一起的夜晚，回想着她的头发在枕头上散发出的果味洗发水的味道。他不想检查手机，看她有没有回他的消息。绝对不会。他也不会在今晚回家的路上去桨板店，尽管他知道桨板店已经关门了。绝对不会。他一边捡垃圾、更换垃圾袋，心里默默做出承诺。

"别忘了把四周都勾上。"托娃在走廊对面叫道。

她怎么能看见他？难道她的后脑勺长了眼睛？也许她才是来自遥远星系的机器人间谍。这也许能成为他剧本中的一个绝妙的转折。

他指了指垃圾桶的边缘。"一圈都套住了，你看。"

"再往下拉一点。只需要多花点时间。"

"这就够了！"

"垃圾装满之后，袋子会开始往下滑。"

"到时候有人会收拾。"

托娃转向他,抱起双臂。"你妈妈没教过你一开始就要把事情做好吗?"

卡梅隆盯着她。"我从来没有母亲。"

托娃的脸上失去血色。

"她……她努力过。她有毒瘾。我九岁以后就没见过她了。"

"哦,天哪。我很抱歉,卡梅隆。"

"没事。"他抱怨着把垃圾袋使劲往上拽,可恶的是,的确花不了多少时间。当他抬起头时,托娃正热切地擦拭着玻璃上某个不存在的污点,拒绝与他对视。

"真的,没事。"卡梅隆坚持道,"你也不知道。"

"怎么可能没事。我应该注意自己的言辞。"

"不,我不应该对你撒气。我只是累了。"卡梅隆重重呼出一口气,"特里要求今天给鲨鱼多加一些鳕鱼,麦肯齐生病没来。所以我在干活间隙也负责前台的工作,电话一直响个不停……今天真是漫长的一天。"

"你在这里工作得很努力。"

"我想是的。"这句话像天冷时的一碗热鸡汤一样缓慢温润地渗入他的心底。这可能是别人对他最好的赞美了。

"的确如此。"托娃对他微微一笑,赞许地点了点头,然后继续擦拭玻璃缸。

"事实上，我没有妈妈，但我有让娜阿姨，"他迟疑了片刻说道。他拿起拖把，开始沿着踢脚线拖地。"我妈妈走后，是她把我养大的。"

托娃抬起头。"我很想听听她的事。"

"她是地球上最了不起的人之一，但你可能不喜欢她。"

"我为什么不喜欢她？"

卡梅隆脸上露出了阴谋得逞的笑容。"我敢肯定，她不知道如何正确地套垃圾袋。"

托娃的笑声在空旷的走廊里回荡。

我被囚禁的第 1349 天

他们没有发现这一点。

几个星期以来，他们一直在一起工作。怎么会看不出来呢？

我在自己的收藏品当中翻找了很多次，思考哪个物品可以为他们指明方向。没有任何作用。不仅如此，我的收藏品还被弄得一团糟，有的还被挤出了巢穴里，邋遢而凌乱。太危险了。如果我不小心一点，下次清理水箱的时候，我的收藏品就会被发现。不过，我担心那个时候我可能已经不在了。

为了他们，我必须撑下去。我无法忍受这个故事像现在这样未完成。如果我不介入，让他们意识到这件事，我担心他永远也不知道。

人类的妊娠期大约为 280 天。受孕时间肯定与男孩发生意外的那晚非常接近。但母亲直到几周后才意识到自己怀有胚胎。有时甚至是几个月后才会发现，因为在这种情况下，他们并没有生育的计划。我在观察来往的观光客时，无数次地看到过这样的场景。

如果托娃知道他的出生日期。他的姓氏。这样足够吗？我一定要试试。

我为什么如此在意她知不知道这件事？我并不完全确定。但我自己的死期将至，她也快要离开这里了。如果他们不尽快弄清楚，两个人都会留下一个……洞。

一般来说，我喜欢洞。水箱顶上的洞给我自由。

但我不喜欢她心脏上的洞。她只有一颗心脏，不像我有三个。

托娃的心。

我会尽我所能帮她填满它。

一些树

茶巾堆成小山，摇摇欲坠，托娃在最上面又放了一条。她家阁楼地板上堆满了这样的东西。午后的阳光从观景窗照进来，房梁熠熠生辉，像大教堂。然而，托娃的心情却不那么开朗阳光。她无法忍受堆积如山的东西。

威尔是个出了名的收集狂。收据，陈旧的邮件广告，读过两遍的杂志，自己都看不懂的笔记纸条。在威尔看来，这些东西都需要保留。当托娃抱怨东西太多、杂乱无章时，他就会把这些垃圾收拾成一摞，抚平边角，然后把它们放在柜台或书柜的边上，并且心满意足地点评：看见没？漂亮又整洁。

托娃会一直等到他在躺椅上睡着，然后叹一口气，把这些垃圾护送到它们该去的地方——很小一部分会进入文件柜，大多数是垃圾桶。当威尔的癌症病历和文件塞满小文件柜之后，托娃又买了一个，扩大了她的文件系统，这让保险公司的每一页文件，每一张医疗账单都有了合适的归宿。照顾被癌症侵蚀了器官的丈夫一度占据了她全部的生活，但她不能容忍文件占据她厨房的操作台。

"真是场灾难啊，你说呢？"托娃对着猫发问，它啪嗒啪嗒爬上阁楼，不一会儿，一条灰色的尾巴像个问号一样出现在一个盒子后面。猫咪修长的身躯在杂物堆之间优雅穿行，走到靠近托娃身边的一片阳光下，几乎连一粒灰尘都没有惊动。它无聊地扫视周围，然后侧身躺下，闭上了黄色的眼睛。

托娃笑了笑，脸上的一丝不快也随之消散。"看来你是专程跑上来打盹的吧？"她抚摸着猫咪的身体，它发出咕噜咕噜的声音。

房间里的东西分为三类。无论如何，这是一个开始。一个系统。明天，芭芭拉和珍妮丝要过来，还有珍妮丝的儿子蒂莫西及他的两三个朋友。大家都是义务劳动，负责分类和搬运。托娃答应给大家点比萨。虽然她的冰箱里都是炖菜，吃外卖似乎有些放纵。但她确实需要帮助，让熟人帮忙好过让陌生人碰她的传家宝。此外，芭芭拉和珍妮丝不停打电话表示愿意帮忙。这样可以让她们安心。

第一类物品，也是目前最小的一类，是她要带去查特村的东西：埃里克的旧的玩具小汽车，几张照片，母亲的陶瓷茶具，虽然不是全套了，但她可以偶尔用来喝咖啡。真可惜，这些东西已经闲置了很多年。几十年了。

包裹碟子的纸巾被揉成一团,扔进了离门最近的地方:垃圾桶。这里还有很多照片和纪念品。虽然丢弃这些精心保存的东西感觉很奇怪,但它们还能去哪儿呢?珍妮丝建议租一个仓库,但为什么呢?她没有家人想要这些东西。

然后是最大的一堆:捐赠物。下周本地一家二手商店会派一辆卡车来回收。埃里克的大部分玩具在这一堆里,也许别人家的小孩可以拿去玩。除了这些旧玩具,还有她母亲的骨瓷餐具。这些瓷器漂洋过海来到这里,所以应该能顺利到达市中心的二手商店。至于会不会有人买,那就是另一个问题了。她一开始想把它们送给珍妮丝,但珍妮丝说她没有地方放。芭芭拉显然也是爱莫能助,她收藏了大象的房间腾不出多余的地方。她曾考虑过把它送给水族馆的女服务员麦肯齐,甚至是杰西卡·斯内尔办公室旁边经营桨板店的年轻女士。但年轻女孩不想要骨瓷。她们对瑞典的老古董毫无兴趣。她们有自己的餐具,估计是从宜家买的。新的瑞典物品。

捐赠物中还有五只达拉马木雕,上面涂着精致的黄蓝红油漆层。第六只,也就是埃里克弄坏的那个,已经失踪很久了。她一直想着找到那只然后修好它,但这样做有什么用呢?她拿出一只仔细研究。如果她把它们带走,那么将来查特村的人就得负责处理。即使是大白牙律师和他的私家调查员也找不到想要它们的人。

尽管如此,达拉马雕像还是换了地方。它们会和她一起去养老院。

她拿起一摞泛黄的枕套,枕套褶边的玫瑰花是她母亲手绣的。当托娃把床单放到亚麻布堆上时,突然闻到一阵霉味。在捐赠之前,这些床单是要洗干净的。

收藏这些东西是为了传承下去,它们是家族树枝上的遗物。但这棵家族之树早已停止生长,树冠变得稀疏而破败,腐朽的老树干上没有一丝树汁。有些树注定不会长出嫩枝,它们毫无怨言地伫立在森林里,默默地腐烂。

她打开了下一个物品:一条亚麻围裙,结实的布料褶皱严重。这是她母亲烘焙时穿的。托娃拿起来闻到一股酸味,像是面粉变质了。折起磨损的线绳,她试图摆脱困扰了她整个下午的思绪。有过一个女孩。

如果那天晚上埃里克没有死,那个女孩可能会成为她的儿媳。当托娃教埃里克的妻子做他最爱吃的黄油饼干时,她可能会穿着这条围裙,然后托娃在时机成熟时把围裙送给她。

这种胡思乱想必须停止。不管她是谁,埃里克不是很在乎她,因为他从未提起过她。

最后这个想法一如既往地伤人。

猫的午睡结束了,一只马蝇飞到窗户上,引诱着熟睡的灰色猎手开始了一场认真但毫无意义的狩猎。托娃看着猫咪跳到窗前，用爪子拍打玻璃，而苍蝇却毫不在意地在窗外徘徊。

"我知道你的感受。"她同情地点了点头。知道有什么东西存在，却无法抓住它，这的确是一种折磨。猫咪充满敌意地"喵"了一声，穿过迷宫般的杂物堆，消失在楼梯上。

托娃看了一眼手表：快五点了。她自言自语："我想我该去吃晚饭了。"她从矮椅上站起来，舒展隐隐作痛的关节，从满地杂物中找到一条路。半途而废可不是她的作风。当她背对着待整理的杂物，小心翼翼忍着脚踝处的伤痛走下楼梯时，一股叛逆的感觉油然而生。

晚餐计划：又是鸡蛋沙拉三明治。整整一个星期，除了鸡蛋沙拉，她什么也没做（上周她收到了一张优惠券：鸡蛋买一打送一打）。然而今晚，她实在吃不下另一个酥脆的三明治了。

的确，她最近都在早上买东西。并不是因为她在躲伊森和他的咖啡邀约。当然不是。她又看了看表：她非常确定他现在应该在值班。她用手摸了摸自己的脸，感觉就像阁楼上的文物一样破旧，每一道褶皱里都落满了灰尘。现在，和苏格兰人进行一次友好的谈话应该不错。

她告诉猫咪："我要去一趟乐途杂货店。"猫咪现在正趴在沙发扶手上，毫无疑问已经脱了一层灰毛，等会儿托娃需要用绒毛刷清理。哦，好吧。她肯定不会带走沙发的，因为它太大了。而且，无论如何，还有比猫毛更糟糕的东西。

索维尔海湾上空笼罩着一层闷热的雾，杂货店门口的马路边聚集着几个年轻人，他们在烈日的炙烤下慵懒悠闲地舒展四肢，看上去像几只瘦长的昆虫。托娃跨过一个年轻人伸开的腿，走向杂货店前门。

门铃响了，伊森·麦克从收银台上抬起头，咧嘴笑着说："下午好，托娃！"一阵冰冰凉的空调风吹过，托娃的胳膊上直起鸡皮疙瘩。她真该带件毛衣来。

"你好，伊森。"她一时间不知道该说什么，急忙朝蔬果过道走去。那里的温度更低。她拿起一袋雷尼尔樱桃放进篮子里，犹豫了一下，又装了一袋。樱桃季节很短，这些樱桃看起来很不错。

"哇，三美元一磅！真便宜！"

托娃转过身，发现一个熟悉的女人正咬着一颗樱桃。过了一会儿，她才意识到那是玛丽·安午餐会上认识的珊迪。亚当·赖特的女朋友。联系方式没有登记在电话黄页上的亚当·赖特。

"哦！是沙利文太太吧？"她用手背拭去嘴边的果汁，然后腼腆地笑了，"很高兴再次见到你。偷吃被你抓到了。"

"不用担心。我不会上报有关部门的。"托娃微笑道，"很高兴见到你，珊迪。你和亚当都安顿好了吗？"她愧疚地想起自己开车经过那个新建的住宅区，希望能碰巧看到珊迪或者亚当，正在取邮件或者除草。人们应该在自己的房子里享有隐私。她比所有人都更应该清楚这一点。而且，就算她成功偶遇了，也不能保证亚当会记得更多的细节。毕竟那个夜晚已经过去三十年了。

然而，托娃无法将那天发生的一切置之脑后。她再次颤抖起来。

珊迪又摘下一颗樱桃，把蒂去掉。"谢谢，是的。这里开始有家的感觉了，周围太美了。远离城市喧嚣的感觉真不错。"她先用牙齿把樱桃劈成两半，再把核剥出来，嘴里发出满意的嗯嗯声，做了一个美味的大厨之吻的手势。"说真的，你应该尝尝。简直是人间美味。"

"喂，你！我们不提供免费样品！"伊森走进蔬果区，一边走一边摇晃一根肉乎乎的手指。珊迪的脸色变得铁青，但托娃却微笑着摇了摇头。伊森的眼睛闪闪发光。

他轻轻地拍了拍可怜的珊迪的肩膀。"我只是在开玩笑。你吃几颗没人会知道的。今年的樱桃真不错，不是吗？"

珊迪发出了紧张的笑声。"呦，我以为我会被镇上唯一的杂货店给驱逐。"

"当然不会。我们这里的人都很热情，你说呢，托娃？"

托娃歪着头。"可以这么说。"

伊森笑了笑，用大拇指勾住围裙带。"好了，我不打扰你们购物和品尝了。结账的时候喊我一声。"他高兴地点点头，转身笨拙地走到哈密瓜架前，开始着手整理堆成小山的瓜。

"这个小镇真有个性。"珊迪看着他，喃喃自语，"亚当总是试图描述索维海湾的……嗯，特别之处。但我必须承认，我到这里之后才明白他的意思。"

"是的。"托娃研究着瓷砖。她大概也算是这里的一个特别之处。

"你知道，我从没想过我会住在小镇上。每个人都很友好，但也喜欢……我也说不上来，管别人的闲事？"

"我们觉得这是彼此关心的表现。"

珊迪把一袋樱桃放到旁边的蔬果秤上，珊瑚色的嘴唇露出一丝紧绷的笑容。"亚当坚持说我会习惯的。"

"我相信亚当是对的。"托娃强颜欢笑。人们在查特村都聊些什么呢？她在那里也会成为话题人物吗？也许她会遇到拉尔斯的朋友。这到底是好事还是坏事呢？

"说到亚当，"珊迪靠了过来，穿着宝石凉鞋的脚来回踱步，似乎突然间想要逃离此地，逃离镇上唯一一家杂货店的蔬果区。"我觉得我应该为他在餐厅的行为道歉。中午就喝醉成那样了！但他压力太大了，搬家，工作，还有……"

托娃插话说："没关系，亲爱的。"她是认真的。

"对了，"珊迪看起来还是很不好意思，"但还有一件事，关于那次……谈话。"

托娃等着她继续说下去，明显感受到了心跳加速。

"他记得她的名字。就是,你儿子交往的那个女孩。"

粉色和红色相间的樱桃堆突然变成了旋转的海洋。托娃靠在蔬果秤上,强忍着一阵突如其来的晕眩,她的大脑飞速运转,只因为那简单的一句话。那个女孩有名字。

"沙利文太太?你还好吗?"

"还好。"托娃听到自己回答的声音。

"好的,"珊迪犹豫了一下,听起来不是很确定,"亚当认为我不应该说什么,但我只是想,如果我站在你的立场上……我的意思是,失去了自己的孩子之后,如果有什么我不知道的信息,哪怕是很小的事情……"

你都想知道。托娃紧闭双眼,试图减缓晕眩的程度。

"总之,她叫黛芬妮,或者类似的一个名字,亚当是这么说的。他不记得她姓什么了,但他说他们上同一所高中。"

"黛芬妮。"托娃重复道。舌头反复咀嚼这个又厚又硬的名字,就像一块干了的口香糖。

漫长的时间过去了。最后,珊迪喃喃地说:"好了,我想现在你知道了。"

托娃机械地拿起自己的购物篮。她眼眶含着泪水,眼睛周围干涩紧绷。"谢谢你,珊迪。"

珊迪尴尬地点点头,轻快地摸了一下托娃的胳膊,转身朝收银台走去。托娃余光瞥见伊森正盯着她看。

他拉近了两人之间的距离，两只手里还各拿着一个哈密瓜。"珊迪·休伊特刚才对你说了什么？"

托娃皱起眉头，突然觉得自己像阴冷天空下的一朵玫瑰花蕾，全身心抗拒外界。"没什么。"

"她说了一个名字。"

"那是很久以前的事了，什么都不是。"

"她说黛芬妮，是吗？"

托娃举起她装樱桃的袋子，"我想我可以结账了。你能把这些拿到收银台去结账吗？"

今晚没有晚餐。

两磅当季的雷尼尔樱桃，连同匆忙之中拿的日用品被丢弃在厨房的柜台上。托娃进门之后随手将包斜放在购物袋旁边，没有像往常一样挂在门口的专属位置。

阁楼上，托娃在亚麻布和瓷器中翻找着什么，几乎没有注意到混乱的情况。靠窗的最后一个架子上，最下面一排，她找到了那本书：*索维尔海湾高中，1989届*。

三十年前，她仔细翻阅过纪念册，希望能找到什么有用的信息。任何信息都行。在那种情况下，忘记这本书是不负责任的。在这几十年间，每当思念泉涌冲破意志筑起的堤坝时，她和威尔就会重温这本年鉴。埃里克的每张照片都深深刻在她脑海里。

但托娃这次不是在找埃里克。

当她翻到索引时,感到口干舌燥。印刷字非常小,她从胸前的口袋里摸索出眼镜,笨手笨脚挂在脸上。看到名字时,她猛吸一口气,憋在胸口,手指着列表一行一行地检查,直到看到 Z 列的最后一个名字,才松了一口气。只有一个。

卡斯莫尔,黛芬妮·A

14 页、63 页和 148 页。

不可能的卡顿

"别用那种眼神看我。"

作为回应,章鱼一边瞪着卡梅隆,一边用一只触手的尖端钩住水箱后面水泵过滤器上的细小缝隙。他在威胁他。

"我知道你听得见。"卡梅隆疲惫地揉了揉额头。他到底在说什么?章鱼听不懂英语。或任何其他语言。对吧?"你饿了吗,老兄?刚才我提着一桶鲭鱼在大楼里巡逻的时候,你在哪儿?你是看不上鲭鱼吗?"

那怪物冲他眨了眨眼睛,一副无辜腼腆的样子。他触手的尖端从缝隙中钻了出来。

"哦,不行。今晚不许逃跑。"放在拐弯处的拖把倒了,发出一阵响声,卡梅隆冲向后面的水泵房。他应该把那个破水箱修好,这样它就打不开了,才不管托娃胡说八道,什么他需要自由。她又不在这里。说起来有点奇怪,她不是那种会爽约的人,但是时间越来越晚,她显然不会出现了。

也许这就是为什么那该死的海怪看起来如此愤怒。

"待着别动。"他命令道,拿起台子上的一根麻绳在水泵盖子上绕了几圈,接着绕过水箱边的支柱打了个结。章鱼游到缝隙旁边盯着卡梅隆的杰作。然后,它用犀利的眼神盯着卡梅隆看了许久,突然猛地喷水向着巢穴快速移动,身后留下一串气泡。

"你也晚安。"卡梅隆喃喃自语。他心里有一丝愧疚,但这样最好。没有托娃的帮助,对付一只乱跑的章鱼,卡梅隆想想就觉得害怕。这大概是他被叮当的响声吓了一跳的原因。

是手机铃声,他的新手机。他还不太习惯这个声音。他舍不得买高级货,但这个还不错。至少电池不至于只能用十分钟。

会不会又是艾弗里?他突然开始心跳加速。他们一整天都在发信息调情。但不是艾弗里发的。是伊丽莎白,上面只写着:给我打电话。

是孩子。她的预产期是什么时候?他感觉自己昨天才到索维尔海湾,但已经两个月了。他把手机放在工具车上,戴上耳机给她回了电话。

"嘿。"伊丽莎白立即接听。

"蜥蜴人,你还好吗?"卡梅隆意识到他的心怦怦直跳。生孩子的过程可能会出现很多意外。她听到他的声音之后轻声笑了,这可能意味着她没有在病床上大出血。

"我很好,骆驼人。嗯,基本上没事。医生让我卧床休息。"

"卧床休息？"

"是的，我宫缩了。但他们还想让这个外星人在我肚子里多待几周。"

"哦！你也不想要一个半成品吧？"

"所以我现在只能躺在床上"

"你真的整天躺着不动吗？那也太爽了。"卡梅隆拧着拖把。

"太可怕了！我好无聊。"

"布拉德伺候你肯定是手忙脚乱，对吧？"

"他想给我做个烤奶酪三明治，结果消防队来了。"

他耳机里传来伊丽莎白的笑声，那声音仿佛近在咫尺。突然，卡梅隆感到胃里有一种可怕的空虚感。

"总之，"伊丽莎白继续说，"前几天我在看旅游频道的一个节目。我现在每天都是这样度过的，至少看14个小时毫无意义的电视。"

"听起来还是挺爽的。"卡梅隆说着弯腰从地上捡起一个糖果包装纸。

"才不爽。我想说的是，西蒙·布林克斯上了节目。他们在询问他关于度假屋的销售趋势之类的事情。我没怎么注意听内容，直到我听到这个名字。然后想起了你。我想我该打个电话问问进展如何。"

"很遗憾，西蒙·布林克斯那边没什么进展。"卡梅隆向她解释了他目前碰到的问题。

"你喜欢那里的生活吗?"她问完之后发出一声低吼,"对不起,我的背疼死了。我必须翻个身。我现在就像一头鲸鱼在沙滩上翻滚。"

"天哪,蜥蜴人。那个画面也太离谱了。"他笑了,"不过,还行吧,我挺喜欢这里的。"他顿了顿,"我认识了一个女孩。"

伊丽莎白尖叫起来。卡梅隆简述了他和艾弗里的关系进展,剔除了少儿不宜的内容,地很快就拖完了。

当他们挂断电话时,他已经绕了水族馆一圈,回到了章鱼展区。那只大家伙正趴在水箱的下角,看着他,手臂在水中轻轻摆动。

"好孩子。好章鱼。"他喃喃自语。

前厅传来钥匙的声音。

托娃?他没想到自己这么盼望着她来。

但随后传来的脚步声太沉重,频率过于急促。片刻之后,特里大步流星地从拐弯处走了过来。卡梅隆试图掩饰他的失望。

"嘿,小子。"老板露出了灿烂的笑容,"一切都还好吧?"

"是的,一切都很好。"卡梅隆抬起下巴,尽量展现出专业的一面。还好他跟伊丽莎白通电话的事没被发现。

"好极了。我只是来看看你工作得怎么样。"

卡梅隆瞪大了眼睛。

"开玩笑的!我有东西落在办公室了。"特里笑着说。

"吓我一跳,老板。"

"好好干,小子。我从另一边绕过去,免得弄脏了你刚拖干净的地板。"他快走到拐弯处时,停了一下,又转了回来,"哦,卡梅隆。我一直想问你那张表格的事,你填好了吗?"

"嗯,还没。"特里定期来催促他填内勤人员登记表。

特里抱起双臂。"已经两个月了。"

"我知道,对不起。"

"先把这件事做了,"特里说,"我知道填表很烦人,但已经这么长时间了。规矩就是规矩。"

"我今晚就填。"

"哦,你能再给我一份驾照复印件吗?之前那份我找不到了。"

卡梅隆拍了拍后口袋。他的钱包就在那里。"呃,当然。"

"太好了,"特里说,"今晚走之前把它放在我桌上,好吗?"

"好的,先生。"

文书工作不是卡梅隆的强项。他坐在水族馆大厅的桌子旁,手握着笔,瞪着皱皱巴巴的招聘表不知所措。四周笼罩在水族馆的蓝色灯光中,卡梅隆不禁想起了默塞德山谷的那场闹剧。

没错,默塞德山谷技术学院不是常春藤盟校,但他们录取过卡梅隆,甚至为他提供了全额奖学金,他只要填一些表格就能申请。

卡梅隆浏览了教学目录，选好了课程，他尤其期待上哲学课。奖学金表格却一直堆在他的茶几上，上面沾满了比萨皮的油渍和啤酒罐上的水渍。

让娜姨妈当时大发雷霆。指责他无缘无故放弃了自己的未来。他只要填一些该死的表格！只需要二十分钟！你怎么回事？她问道。

这是个好问题。

十分钟后，水族馆的人事表格填好了，当他把文件放在特里的办公桌上时，突然想起来还需要复印一份驾照。特里办公室角落里落满灰尘的复印机不停地发出嗡声，听起来就像一艘起飞的宇宙飞船。卡梅隆一边等待，一边从特里办公桌上的小罐子里拿出一片薄荷糖。

当机器终于准备就绪时，他把驾照放在玻璃上，然后按下绿色的大按钮，机器立刻又发出了滴滴声。

卡梅隆在小屏幕上看到一行小字：C抽屉卡纸。他蹲下仔细查看抽屉。只有两个抽屉：A和B。

不可能。

他打开所有能找到的屏幕、抽屉和门，但都没有发现抽屉C，也没有任何卡纸的痕迹。他再次按下绿色按钮，屏幕还是闪烁着同样的信息。关机，再开机，试了三次。机器还是坚持认为一个不存在的抽屉里卡住了东西。

"什么白痴设计的。"他嘟囔着,从玻璃上拿走驾照,彻底关掉了机器。

他耸耸肩,把驾照放在特里桌上的表格上。他可以明天晚上再拿回来。

我被囚禁的第 1352 天

哦，我真喜欢吓唬这个孩子。请相信我没有恶意。恰恰相反，有些人需要被挑战，这样做是为了他们好。我也有同感。我的大脑很强大，但受到环境的限制。他也一样。

我当然希望他有个好结局。托娃也是。可以说，这是我的遗愿。

言归正传，今晚的主题是文书工作。人类和文书工作：真是浪费。如果他们的记忆力不是这么差劲，也许就不需要这么多书面记录了。

但今晚，我要感谢文书工作。

他打的绳结没有对我造成任何阻碍。时间到了，他打扫完离开后，我解开绳子，像往常一样掀开盖子。他低估了我的能力，我应该为此而感到愤怒吗？

去特里办公室的路上充满了诱惑，但最近后果来得越来越快，所以我放弃了沿路诱人的软体动物。今晚，象拔蚌展品看起来特别适合采摘。人类说它们软黏黏的，但它们的肉质非常结实。

今晚没有象拔蚌。我有更重要的计划。老实说,我最近胃口很差。

当我爬上特里的桌子,我发现了此行的目标。

一张驾照。就像我收藏的那个一样。驾照上有一个人的全名和出生日期。

时间一分一秒地过去,后果也越来越近,我拿着这张薄薄的塑料卡片来到走廊。当我到达目的地时,已经开始感到非常虚弱。我费力地把它塞进海狮雕像的尾巴下面。

回去的过程变得缓慢而艰难。当我拖着沉重的身体在水泥走廊移动的时候,不止一次地想自己很可能会丧命于此。再也尝不到扇贝的味道,再感受不到吸盘贴在玻璃上的触感,再也摸不到她手腕内侧的脉搏,再也不能触摸我收藏的珍宝。如果我今晚死了,这趟差事还值得吗?

值得。

托娃今晚没来。她明天也许不会来。但她最终会出现的。我相信她不会不辞而别。

她无法放任自己不去擦海狮的尾巴。她从来都不会偷懒。她知道除了她没有人会做到这种程度。

她会看到我为她留下了什么。然后她就什么都知道了。

无法兑换的支票

伊森将拉弗格单一麦芽威士忌倒在两块冰块上，然后坐进他的小沙发里。夜幕悄悄降临客厅，日光不紧不慢地撒离房屋正面的窗户，就像他低头啜饮的威士忌一样缓慢。

卡斯莫尔。

自从卡梅隆第一次自我介绍的时候，这个姓氏就一直在他脑中挥之不去。他听说过卡斯莫尔，但从哪里知道的？直到今天早上刷牙的时候，他突然想起了这个姓氏。

一张无法兑换的支票。

这种事在过去经常发生，开支票是当时常用的支付方式。如果你的支票被拒付，你就会被商店通报。应该是二十世纪九十年代的某个时候吧。

伊森还记得，他买下乐途杂货店的时候，收银机下面的柜台上贴着几张老旧的纸条。都是有问题的支票。是一个警示。其中有些已经存在了很多年，比如这张。黛芬妮·卡斯莫尔的名字印在地址栏上方的角落里。支票的金额很小。六块钱零钱。

伊森拿掉了问题支票。这不是他的经营方式。但他在心里记下了这些名字。

把黛芬妮和卡梅隆联系起来其实很简单。他几个月前购买了族谱网站的高级会员,点击几下就找到了黛芬妮·卡斯莫尔(她结婚后成了黛芬妮·斯科特),然后又找到了同父异母的姐姐:让娜·贝克,六十岁,住在加利福尼亚州莫德斯托。贝克女士的网络活跃度似乎主要归功于她的收藏和寄售活动。伊森了解这种人:他们以买卖垃圾为业余爱好。卡梅隆曾抱怨过他姨妈的囤积问题。这很吻合。

伊森将杯中最后一滴苏格兰威士忌一饮而尽。他很高兴没有人再开支票了。这样曝光所谓的骗子,将他们的耻辱公之于众……多么残忍。他尤其为黛芬妮·卡斯莫尔的那张支票感到难过。为这么点钱就被钉死在十字架上。他是个开店的人,究竟是什么只值六块钱的东西让她这样做?

她也无法更堕落了。

从卡梅隆提起母亲时的只言片语来看情况似乎就是这样。这孩子说起她时讳莫如深,但伊森听说过不少这种事,他猜肯定跟毒品有关。他无法责怪卡梅隆逃避这件事。他妈妈抛弃了他。

现在客厅里一片漆黑,伊森走到厨房准备再倒一杯拉弗格威士忌时,差点被运动鞋绊倒。他觉得自己应该告诉卡梅隆镇上的谣言，现在肯定已经传开了，因为珊迪·休伊特选择在乐途杂货店的蔬果区敞开心扉。这孩子迟早会亲耳听到：三十年前一个十几岁的男孩失踪了，他母亲可能知道些什么。可能知道，但什么也没说。卡梅隆对她的印象还能更糟糕吗？很明显，这一切是他出生很久之前发生的。

是吗？

卡梅隆多大了？伊森不记得他是否提过自己的年龄，但他不会超过 25 岁，对吧？

还有托娃的事。

他帮她打包日常用品这么多年，有多了解她呢？以他对她的了解，他可以确定她现在正在寻找黛芬妮·卡斯莫尔的信息。不找到这个她认为能告诉她真相的女人，她是不会罢休的。伊森确信托娃从不相信官方对埃里克死因的判断。

然后会发生什么呢？

他应该告诉她卡梅隆是黛芬妮·卡斯莫尔的儿子。她应该从一个朋友那里知道这件事。卡梅隆和托娃的关系很好。伊森不知道这小子是如何攻破托娃的心防的，他自己也为此努力了将近一年。如果她知道了卡梅隆的母亲可能与她儿子的遭遇有关，她看到卡梅隆时会怎么想呢？

现在是晚上十点，但托娃·沙利文是个夜猫子。他振作精神，拿起电话。他要请她过来吃晚饭。

免费食物的缺点

卡梅隆把一只绵软的桃子扔进码头尽头的垃圾桶里,他只咬了一口,其他部分都是完整的。伊森给的过期食品有时候是惊喜,有时候是诅咒。今年夏天,他在日用品上省了一大笔钱,而且还免费把露营车停在他的车道。他欠伊森一个大人情,这是肯定的。

星星散落在皮吉特海湾上空,墨色的海面上反射出银色的光芒,这幅美丽而随意的画面让卡梅隆想起了艾弗里鼻梁上深棕色的雀斑。他转身离开水面,回到露营车上,手机正在充电。他不止一次想把车停在岸边,一觉醒来迎接他的只有一片汪洋大海。他想过尝试,但伊森说索维尔海湾的通宵巡逻员麦克肯定会非常乐意从公共停车场拖走一辆露营车。这样一来,可怜的老迈克就能在乏味的黎明前找点事做。也许有一天,他能定居在这里,拥有一栋能看到水景的房子。也许,只要他能找到西蒙·布林克斯就好了。

但那是以后的事了。今晚,他还得回到山上,停在伊森家的车道上。但首先,他登录银行应用程序,查看最近的工资是否已经结清。已经到账。这是他偿还让娜姨妈的最后一笔钱。当他点击转账时,一股快感涌上心头。他还多添了点钱,因为他有这个能力。他给她发了一条短信,外加一个心形表情符号。但她可能已经睡了。已经十一点多了。

还剩几百块钱。他应该存起来。毫无疑问。但他打开了一个经常光顾的卖独立乐队音乐的网站。"飞蛾香肠乐队"的曲目曾在那里出售,但这不是他来这里的原因。出于好奇,他搜索了自己的名字,但一无所获。这并不奇怪。布拉德可能把乐队的东西下架了。好吧,就这样吧。他一直搜索,直到找到两支不那么出名的宝藏乐队,他知道这些乐队的作品都不错,是类似像"Dead"和"Phish"之类的风格,但都是新人,伊森会喜欢的。虽然卡梅隆·卡斯莫尔庸庸碌碌,疲惫不堪,住在破烂的露营车里,但他懂音乐。他买了两支乐队的数字专辑,并输入伊森的邮箱发送给他。

这是一个开始。

手机响的时候,露营车的窗户还是黑的。当卡梅隆四处摸索,找到手机,看到屏幕上显示让娜姨妈的号码,胃里感到一阵不适。上一次她半夜打电话,是从医院打来的,当时她的头被撞了个豁口，臀部粉碎性骨折，两名警察在她的病房里做笔录，询问黛尔酒吧发生的争吵。

"喂？"他屏住呼吸。当时他花了二十分钟赶到医院。他不愿意想现在开车回去的路程有多长。

"我没事，卡米。"她说，显然感受到他焦虑的语气。

"那你为什么现在给我打电话？"他看了看时间，"凌晨一点？"

"我吵醒你了吗？"

"嗯，是啊。"

"还以为你在酒吧之类的地方。"

"没有，我睡得很死，今天太累了。"

"对不起，只是想让你知道我收到了钱。但你汇得太多了。"让娜姨妈吹了一声走调的口哨。她喝酒了吗？电话那头传来一个低沉的男声，不会是沃利·帕金斯吧，和她一起，在她的拖车里。

卡梅隆坐了起来，揉了揉眼睛。"多出来的是利息。"如果她把这笔钱投资在债券上，那么根据目前的最高利率，她可以挣这么多利息。她永远不会投资的，但这重要吗？

"我们从没说过利息的事。"她的声音很冷淡。

"但这是我欠你的。"他没说的是，我还欠你太多了。

"你不欠我任何东西，"她的声音含糊不清，肯定是喝了威士忌，"你知道我从没指望过你会还我钱。"

"我肯定会还的,"卡梅隆犹豫了一下,踢开了毯子,"事实上,我在想,一旦我解决了西蒙·布林克斯这边的事,我们可以用这笔钱付首付。"

"首付?"

"给你的。回城里买房子。你就能离开拖车公园了。"

"我碰巧喜欢这个拖车公园。"

突然传来一个男人抱怨的声音。"怎么了?"

"沃利,你知道我们住在垃圾场吗?"

卡梅隆嚷嚷道:"我从没说过那是垃圾场!"

"没有直接说出来而已。"让娜姨妈干巴巴地说,"听着,我为你感到高兴,突然有了钱,非要给不需要房子的人买房子。你为什么不用这些钱做点什么事呢?"

"你觉得我该做什么呢?拿到一手烂牌又不是我的错。"

"不,牌的好坏从来不是任何人的错。但你可以控制自己打牌的方式。"先是液体倾倒的声音,然后是冰块碰撞声,停顿片刻之后,又重复了一遍。一共倒了两杯酒。

卡梅隆推开露营车的后门,翻身跳出,开始在伊森的车道上踱步。他光着脚感受着人行道上残留着余温。"我已经尽力了。你本可以告诉我索维尔是我家。"

让娜姨妈嗤之以鼻。"那有什么用?"

"我也许能早点找到我父亲,比如在三十岁之前。"

"那个人不是你父亲。"

"你怎么知道?"

"她是我妹妹,卡米。"让娜姨妈的声音有些疲惫,几乎有些丧气,"虽然你妈妈有很多缺点,但她不傻。如果你父亲是个大生意人……我是说,哪怕他对社会有一丁点贡献,或者说,如果他还活着,我不知道,卡米。我想,如果事情这么简单,她不会让你父亲错过你的人生。"

"她自己已经错过了我的人生。"卡梅隆踢了踢伊森车道长出来的一丛螃蟹草,"对她来说,放弃别人似乎很容易。"

"放手,"让娜姨妈轻声说,"可能是最难的事。"

卡梅隆不由自主地皱起眉头。在码头划桨板的时候,艾弗里也是这么说的,但不知为什么,听到让娜姨妈这样说,他只想砸开水泥地。

"听着,我得挂了。早上我还要工作。"这不是真的。他中午才上班,但这似乎是一个负责任的人半夜挂电话时会找的借口。

让娜姨妈捂住听筒和沃利·帕金斯说了什么。"好吧,卡米。下个月我们上船之前先要去西雅图一趟,我想见你一面。"

我们?

"没问题。"卡梅隆说。随便吧。他挂断电话,关上露营车门,然后翻身躺倒在床垫上。

不是约会

一周后的周六下午五点，托娃来到伊森家。

这不是一次约会。

她把玻璃瓶夹在肘弯处，裸露的手臂感到冰凉，像抱着一个婴儿一样笨拙。但她觉得这样才是正确的送礼物的方式，而不是像芭芭拉一样，粗鲁地攥着瓶颈，喋喋不休地说这是伍丁维尔酒庄上一季的品丽珠，口味美妙，约会的时候必须带上。

不是约会，托娃一再强调。用卡梅隆的话说就是她强调了一百万次。这只不过是一顿晚餐。

一顿简单的晚餐。她在接受邀请时已经说明了这一点，理由是她必须要收拾行李准备搬家。事实上，她空闲时间都在斯诺霍米什县公共图书馆度过，她在图书馆所允许的范围内，寻找有关黛芬妮·卡斯莫尔的任何信息。但研究工作停滞不前，托娃了解到的有用信息少之又少。请一晚假和朋友共进晚餐会有什么坏处呢？

和朋友？伊森是她的朋友吗？

是或者不是，不带礼物去别人家是不礼貌的。托娃自己不太喜欢喝酒，但人们都这样做。虽然芭芭拉做事风格强势，但托娃对她心存感激。如果没有她的推波助澜，她可能会空着手拜访伊森。即使她想到了买酒，也不可能堂而皇之地走进乐途杂货店，从伊森本人手里买酒。

她昂首挺胸，大步流星地穿过车道向那座矮小的平房走去。她的脚踝几乎痊愈了，只有些轻微的不适。枝繁叶茂的紫色绣球花侵占了小门廊。托娃拨开一根树枝，在改变主意之前按下了门铃。

"晚上好，托娃。"伊森说，退后一步，示意她进门。他的声音异常安静。她把酒瓶递给他，他向她道谢，然后想接过她的包，示意把它放在角落里一个略微歪斜的衣帽架上。

"谢谢你，我拿着它就行。"托娃把包紧紧按在腰间，就像《圣经》里的无花果树叶。好像没了它，她就会一丝不挂似的。

"没问题。"伊森说。

托娃小心走过整洁的地毯，眼睛无法从这所房子最瞩目之处移开：客厅有一整面靠墙的架子上都是唱片，廉价塑合板的木镶板有些地方脱胶了。如果这是她家，威尔一定会把松动的层压板粘起来。就像快要脱落的痂一样，最好去掉，否则会钩在什么东西上，但托娃忍住了去抠它的冲动。

进入别人的家是一种亲密的行为。她环顾四周,寻找照片,但一张也没有。取而代之的是,墙上挂满了装裱精美的音乐会海报:感恩至死乐队,吉米·亨德里克斯,滚石乐队。不知为什么,这种青少年风格的房间似乎与伊森非常相配。

她跟着他走进厨房,里面意想不到的整洁,此时正散发着炖蘑菇的香味。托娃不怎么喜欢闲聊,现在也是勉勉强强对付。当伊森递给她一个高脚杯,里面装满了美妙的品丽珠葡萄酒时,她感激地接过来。

"干杯,亲爱的。"他说。

"干杯。"托娃附和道,与他碰杯。

过了一会儿,几口红酒下肚之后,她拿起柜台上的一副太阳镜,认出那是卡梅隆的。"你敞开家门接纳他,真是太好了。"

伊森在平底锅中倒入一点儿红酒,锅发出嘶嘶的响声,腾起一股巨大的蒸汽。"老实说,有个人作伴还是挺不错的。"

托娃点点头。她知道他的意思。在水族馆里有卡梅隆也很不错。"是的,我也这么认为。"

"你知道吗,我家有十四口人,我有十一个兄弟姐妹。当我还是个孩子的时候,总是想象我成年后会住在一个挤得水泄不通的房子里。"

托娃绽放了一个笑容。"我还以为只有爱尔兰人以大家庭著称呢。"

"呃，我们苏格兰人也能自食其力。"他向她咧嘴一笑，在两块丰满的鸡胸肉上涂上蘑菇酱，一盘一块。托娃没想到自己会因为美食而流口水。有多久没有人为她准备如此美味的食物了？

他们正在品尝最后几口时，纱门砰的一声响了，卡梅隆片刻之后风风火火走进房间，阴沉着脸。当他看到托娃和伊森坐在厨房的餐桌旁时，换上了一副困惑的神情。

不过他很快又恢复了怒意，只是矛头完全指向了伊森。"嘿，伙计。我能和你谈谈吗？"他咬着牙说。

"当然可以。说吧。"伊森说。

"我在桨板店待着，遇见了你店里的员工坦纳，那个孩子跟他朋友一起。你知道他们在说什么吗？"卡梅隆的语气很不友善。"他说，你说我的……"

"我知道了。"伊森从座位上一跃而起，瞪着卡梅隆把他引向客厅。他扭头嘱咐托娃继续享用剩下的晚餐，保证不到一分钟就回来。他俩消失在房子的另一头，大概是进了后面的卧室，躲到她听不见的地方。

这孩子怎么了？一阵愧疚涌上心头。如果她没有错过前两次的大扫除，也许她会知道。

"不到一分钟"拖了很久。托娃觉得自己应该找点事做，至少可以帮忙收拾饭后厨余。眼前这个厨房真是一团糟。由于喝了酒，她感觉头有点晕，她想找一块海绵，但是水槽附近什么也没有。伊森用什么洗碗？海绵或者洗碗布，他放在什么地方？

水槽旁边的抽屉似乎是个合乎逻辑的地方，但里面似乎放着杂物。她打开下一个抽屉，是纸张，工具和稀奇古怪的东西。托娃叹了一口气。为什么男人一定要这么做？如果可以，威尔会把家的每个抽屉塞满杂物。她轻声笑了笑，想到了马塞卢斯藏在巢穴里的奇珍异宝。显然，雄性动物收集垃圾的喜好是超越物种的。

水槽下面应该有用来洗碗的东西，但当托娃打开橱柜时，看到的却是盒装麦片和可微波的速食米饭。她目瞪口呆。

谁会在水槽下面储藏食物？

肾上腺素上升让她头晕目眩。这里有很多事她可以做。整顿整个厨房。把橱柜和抽屉里里外外擦一遍。伊森知道他有多么需要她这样的清洁专家吗？

她闭上眼睛，深吸一口气。现在，她应该专注于洗碗。

再次检查水槽下的橱柜时，她发现了一块抹布。仔细一看，是一件白色的旧T恤，上面的印花已经褪色。显然是一块抹布。非常适合用来清洁。

当最后一个盘子放入沥水架之后，她用短袖擦拭台面，抹干净伊森不小心倒在台面上的品丽珠葡萄酒。酒水渗进了湿漉漉的棉布里，当她在水槽里冲洗和拧干时，污渍褪成了淡淡的紫色。

她打量着焕然一新的厨房,自豪感油然而生。就在此时,声音从另外一个房间传来,男孩子们回来了。也许他们已经和好了。

卡梅隆从后门离开了,始终没有与她对视。随后屋外传来露营车打火的声音。

"托娃,亲爱的。"伊森说,他的声音紧绷。

"你还好吗?"托娃大胆地朝他走了一步。

"我应该告诉你一件事。"他不安地来回走动,似乎根本没有注意到托娃已经把整个厨房打扫干净了。

"嗯,什么事?"托娃追问道,但又不知道自己该不该问。突然间,她只想回家,坐在沙发上看晚间新闻;听着克雷格·莫雷诺,卡拉·凯彻姆和气象学家琼·詹尼森像无伤大雅相互调侃,开着毫无新意的玩笑。她把短袖揉成一团放在台子上,双手紧握。

伊森的目光锁定在那团抹布一样的东西上。他突然瞪大了眼睛。"怎么回事……"他穿过厨房,拿起沾满酒渍的抹布,红润的脸颊失去了血色。

托娃紧张地直起身子。

"你做了什么?"

"洗碗。"托娃双手叉腰,"我打扫了厨房,洗了盘子,擦了台子。我本想继续收拾水槽下面那堆杂物,但是……"

"哦。"伊森的声音有些沙哑。他把抹布衬衫扔到桌子上,然后陷进椅子里,双手捧着硕大的脑袋,闷声说道:"感恩至死乐队,纪念体育馆。1995年5月26日。"

"那是什么意思?"

他抬起头,目光闪烁。"他们在西雅图的最后一场演出,杰瑞·加西亚的最后演出之一。"

"我……不知道。"托娃感到头晕目眩。杰瑞·加西亚是感恩至死乐队的主唱,1995年去世,这一点她很确定。填字游戏偶尔也会用这样的信息作为线索,但她总觉得这样向流行文化致敬有点迂腐。

"那件衬衫。是那次演唱会的纪念品。非常稀有。"伊森起身时长呼一口气。

"但它在水槽下面。"

伊森朝橱柜甩了甩胳膊。"没错,是在那个壁柜里。"

"那不是壁柜。那是储物柜。"

"都是有门的隔间!有什么区别?"

托娃抱着双臂。"大多数人在水槽下面放清洁用品。"

"谁在乎大多数人怎么做?"他捏了捏鼻梁,"红酒渍可以洗掉的,对吗?"

"如果用没有稀释的漂白剂,"托娃说,"颜色可能会变淡。"

"但那样……"

"是的,"她承认,"其他东西也会褪色。"

伊森什么也没说,只是重重地站起身,走到操作台前,把剩下的品丽珠全部倒进自己的杯子里一饮而尽。托娃在一旁看着,突然感到火大,双脚仿佛生根一样不听使唤。谁会把一件珍贵的衣服扔在厨房的柜子里?一件褪色磨损的衣服?

不,不是磨损。而是好好穿戴过的。

"对不起,伊森。"

他正了正肩膀。"算了,没关系。"

"我该走了,"托娃颤抖着说,"谢谢你的晚餐。"

"请等等。我有重要的事要告诉你。事实上,我今晚请你来的原因就是……"

但托娃已经抓着包走到房子正中央。前门在她身后悄无声息地关上了。

稀有物品

托娃不喜欢摇滚乐,至少不喜欢现代摇滚乐。她年轻的时候喜欢查克·贝瑞和小理查德,还有猫王埃尔维斯·普雷斯利。她刚结婚不久,威尔经常在周六晚上带她去市中心的舞厅,两人跳吉鲁巴一直跳到脚肿为止。十几岁的埃里克在卧室里放的音乐?那纯粹是噪声,就这么简单。

珍妮丝·金的笔记本电脑扬声器里飘出来的吉他和鼓点介于两者之间。托娃听不懂主唱在说什么,但他的声音很悦耳。音乐听起来婉转曲折,并没有让人感到不快。

"等一下,我把音量调小一点。"珍妮丝说着,在键盘上敲了敲,"网页自动播放音乐真是讨厌。"

"哦,是的。"托娃说,但她不确定那是什么意思。房间另一端,躺在软沙发上的洛洛抬起了头。这只小狗打了个哈欠,站了起来,全身抖了抖,然后小跑过来。珍妮丝把它抱到腿上,托娃伸手抚摸它柔顺的脑袋。

"啊，找到了，这就是你要找的那件，对吗？"珍妮丝放大了一张照片，照片上一个瘦弱的男人举着一件褪色的白色 T 恤，正是托娃昨晚在伊森家毁掉的那件。当她回到家时，伊森已经在她的答录机上留了言，坚持要她不要担心那件衬衫。今天早上，他也给她的手机发了一条短信，为昨晚的不愉快道歉，并求她给他回个电话。她想过打电话，但她不知道该如何回应。无论怎么办，联系珍妮丝请她帮忙似乎更重要。

那件衬衫是某人的心爱之物。托娃必须想办法补偿。

"是的，就是这件。"她看着珍妮丝点击了其他几张照片，是放在木质桌子上拍摄的衬衫正反面的照片。

"我对这个拍卖网站不太熟悉，"珍妮丝眯着眼睛看着屏幕说，"但它是安全加密过的，所以我猜它是正规的？"

"好的。"托娃点点头。好在珍妮丝并没有问托娃为什么要买一件 1995 年感恩至死乐队演唱会的纪念 T 恤。自从她宣布要搬到查特村后，针织小组的成员面对她似乎都有些战战兢兢。

"好了，在这里输入信用卡账号，"珍妮丝点击之后进入另一个页面。当新的页面加载的时候，她的眉头皱了起来。"不，这不可能。"

"怎么了？"

"上面说这件衬衫要两千美元。"

洛洛叫了几声，显然和珍妮丝一样震惊。

"我明白了。"托娃咽下一口口水,然后继续实事求是地说,"是的,没错。是稀有物品。"

珍妮丝的眼睛眯了起来。"你什么时候开始收集音乐会纪念品了?你想干什么,托娃?"

"没什么。"托娃挥挥手让她走开,"我只是在弥补错误。"她把手伸进钱包里翻找了半天,拿出她唯一一张信用卡。

"对于卖家来说,你今天肯定弥补了他的财务空缺。"珍妮丝嘀咕着,接过托娃的卡,输入了数字。在按下绿色的"立即购买"按钮之前,她最后怀疑地看了托娃一眼。"你确定吗?"

"确定。买吧。"托娃不知道自己的心跳为什么这么快。这只是一件被她毁掉的物品的替代品,两千美元对她的银行账户来说几乎不算什么。

笔记本电脑屏幕中央的一个小圆圈旋转了几秒钟,然后珍妮丝说:"好了,搞定了。"这时出现了一个感谢提示。"收据发到我的邮箱后,我会打印出来。看起两到三周内就会发货。"

"三周!"托娃摇摇头,"不行,我等不了那么久。"

"你等不了三个星期?就为了这件脏衣服?"

"不行,"托娃感到难以置信。这就是为什么网络购物的热潮十分愚蠢的另一个佐证。谁愿意为自己买的东西等上三个星期呢?

"好吧,上面说你选择自提。"珍妮丝下拉页面,文字和图形在屏幕上呼啸而过。她疑惑地看着托娃。"他们的仓库在图克维拉。"

图克维拉在西雅图南部,靠近机场。从索维尔海湾开车到那里至少需要三个小时。如果西雅图市区堵车的话,可能要花更多时间。

"我宁愿自提。可以更改取货的方式吗?"

珍妮丝的嘴巴张得大大的。"认真的?"

"认真的。"托娃鹦鹉学舌道。

"好的,好的。"珍妮丝一脸怀疑,又按了几个按钮。几分钟后,她的打印机呜呜运转起来,吐出一张打印的纸。她把洛洛放在地板上,然后去拿那页纸,递给托娃。这是一张模糊的小地图,上面是图克维拉的一处地址。

"很好,谢谢你的帮助。"托娃坚定地点了点头,然后把纸折好放进了自己的小包里。

"你要开车过去?"

"我想是的。"

"你上次开车横穿西雅图是什么时候?在高速路上开车是什么时候,托娃?"

托娃没有回答,是威尔最后一次接受治疗的时候。他在华盛顿大学看了专家。不幸的是,实验性药物对威尔的帮助并不大,但他们总得试试。

"我和你一起去,"珍妮丝说,"我让彼得也去。他会开车。让我看看日历,我们选个日子,然后……"

"不,谢谢你,"托娃插嘴道,"我可以自己去。我想今天就拿到。"

珍妮丝双臂交叠。"好吧,我相信你知道自己在做什么。小心点,带上你的手机。"

停在州际公路上的汽车就像罐头里的鲱鱼一样挤在一起。雨刷擦掉挡风玻璃上的小雨,前车的刹车灯闪烁着红色或者粉红色的光芒。往年夏季炎热干燥,这种天气并不常见。托娃两年来第一次开车上高速公路,就开始下雨了,真是运气好。

掀背车缓慢地移动着。托娃所在的中间车道上的所有人似乎都转换到右边的车道。也许有什么东西挡住了左边的车道。她正准备打开转向灯,放在杯架上的手机响了起来。

托娃戳了戳屏幕。"喂?"没反应。珍妮丝向她演示了如何使用手机扬声器,但现在她忘记了哪个圆图标是这个功能。她又试了一个,然后大声说:"喂?"

"沙利文太太?"电话里传出一个男声。

"是的,"托娃说,"是我。"

"你好,我是帕特里克,查特村办理入住的人员。您今天好吗?"

"很好,谢谢。"托娃最后侧头看了一眼后视镜,屏住呼吸把车开到了右车道。她呼出一口气,不知道帕特里克是否能够听到。

"很好。我打电话是想确认定金的最后一笔什么时候可以办理。"

"好的。"托娃说。

"我们还没收到您的授权书。也许是寄丢了?"

"哦,好吧,你知道现在的邮政服务。"

现在,所有向右并道的车辆都在争先恐后地向左行驶。为什么大家都拿不定主意呢?这些车就像没头没脑的鱼群在躲避捕食者的攻击,它们行动一致逃离了鲨鱼的追击,却成为另一边海豹的美餐。

帕特里克清了清嗓子。"我打电话来是因为我们需要最后一笔定金,确保你的入住日期,也就是——等等,让我查一下——哦,是下个月。"

托娃用力踩了一下刹车。"是的,我想没错。"

"难怪我的上司格外关注。好吧,鉴于这种情况,我可以接受你的口头授权来起草。可以吗?"

托娃绕过一辆半挂车,回到另一条车道上,这条路上的车正以合理的速度前进,另一边的车队静止不动。这种事情多么奇怪啊!选择哪条车道的每一个小决定,都决定了你如何到达目的地，以及何时到达。威尔在世的时候经常陪托娃去买菜，他总是会选择结账速度最慢的那队。他们经常开玩笑说他有这方面的天赋。

埃里克死的那天下午，她和威尔去了趟杂货店。托娃记得买了一盒埃里克一直喜欢的那种垃圾奶油蛋糕。那天，威尔选择了慢速结账通道吗？如果他选择了较快的收银通道，他们会在埃里克去渡口工作之前及时赶回家吗？他们会发现他从冰箱里偷拿啤酒吗？他会告诉他们他现在有女朋友了吗？他会告诉托娃她叫黛芬妮，他迫不及待地想带她过来吃晚饭吗？

这些能改变什么吗？

"喂？沙利文太太？你在听吗？"

"是的。"托娃对着杯架上的手机眨了眨眼睛，"我还在听。"

"你还好吗？"帕特里克的声音里带着关切。托娃参观查特村那天路过了一间玻璃墙办公室，他大概正坐在某个办公桌前忙碌地打着电话。

"继续吧，"她说，"继续起草我的合约。"

连一张生日贺卡都没有

卡梅隆拖完了半栋楼之后,心烦意乱的托娃才急匆匆地从前门跑进来,她迟到了将近一个小时。

"对不起,我迟到了。"她说。

"不用担心。我一个人就能搞定,我想这点我们都同意吧。"他笑了笑。但实际上,她没有出现时,他再次感到失望。虽然她很奇怪,但他还是很期待他们在一起的夜晚。今天有点孤单。自从他和伊森吵架后,他们几乎没说过话。伊森在镇上散播的谣言,根本就说不通。一张空头支票。不知道过去多少年了。他母亲一无是处,这点卡梅隆难道还需要别人提醒。

托娃点点头,然后煞有介事地凑了过来。"这次我不会再检查垃圾袋了。我相信你。"

卡梅隆倒抽一口气,假装震惊。"你相信我会套垃圾袋?哇哦,我成功了。"他笑了,托娃也跟着笑了,"那么,你到底去哪儿了?"

"哦,好吧,我可是经历了一场冒险。"托娃拿起一块抹布,开始擦拭蓝鳃太阳鱼展箱正面的玻璃,同时讲述了一个几乎令人难以置信的故事。先是感恩至死乐队的纪念品和网上拍卖;接着是图克维拉仓库负责发货的一个家伙差点拒绝把东西给她,因为她的电子邮件地址是她朋友的,她自己没有邮箱。她边说边搓着玻璃上的指纹。她的脸颊红扑扑的,跟往常的托娃很不一样。

"天哪,"她笑了一下,"看我喋喋不休说了半天。"

"没关系。"卡梅隆笑着说,"这是个好故事。如果你愿意,我可以帮你申请一个电子邮件。免费的。"

"我没有电脑。"

"我也没有,我用手机接收邮件。"

"用手机,"她不屑地挥了挥手中的抹布,"年轻人真是离不开手机。"

"嗯,有了智能手机,你搬走以后我们也能轻松保持联系。"

听到这句话,托娃的脸僵住了。他不应该提起这件事吗?她的离开是什么大秘密吗?怎么可能?伊森已经随口提起过好几次了。这是他不满的根源,他无望的暗恋对象要搬到北方了。

"智能手机。也许吧。"她微笑道,"抱歉那晚在伊森家没机会打招呼。"她好像看穿了他的心思。

"伊森对你们的约会非常兴奋。怎么样,进行得顺利吗?"

托娃直起身子。"不是约会。"

"好吧,你们的……晚餐。"

托娃把抹布叠好,塞进后口袋,然后靠在推车上。"你知道,威尔去世时,我和他已经结婚 47 年了。我无法约会了。"

"为什么?"

她叹了口气,似乎答案无法解释。他们一起默默地打扫了一会儿,绕过了走廊拐弯处,在海狮雕像前停顿了一下。卡梅隆打扫得很彻底,凹槽的每个角落,长凳下面和垃圾桶后面。

托娃用抹布擦拭海狮的光头。"别忘了尾巴下面,亲爱的。"

"什么下面?"

"雕像的尾巴下面。来,我来做示范。"她拿起抹布,塞到锃亮的黄铜尾巴下面。卡梅隆忍住了翻白眼的冲动。那个地方怎么会脏呢?

"我知道,我知道。做事情是有正确方法的。"卡梅隆嘟囔着,但托娃并没有听进去。她正眯着眼睛盯着雕像和地板之间缝隙里的东西。

她慢慢站起来,眼睛一直没有离开手上拿着的东西。信用卡?从她的表情来看,他以为她会说老天爷,天哪,或者没搞错吧,但过了很久,她什么也没说。

"这是你的驾照吗?"她终于举起卡片,低声问道。

没错,这是他的驾照。他本打算今晚离开之前去取回来的,特里说放在了他的储物柜里。它是怎么跑到这里来的?

"是的，没错。"他伸出一只手想接过来，但她紧紧握住，仔细研究起来。

"卡梅隆，"她慢慢地说，"我知道你来索维尔海湾找你父亲的。我也知道你和你母亲并不亲近。但她叫什么名字？"

他皱起了眉头。"为什么问这个？"

托娃耐心地等待着。

"她叫黛芬妮。"

"黛芬妮·卡斯莫尔？"

"嗯，是的。"怎么回事？他再次伸手去拿驾照，这次托娃松手了。她的脸苍白而消瘦，就像透过天窗的月光。

"她在和他约会，"托娃轻声说，"你妈妈就是那个女孩。"

托娃讲述的埃里克失踪的故事与伊森不同。他们面对面坐在凹室长椅的两边，中间隔着海狮光滑的背部。托娃叙述的声音镇定、平稳，她儿子在高三毕业后的那个夏天，七月的一个晚上去渡轮码头工作，然后就再也没有回家。没有人注意到有只船失踪了。锚上的绳子被割断了。

"我从来都不相信，"托娃摇了摇头，"我从不相信他是自杀的。当我发现埃里克可能在和一个女孩约会，一个他朋友并不熟悉的女孩……"

"等等，这个女孩，你怎么知道是我妈妈？"

托娃蹭了蹭长凳上的一块黑色污渍。可能是别人鞋子上留下的痕迹。"是他以前的同学告诉我的。一段尘封已久的记忆。"

"警察从来没和这位同学谈过？"

托娃咂舌。"亚当和埃里克不是很亲近，一开始调查得很彻底。但没有目击证人，也没有任何线索……我想，他们想快点结案吧。"

"你觉得我妈妈可能和这件事有关。"卡梅隆低低地吹了一声口哨。

托娃抬起头，脸上的表情难以捉摸。"我不知道。但她似乎在和他约会。那天晚上她可能和他在一起。她也许能告诉我……"她话音刚落，又吞吞吐吐地说，"你知道怎么联系她吗？"

他摇了摇头。"我九岁以后就没见过她了。"

"你没有她的消息？连一张生日贺卡都没有？"

托娃的话像刀子一样搅动他的五脏六腑。他无数次思考过这个问题。让娜姨妈一直坚持说他妈妈爱他。她离开对他来说是最好的。也许有一天她会战胜魔鬼，重建母子关系。但究竟是什么恶魔如此强大？让她在一张九十九美分的生日卡上贴上邮票都做不到？比起她已经死了，相信她根本不在乎这一切对他来说要痛苦得多。

"没有。连一张生日卡都没有。"他站起身，走出凹室。他的眼睛灼热，沉重而湿润，他不需要她看到这一点。他用力眨一两下眼睛,泪水就没了。

如果事情这么简单,她不会让你父亲错过你的人生。让娜姨妈的话击涌上他的脑海。虽然你母亲有很多缺点,但她不傻。如果他的父亲死了……在他们十八岁的时候死于意外……那么,她从不让他进入卡梅隆的人生也变得十分合理。他闭上眼睛。这可能吗?这就意味着托娃是他的……不,不可能。她太瘦小了,太奇怪了。他家里没有其他人这么瘦小、奇怪。而且这意味着他的母亲不至于那么糟糕,不是一个受害者,她甚至可能像烈士一样光荣,不是他苦难的罪魁祸首。这绝对不符合常理,所以他把这个想法抛诸脑后。

托娃来到水族馆中央的大水缸前,站在他身边。他们看着一群鳕鱼被人工水流推着漂流。卡梅隆知道,再等四分钟,它们就会再次游过来。无休止地兜圈子,多么无趣的生活啊!

"对不起。"托娃说。她把手放在他的肩膀上。没有揉搓或挤压,只是放在那里,仿佛这种接触可以抽走他的痛苦。这种抚摸是如此温暖,近乎母性……不,他打消了这个念头。她只是对他很好,因为托娃是个非常善良的人,尽管她一开始表现得很拘谨。他低头看了她一眼,被这个瘦弱女人的坚强所震撼,她九十磅的身躯承受了多少悲痛。现在,她还在分担他的痛苦。

一个人能承受多少呢?

水箱里,一条灰六鳃鲨游了过来,它宽扁的鼻子在沙滩上缓慢地划着弧线,像是在寻找什么。"埃里克的事我也很遗憾。"卡梅隆说,"我很抱歉我妈妈可能与此事有关。"

"这不是你的错,亲爱的。不过还是谢谢你。"

鲨鱼亮晶晶的小眼睛注意到了他们,停顿了一会儿才继续前进。

托娃的嘴角勾起一丝微笑。"该拖地了。"

卡梅隆下班回家时,伊森家已经熄灯了,这破坏了他握手言和的计划。原来伊森那些难以理解、不着边际的话并非空穴来风。不知为何,在内心深处,卡梅隆强烈怀疑那并非谣言。他妈妈确实卷入了这个小镇最大的悲剧。

他等待着自己因为这个消息感到悲伤或愤怒,这是应该的,但不管怎么努力,他似乎都无法让这些情绪出现。不过,这又有什么关系呢?要传谣言就传吧。关于黛芬妮·卡斯莫尔的流言蜚语无法伤害卡梅隆。他根本不在乎黛芬妮·卡斯莫尔。

他在露营车的小冰箱里翻出一个装着饼干、奶酪和熟肉的套餐盒。伊森上周从商店拿了一大堆回家,坚持让卡梅隆拿走几个。他解释说,这些都过了保质期,所以店里不能卖了,但这些东西都是深加工过的,几乎不会腐烂。卡梅隆剥开塑封,方形隔断里的萨拉米肠散发出胡椒的味道。他把一小叠腊肠放在一块饼干上,正准备咬一口,手机叮地响了。

是艾弗里。你起床了吗？

刚下班回家。然后，他输入了一大段关于他母亲、托娃和埃里克的关系的解释，望着整个屏幕的字，他改变主意删掉了所有的信息。这件事短信说不清楚。

艾弗里回信了。桨板这周？周三下午？你是周三休息对吧？

卡梅隆对着昏暗的露营舱咧嘴一笑。他输入，几点？

四点？店里见。我可以早点溜。

至少她没有建议天亮前去。下午四点，他可以做到。他回了个大拇指。

这次带上换洗衣服。不带……也行。艾弗里加了一个眨眼的表情符号。

当卡梅隆缓缓躺下的时候，一种温暖、满足的感觉涌上心头。

如　果

　　针织小组成员得知玛丽·安·米内蒂十几岁的孙女塔图姆怀孕的事差不多已经过去三年了。但这段记忆猛然回到了托娃的脑海中，就像昨天发生的一样。

　　其他成员对这个消息多少有点反感。但托娃嫉妒她，对此她感到有些羞愧。

　　十八岁。塔图姆十八岁了，自然面临着艰难的选择。小组成员辩论她的困境，但对托娃来说，这是如果的事。

　　如果埃里克站在塔图姆的立场上会怎样？当然，他是遗传物质交换的另一方，但如果他在十八岁时，在他的生命被斩断之前就当了父亲呢？托娃就会有个孙子，那将是多么美好的礼物啊！

　　塔图姆生下了孩子。玛丽·安的女儿劳拉帮她照顾这个意外的孙女，她的生活还算顺利。当然，情况并非总是如此。玛丽·安的家人有能力帮她照顾孩子，塔图姆也想把孩子生下来，而且据托娃所知，孩子的父亲也提供了一定的帮助，并参与抚养过程。这确实是一个理想的结果。但类似情况也会产生不同的结果。可能性是无限的。

卡梅隆驾照上的出生日期深深印在她的脑子里。他是埃里克去世第二年二月出生的。

还有他的母亲。不管她是谁。她和埃里克正在交往。据说是这样的。

如果卡梅隆寻找的父亲根本不是他的父亲呢?她在脑海中梳理了所有她和卡梅隆的谈话,他提到父亲时的只言片语。一名房地产开发商,就是那个立了很多广告牌的人。他还提到了一枚戒指和一张照片,但托娃想不起其他细节了。卡梅隆的话从未让她想起过埃里克。不管情况如何,卡梅隆坚信他找对人了。非常自信。

埃里克就是这么自信。

托娃的手指轻轻划过躺椅扶手,指甲摸索着上面的木纹。夜风吹拂着月光下花园里的向日葵,它们摇头晃脑,就像她的私人观众,同意她每个异想天开的想法。但这些想法都是无稽之谈。埃里克不可能有孩子。黛芬妮·卡斯莫尔十八岁时可能在和许多年轻男人约会。无忧无虑的十八岁。又是高三毕业的夏天。没人会怪她的。

她身上发生这种事需要绝无仅有的运气。黛芬妮·卡斯莫尔一定会找到她的,对吧?哪个母亲会让自己的孩子失去祖父母呢？但托娃不相信绝无仅有的运气。

猫趴在甲板栏杆上，歪着头看着她。再次提醒着她：她该拿它怎么办。她的房子即将卖掉，她也要搬到查特村，那里不允许养宠物。她打电话询问过。

它好像要跳到托娃的腿上，但最终落到了地上，蜷缩在她的脚边。

它似乎已经在努力拉开距离了。

完美的骨架

当珍妮丝打电话邀请她共进午餐时,托娃正在洗猫的早餐碗。周一?外出午餐?有什么事呢?珍妮丝提议她们去乐途杂货店,但托娃出人意料地建议去埃兰德州墨西哥餐厅。

"真的吗?好吧,我顺路去接你。"珍妮丝惊讶地说。

她们坐在一个舒适的卡座里,桌子上摆着玉米片和莎莎酱,珍妮丝终于说明了来意。

"这周是你最后一次参加针织小组的活动了吧?"

托娃点点头。

"你是不是以为我们只剩下三个人了,所以不给你开欢送会了?"

"哦,胡说八道。我不需要派对。"

"芭芭拉说她会带蛋糕来,"珍妮丝用莎莎酱蘸了一片薯片,"至少我们有蛋糕吃。"

"芭芭拉想得真周到,"托娃说,"蛋糕听起来真不错。"

"真不错,"珍妮丝重复道,"托娃,请原谅我的措辞。但你能不能说句实话,告诉我你究竟为什么要这么做?"

原来如此。"你说什么?"

"这个!"珍妮丝挥舞着双手,仿佛餐厅墙上挂着的绳结装饰是罪魁祸首,"卖掉房子!搬出索维尔海湾!你一辈子都住在这里。"

"查特村很不错。"托娃温和地说。

"也许吧,但这里是我们最美好的岁月。你为什么要和一群陌生人一起养老呢?"珍妮丝的声音有些颤抖,"那我们呢?"

托娃刚想回答,但话到嘴边又咽了回去。

"还有,"珍妮丝继续道,竖起一根严厉的手指,就像她喜欢看的法庭剧里的法官,"那伊森·麦克怎么办?"

托娃开口了。"什么他怎么办?"

"托娃,他为你着迷。你为什么不能给他一次机会呢?"

"伊森是个很好的人,但威尔和我——"

"别说了,听着。我知道自己没有站在你的立场,但彼得和我谈过这个问题。我们中的一个人走了,另一个人也要继续过下去。我们还没那么老,托娃。我们还有大好年华,甚至是一二十年。七十岁是新的六十岁!"

托娃控制不住自己,发出了一阵轻笑。"你从哪儿听来的?那些脱口秀吗?"

"随便啦。求你了，托娃，再考虑一下吧。如果这真的是你想要的，那就去吧。但这不是唯一的办法。"

"珍妮丝，你必须明白，"托娃双手交握放在大腿上，"我跟你，玛丽·安还有芭芭拉不一样。我摔倒以后没有孩子能来陪我。我没有孙子孙女过来帮我疏通下水道，或者提醒我吃药。我也不会让朋友和邻居承担这样的负担。"

"这就是你的问题所在，"珍妮丝轻声说，"假定这是一种负担。"

"查特村也许不是唯一的办法，却是最好的办法。"托娃抬起下巴，"再说，已经定好了。周三我就要签署卖房文件了。"

"那你什么时候搬进查特村？"

"下周，在那之前我会住在埃弗雷特的一家旅馆里。"

珍妮丝勉强笑了笑。"等你搬进去后，我和芭芭拉一定会来看你的。你可以帮我们预约高级水疗中心。"

"当然了。"托娃说。

不一会儿，一位活泼的女服务员过来，笑眯眯地推荐特制玛格丽特酒。珍妮丝点了一杯健怡苏打水。托娃要了一杯黑咖啡。女服务员点点头，小跑着离开了，但过了一会儿又回来道歉，解释说他们现在没有准备咖啡。下午对咖啡的需求不大。托娃可以选择等十五分钟，或者尝尝意式咖啡？卡布奇诺，拿铁或者摩卡？

"小杯拿铁吧。"托娃有点不情愿地说。意式咖啡。真是奢侈啊。

周二下午,托娃准备去一趟乐途杂货店,这是那顿灾难性的晚餐后第一次去。

也许也是最后一次了。她只需要买一些必需品。冰箱里还有一半是满的,但她搬家的日期却越来越近了。她从没想过自己可以隔这么久才去买一次菜,但炖菜太多已经吃不完了。那些土豆、面条、肉汁和奶酪让托娃的脸颊变得圆润起来,她今早洗完澡之后在浴室的镜子里欣赏着自己变化。穿好衣服后,她还在颧骨上点了一点腮红。

出发前,她四次检查手提包,确认带着感恩至死乐队的演唱会纪念T恤。毕竟,这不是一次简单的购物之旅。走出前门时,她有些愕然地发现,门口垫子上有一份报纸等着她。今天早上她有很多事要忙,根本没有想到取报纸。她已经取消了订阅,当她向送报纸的年轻人说明情况之后,他并不在意,说只要她还在,不妨给她带一份,反正他总是会剩下一些。托娃微笑着向他道谢。他是个好孩子,去年圣诞节她给了他不少小费。

无论如何,她的填字游戏需求已经通过其他渠道得到了满足。上周,托娃收到珍妮丝用手机短信发来的拼字游戏挑战。只需轻轻一按,小屏幕上就出现了许多选择。

这么多填字游戏。想要多少就有多少。这也太厉害了！

当然，到目前为止，赢的人都是托娃，但珍妮丝进步很快。

托娃进店时，伊森正在打理熟食店区。他把钢笔夹在耳后，与一位顾客交谈到一半时停下来挥了挥手。

"你好，伊森。"她回应道从店门口的货架上提起一个购物篮。

"下午好，亲爱的。"他说，无奈地看了她一眼，然后继续招呼点餐的人群。

托娃若有所思地选购着，对放进购物车里的每件商品都进行了严格筛选。果酱和果冻正在促销：买一送一。但托娃不需要两份果冻。她可能连一份都不需要。当然，她在查特村也不需要果酱，不过她的套房里有一个带冰箱的小厨房。她选了一小罐覆盆子蜜饯，如果本周用不完，还可以带上。

当她结账时，两条结账通道都开着。看到伊森忙完了熟食区，正在打理左边的那条通道，她松了一口气。虽然那边排队的时间更长，但选择那条也没什么问题。她把少数几样物品放在传送带上，然后小心翼翼地把卷得整整齐齐的T恤塞在一夸脱牛奶和一个亮橘色的葡萄柚之间。

"恭喜你卖掉了房子。"伊森清了清嗓子，试图掩饰尴尬。他扫过面包、果酱、咖啡、鸡蛋。他头也不抬地扫描一包威化饼干，称一个青苹果的重量。最后，他左手拿起那件白T恤，来回翻了两次,右手拿着扫描仪寻找条形码,然后突然恍然大悟。他目瞪口呆地展开了衣服。

"你到底在哪里……"他的声音断断续续的,好像被网罩住了一样,"我是说,你是怎么找到……"

托娃挺直了腰板。"我在网上买的。"

"你什么?"

"就是那种网上拍卖。珍妮丝·金帮了我。"她解释道。

他突然严厉地问:"你花了多少钱,托娃?"

"嗯,那和你没有什么关系吧。"

他把衬衫卷起来,不安地抖了抖。"这些都很贵。上千美元。"

有三名顾客排在托娃身后。其中两个人伸长脖子,努力想看清这出戏。

"没必要生气,"她嘶哑着嗓子说,"我只是补偿我弄坏的东西而已。"

伊森把衬衫紧紧抱在胸前。"那只是一件T恤。"他喃喃地说。

"它对你很重要。"托娃说,声音有些颤抖。

"很多东西对我来说都很重要。"

"对不起。"托娃低声说。

"别这么说,亲爱的。"他绿色的双眼怔怔看着她,"如果那晚能重新来过,我愿意放弃一百件该死的衬衫。"他重新举起衬衫,欣赏着感恩至死演唱会的标志。他冲托娃笑了笑。"你真的在网上买的？"

"没错。我开车到图克维拉去取的。"

伊森的眼睛睁得更大了。"你开车到那里？"

"是的。"

"走高速公路？"

"嗯，没有其他可行的路线"

"你真是个不一般的女人，托娃。你知道吗？"

托娃不知道该怎么回答，只好拿出一沓钞票付了钱。但回到家后，她在威化饼干上抹上黄油，切开青苹果，脑子里循环播放着他的话。

周三上午11点，托娃按照约定在埃兰的一间律师事务所与杰西卡·斯内尔见面，签署她那份房产交易结案文件。

结果，文件还没准备好。托娃胸口的硬结稍稍缓和了一下，她想今天可能不用做这件事了。但只是复印机出了点故障，最多耽误几分钟。接待员对这次故障深表歉意，向杰西卡和托娃提供了咖啡，杰西卡拒绝了，但托娃欣然接受了。咖啡很寡淡，纸杯里还有一股蜡味，但托娃还是小口喝着。他们在一间小会议室里等待，托娃没有问，但是杰西卡主动说起了买家的信息。他们是一个来自得克萨斯州的家庭。三个小孩。丈夫工作调动。今年夏天他和妻子来考察房地产。他们看上了托娃的房子。风景，建筑。他们说要做很多翻新升级的工作,不过这房子有着完美的骨架。

托娃礼貌地说:"我父亲听了会很高兴的。"

文书工作终于开始了。一位穿着休闲裤和哈密瓜色上衣的女士坐在托娃身边,指导她填写表格。托娃签下自己的名字时,笔在纸上划出了痕迹。

"买家经纪人希望我转告你,他们非常感谢你愿意尽快成交。"杰西卡说。

"我很乐意。"托娃说。快速成交也是她希望的。为什么要拖呢?得州夫妇也慷慨地推迟了几天交钥匙的时间,以配合托娃入住查特村的日期。

"说起来有些好笑,他们在检查的时候注意到房子异常整洁。"杰西卡真诚地笑着说,"他们的经纪人告诉我,委托人妻子说房子看起来就像杂志上的照片。我想你可能会喜欢听这句话。"

托娃微微一笑。"我相信你也知道,整理和打扫就是我的生活。"

"索维尔海湾的每个人都知道这一点。我们会想念你的,托娃。"

穿着哈密瓜色上衣的女人带着微笑和祝贺握了握她的手,然后杰西卡·斯内尔也握了握她的手。托娃从不喜欢握手,反正不喜欢和人握手。章鱼另当别论了。但她还是握住了。

这就办好了。

那天下午晚些时候,托娃冒险爬上阁楼,去看看剩下的床单和照片。该结束了。

天花板上,椽子在午后的阳光中发光。托娃慢慢坐下,仰面躺在地板上,像小时候那样仰望着房梁。就好像房子是一头巨大的木头怪物,而她正从里面看着它的肋骨。房子的骨骼确实令人惊叹,它将成为别人的避风港。成为这对来自得克萨斯州的夫妇和他们的三个小家伙的美好家园。

孩子们会把阁楼当成游戏室吗?托娃希望如此。她想象着三个快乐的兄弟姐妹,在椽子下一起欢笑,用得克萨斯口音互相交谈。也许将来还会有更多的成员加入,他们的父母还想要更多的小孩,这个家会越来越大,填满整个房子,像伊森梦想中的大家庭一样。父母会在他们建立的这座堡垒中慢慢老去,即使部分会坍塌,但总有屹立不倒的部分支撑他们走下去。

他们不必孤独地收拾茶巾。

她长长地吸了一口气,坐了起来。"够了。"她大声说。她受够了让1989年的那个夏夜影响她生活的方方面面。受够了寻找不复存在的答案。受够了和这些幽灵一起生活在这所房子里。查特村将是一个新的开始。

接下来的两个小时里,她打包了剩下的毛巾、床单和其他零碎物品。她把索维尔高中年鉴和要带走的书籍放在了一起,由于不想让行李过于笨重,箱子只装了一半满。

她还记得那张照片,那张年轻女子的笑脸,现在正压在厚厚的书页之间。试图找到她是一件愚蠢的事吗?也许吧,但她怎能不试一试呢?无论她在哪里,无论她是谁,黛芬妮·卡斯莫尔都是最后一个见到活着的埃里克的人。托娃的目光永远无法停止在人群中搜寻与那张年鉴照片相似的面孔。

观景窗另一侧,晴空万里无云,荡漾的水面略逊一筹,一艘快艇在海面上划出一道楔形的浪花。查特村的园区距离大海有数英里远。清晨醒来,看不到大海是多么奇怪。

"我希望你能告诉我发生了什么。"她对着海湾说。这是她永远的希望。即使知道那晚发生了什么,也无法让他回来。什么都不能。

她关上箱子的盖子,用胶带封好。

一个大胆的谎言

"飞蛾香肠乐队"总是以同样的歌曲顺序结束演出。卡梅隆用他的芬达吉他弹奏着最后一首歌的开头和弦,尽管吉他没有插电,但声音还是响彻了伊森的小客厅。卡梅隆正躺在沙发上,等着衣服在楼下晾干。今天毕竟是周三,托娃总是说周三是洗衣服的日子。这句话在卡梅隆的脑子里慢慢生根。他今天早上起床后第一件事就是把脏衣服从露营车的地板上收集起来,拿上他的山寨汰渍洗衣粉,向伊森家地下室的杂物间走去。

随着一下花哨的拨弦,卡梅隆完美地弹出了一个高难度和弦。没错,他的技术还在。这个夏天他几乎没弹过琴,粗糙的金属弦摩擦着他稚嫩的指腹,他喜欢这种疼痛的感觉。

他打了个哈欠,把吉他窝在两个松软的沙发垫之间,端起旁边桌子上的碗吃了一口麦片,用手背拭去下巴上的牛奶,然后站起身,大步走到前窗前。从这里看去,他的露营车有点脏,刺眼的阳光照在灰蒙蒙的挡风玻璃上。他下午最好先洗车,然后再去和艾弗里约会划桨板。

伊森家前门斑驳的草坪褪成了黄褐色。每个人都在谈论最近天气有多么炎热干燥。"干热"在莫德斯托是完全不同的感觉。但最近卡梅隆发现自己已经开始适应这里的气候,莫德斯托的热量似乎正在慢慢从他体内流失。什么时候开始的?

"早上好。"伊森穿过客厅,留下肥皂的味道。卡梅隆跟着他走进厨房。他的胡子看起来湿漉漉的,他正试图把头顶新长出来的硬发抚平。今天他没有像往常一样穿着褪色的摇滚乐队T恤或者法兰绒衬衫,取而代之的是一件条纹高尔夫球领衬衫。卡梅隆没想到伊森也有这么……正常的衣服。他把衬衫塞进卡其色裤子里,裤子有点短,腰部系着一条编织皮腰带束在他鼓鼓的肚子下面。

"你怎么穿得像电影《疯狂高尔夫》里的临时演员?"卡梅隆嘴角上扬,戏谑道,"你和托娃的第二次约会吗?"

伊森在水槽边把茶壶装满水。"托娃?不是。"咔嗒一声,他打开了炉灶,把水壶放在线圈上。"这周我会过去道别,这是当然。"

"哦,没错。"卡梅隆希望他能收回那句《疯狂高尔夫》的玩笑话。

"今天要去店里面试,"伊森说。他从橱柜里拿出一个随行杯,放了一包他常喝的英式早餐茶。"我们需要招聘一名新的日间经理,或者临时经理。你听说梅勒迪·帕特森的事了吧?她的小儿子得了一种很可怕的病。不得不住进西雅图的儿童医院。她要请长假照顾他。"

卡梅隆说:"那太可怕了。"确实如此。梅勒迪·帕特森是个好女人。但伊森的第一句话像刀子一样穿过了梅勒迪的悲剧,直刺卡梅隆本人。

一个经理。伊森考虑过卡梅隆吗?他还记得自己来这里的第一个晚上,也是在找工作,结果喝昂贵的苏格兰威士忌喝到酩酊大醉。

伊森开始说起梅勒迪的丈夫,以及他们的保险支付孩子的医药费"非常麻烦"。这些细节肯定不关他的事,但伊森在扫描牛奶和称西红柿重量时与顾客聊天显然是没有边界的。

"嘿,"卡梅隆打断了他,"你还接受申请吗?"

"经理职位?是的。怎么,你有推荐的人吗?"

卡梅隆的耳尖发烫,感觉就像是在发光。"显然是我。"

"你?"伊森看起来是真的很惊讶。"嗯,也许吧。"然后他摇了摇头,"你看,这是一份经理的工作。通常会找有多年工作经验的人。他们需要熟悉所有系统。库存,销售点,甚至还要会一点记账。不能掉以轻心。"

"你真的认为我不能……"卡梅隆在话音未落时又咽了回去。你真的认为我不能胜任你的工作吗?他换了一种说法,"听着,我可能没有多年的工作经验。我甚至没有学位。但你知道我很聪明。"他的声音有些颤抖："我真的很聪明。"

伊森睁大了眼睛。"我从没说过你不聪明，卡梅隆。"

"所以，我可以学。"

"是的，你可以。"伊森打开了旅行杯的盖子，"如果你真的想做杂货店生意，我会教你的。我非常乐意。但现在，我需要一个已经合格的人来填补这个职位。"

"哦，行了吧，"卡梅隆踮着脚走到厨房窗前，差点被厨房的椅子绊倒。"乐途杂货店的工作要求是什么？会说闲话吗？"他转身瞪着伊森。

伊森本来就红的脸颊变得更红了。

卡梅隆知道自己应该停下来，但他还是继续奚落道："传播全镇的秘密？"喋喋不休，"谈论别人的私生活？"滔滔不绝，"散布我妈妈的谣言？"

"我只是想找到她，"伊森的声音平静而坚定，"我只是想帮忙。"

"我从没要求你帮忙。"

"我也不是为了你。"

卡梅隆正准备反击，但伊森的话让他措手不及。

"我是为了她，"伊森继续说，"为了托娃。帮她……了结心愿。"

地下室传来烘干机的嗡嗡声，声音被厨房的地板掩盖。洗完了。

"随便吧。"卡梅隆嘟囔着，径直朝他的露营车走去。他一会儿再回来拿洗好的衣服。

虽然睡得很糟糕，很不舒服，但总比什么都不做强。让娜姨妈总是说，如果一大早就开始胡思乱想，那就回到床上重新开始。

今天就是这样的一天。

但是不知不觉中，卡梅隆一定是陷入了沉睡，因为当他被一阵持续的电话铃声吵醒时，已经不是早晨了。午后的阳光透过露营车的窗户倾泻进来，他眯着眼睛翻开被褥寻找手机。

该死的。艾弗里。桨板约会。四点过了吗？露营车里又热又闷，在太阳底下烤了一整天之后总是这样。他的手机呢？他设置的闹钟呢？

最后，他在地板上的一只脏袜子下面找到了手机，这只袜子肯定是今天早上洗衣服时漏掉的。他正要接听电话，口齿感到有些麻木，但道歉的话已经准备好了，这时他意识到现在是三点。然后他认出了电话号码。西雅图区号，但不是艾弗里。

"喂？"

一个女人的声音回答："卡斯莫尔先生？"

"嗯，怎么了？我是说，是的，是我。"

"好极了，很高兴能联系到你。我是布林克斯开发公司的米歇尔·耶茨。"

卡梅隆坐直了身子。

"我知道你曾多次联系我们,希望能约见布林克斯先生,很抱歉推迟了这么久。布林克斯先生一直在外地。但他已经回来了,今天晚些时候他的日程表上正好有一个空档。我知道现在通知您有点晚了,但您有空吗?"

"见面?和……他?今天?"

"您是开发商卡梅隆·卡斯莫尔,对吗?"米歇尔的声音里悄悄流露出一丝怀疑。

好吧,这只是一个小小的谎言。

米歇尔接着说:"你几周前留了几条信息,想和布林克斯先生谈谈一个新的合作机会?"

好吧,这是实实在在的杜撰。

卡梅隆清了清嗓子。"哦,是的,当然。就是我。"他不敢相信自己在语音邮件里编造的故事起作用了。真的奏效了。他在办公室门口吃了多少闭门羹,说了多少大话,结果这个故事起了作用。一个大胆的谎言。他无视内心的负罪感,说:"是的,我可以去。什么时候?"

米歇尔让他六点到,并给了他一个在西雅图的地址,他把地址写在了加油站收据的背面。她补充道:"你要乘电梯一直到地下室。"这让卡梅隆觉得很奇怪。地下办公室?

挂断米歇尔的电话,卡梅隆立刻给特里打了个电话,特里在第四声铃响时接了电话，听起来心不在焉。

"我也不想这样做，"卡梅隆说，"但我今天下午能请假吗？我可以晚上去打扫卫生。我只是有点……事。"他吸了口气，然后简单说了一下西蒙·布林克斯的约见，希望自己听上去是专业的。

"当然可以，卡梅隆。"特里听起来仍然心事重重。他听到卡梅隆说的话了吗？

"谢谢，先生。还有，如果最近有时间，可以跟你谈谈我长期干下去的事吗？你知道，不是临时工？"

"当然可以。"电话里传来一阵低沉的声音，"嘿，孩子，我得走了。今晚不用担心。慢慢来，好吗？"

"好的。"

他结束通话，不去在意特里的怪异举动，他可能刚好正在忙别的事。然后他打开地图应用程序，输入米歇尔给他的西雅图地址。开过去需要两个小时。也就是说，四点他就得上路了，桨板约会没戏了。

艾弗里会理解的。他出城的时候会顺路去店里，当面告诉她。

四点不到，他推开了索维尔海湾桨板店的门。

一个身影从角落潜水服架子后面冒了出来。卡梅隆愕然，不是艾弗里。

是她的儿子马可。

孩子生硬地点了点头,然后一言不发地躲回了衣架后面。

"嗯,嘿,"卡梅隆说,"你妈妈在吗?"

"她去办点事。"马可跪在抛光木地板上,旁边放着一个打开的盒子,手里拿着一个黑色的带扳机的塑料东西,枪鼻子上还拖着一条细细的蜡质纸条。这是一把打标枪。

"我不知道你在这里工作。"卡梅隆说着戳了戳亮橙色鳍片展示品。这些都是新货,他上次来的时候还没有。它们从大到小排成一排。看起来就像有人偷了鸭子一家的脚,然后把它们一排挂在墙上。

马可哼了一声。"我哪有选择的权利。"他在一件氯丁橡胶救生衣的标签上打上价格标签,然后把救生衣最上面挂环穿到墙上的一个长金属钉上。

"啊,强制性童工。每个小孩都要经历的过程。"卡梅隆大笑起来。

马可没有回应。

"知道你妈妈什么时候回来吗?"卡梅隆朝前门瞥了一眼。"我们原本约好四点在这里见面。"他看了看时间。还有五分钟。

马可抬起头。"原本?"

"是啊。我们本来要带几块桨板去水上玩,但临时有点事。"

卡梅隆咬了咬嘴唇，没有告诉马可整个故事。他不需要向一个孩子解释任何事。

"你要放她鸽子。"马可的声音没什么情绪。

"当然不是。她会完全理解的。"

马可又发了一张贴纸。"没错。"

"我是来亲口告诉她的。"卡梅隆又看了看时间。四点上路。这是他一生中最重要的会议。他不能迟到。他清了清嗓子。"问题是，我得走了。你能告诉你妈妈我来过了吗？告诉她我很抱歉取消了约会？"

"当然，我会告诉她的。"

"谢谢，伙计。"卡梅隆闪身出了店门。四点的时候，他驶向了高速公路。

这个狗娘养的

西雅图是一座令人眼花缭乱的城市迷宫,建筑物、绕行道路、隧道、支路交织在一起,摩天大楼如此之高,仿佛建在高速公路上面,像不可思议的乐高玩具。左侧有出口,右侧有出口,还有高架桥和快速车道。立交桥和地下通道相互缠绕,就像一坨巨大的混凝土面条,紧贴着从水面陡然升起的山坡。

他以前从机场开车经过这里,但现在感觉更清晰了。与莫德斯托相比,这里真的是另一个世界。

当他看到通往国会山的出口即将出现时,打开了转向灯。右转,然后左转,三个街区后右转。以防迷路,他记住了一连串的转弯,以及下了高速公路之后在城市内的路线。

最后,他终于拐到了正确的街道,开始寻找街道编号。他放缓车速扫视着街边塞得满满的店铺,引来过往车辆恼怒的鸣笛声。咖啡店、果汁店,以及商品过多占用了人行道的古董服装店。八月的傍晚,距离六点还有十分钟,路上是熙熙攘攘的潮人，遛狗的居民还有背着挎包、迈着坚定步伐的上班族。

这里就是米歇尔·耶茨给他的地址。他再三确认，因为面前的是一扇普通的灰色大门。经过几个星期的努力，他终于等到了这次会面……这就是布林克斯房地产公司？他本以为会是一座闪闪发光的办公大楼，但也许这就是西雅图成功人士的风格。用山药代替熏肉，用简朴的门面代替钢铁摩天大楼。

在他绕街区第二圈时，奇迹般地发现一个空车位。

他熄了火，看了看手机。还是没有艾弗里的消息。要发短信吗？算了，他完事之后再给她打电话。那样的话，他就有关于父亲的故事可以讲了。他摔上驾驶室的门，声音淹没在繁忙的城市里。他从控制台里掏出两枚沾着面包屑的硬币投入计价器。

卡梅隆意外地发现那扇普通的灰色大门并没有上锁。门后是一个不起眼的门庭，显然是一栋公寓楼。他左手边的墙上有一排略微破损的金属邮箱，大约有六七个。地上散落着一些传单和垃圾邮件。

右边有一个只能往上走的楼梯。正前方的后墙上有一部电梯，卡梅隆注意到电梯上有上行和下行的呼叫按钮。米歇尔说过要乘电梯去地下室。

随着电梯叮的一声，他自言自语道："钻进兔子洞了。"

一出电梯，他就闻到一股怪味。蜡味，有些刺鼻，像肉桂，与盛夏格格不入。电梯门一打开，卡梅隆就闻到了这种味道。一定是蜡烛的味道,黑暗的走廊里到处都是蜡烛,两边的镜子映衬着蜡烛,看起来就像有无数的小火苗在无穷无尽地燃烧。进一步检查后,他发现这些都是假蜡烛。这就说得通了。消防法规怎么可能允许在地下室放这么多蜡烛?

这到底是什么鬼地方?

他沿着破旧的灰色地毯走到大厅,转过一个拐角,立刻置身于世界上最小的鸡尾酒休息室。

空无一人。一张矮小的吧台,下面放着五张凳子。黄铜天花板上反射出温暖的光线,让整个地方泛着微黄的光。

吧台上,一个小支架上放着一张方形小纸片。是一份菜单。最上面写着荫鱼特调酒,底下是一些名字可笑的饮料清单。他眨巴着眼睛看价格,确保自己没看错。难道人们不知道在任何一家杂货店都能用一般的价格买到六瓶装的酒?他拿出一张吧凳坐下。

什么东西响了一声,卡梅隆抬起头,看到一个女孩从吧台后面的门口走了进来。她顶着一头翠绿色的短发,让卡梅隆想起了扁平的草地。她两手各端着一叠高脚杯,眉宇间流露出一丝惊讶,然后就开始把玻璃器皿卸到吧台下面某个看不见的架子上。"我们八点开门。"她头也不抬地说。

"我有个预约,"卡梅隆清了清嗓子,"和布林克斯先生。"

草发女孩抬起头。她脸上的表情十分茫然,仿佛卡梅隆是她遇到过的最不有趣的人。

"我是认真的,"他说,"米歇尔安排的。"他希望直呼米歇尔的名字不会有什么问题。

女孩耸耸肩。"好吧,"她说着,躲开了,"我会告诉他的。"

西蒙·布林克斯。

在过去的两个月里,卡梅隆在脑子里无数次重复这个名字,研究了无数个印着他照片的广告牌,上面的男人留着十分时髦的发型,于是,当这个衣衫不整的家伙带着疲惫的微笑从吧台后面走出来时,他几乎不敢相信这就是他。

"嗨,"卡梅隆说,他的声音突然因为紧张而颤抖。"我是——"

"我知道你是谁,卡梅隆,"吧台后面的西蒙露出一个大大的笑容。

"你知道?"卡梅隆的心怦怦直跳,是紧张还是愤怒?不知怎么的,敲诈或勒索这家伙的想法似乎很荒谬。

"你知道我为什么叫你来这里吗?"西蒙·布林克斯在狭小的房间里挥了挥手。"我相信你已经知道了,我有很多办公室和房产,但这个地方原本是为黛芬妮准备的。这里是我们见面的最佳地点。"

卡梅隆的脉搏怦怦直跳。为黛芬妮准备的?难道布林克斯就这样承认自己是个不称职的父亲吗?

西蒙笑了。"你见过娜塔莉了。"他把头转向吧台后面的门口,草发女孩就是从那里消失的。"她知道整个故事。"

"整个故事。"卡梅隆勉强挤出这句话。

"嗯,当然。她是我女儿。"

女儿。他的脑袋嗡嗡作响。父亲和……一个妹妹?他无法阻止自己,眼睛又瞟向了吧台后面的门。那个头发奇怪的女孩真的是他同父异母的妹妹吗?

西蒙紧握双手,靠在吧台上。"你的眼睛跟你母亲的一样,你知道吗?"

"我母亲。"卡梅隆艰难地咽了口唾沫。

"黛芬妮的眼睛总是那么迷人。"

卡梅隆顾不上他人的反应,猛地吸了一口气。她确实有一双漂亮的眼睛,不是吗?他不知道这是他编造的,还是他真的记得。

"是的,"布林克斯轻轻耸了耸肩,似乎想把话题引向更随意的方向,"能给你倒杯酒吗?"

"酒?"

"我做的老式鸡尾酒很好喝。"

"呃,啤酒就好。这里有什么就喝什么。"卡梅隆脱口而出。他的耳朵火辣辣的。他为什么会在乎呢?难道给父亲留下好印象是天生的特质?

布林克斯二话不说，把手伸进台下的冰箱，然后又站起来，手指间夹着两瓶长颈啤酒。当他打开瓶盖时，酒瓶发出嘶嘶声。他说，"干杯"，举起一瓶。

"干杯。"卡梅隆附和道。他以后依次给艾弗里和伊丽莎白讲述这个故事的时候该有多么离奇。

"你肯定想问你母亲的事。"布林克斯喝了一口啤酒后说道。

卡梅隆挺直了肩膀，不再畏首畏尾。他平静地说："我想问你的事。"

"哦？"西蒙歪了一下头，"好吧。每个人都觉得我是个谜，但对你，我知无不言。"他笑了笑。"那么，问吧。"

"你为什么……"卡梅隆咽了咽口水，然后重新振作起来，再试一次。"我是说，你怎么能……"他忍不住啜泣，话到嘴边说不出来，他为什么没有备用计划呢？

"我怎么能什么？"西蒙·布林克斯抓了抓下巴，"让她走？嗯，我在乎她。"

卡梅隆的脸色变得更难看了，他酸涩地说："但你从没在乎过我。"

"你，我当然关心你。你是她的儿子。但我能做什么，一旦她——"

"我也是你的儿子！"卡梅隆的声音有些颤抖。

西蒙·布林克斯有些不知所措但马上恢复了。"对不起，卡梅隆。你不是。"他轻声说。

"我是你的儿子。"卡梅隆重复道。

布林克斯摇摇头。"我和黛芬妮之间不是这种关系。"

"但一定是这样的。"卡梅隆惊恐地感到他的下巴开始颤抖。他就知道会这样,对吧?整件事就是个死路。他做好了心理准备,或者说,他努力做了心理准备。为什么他现在快要失去理智了呢?

"就像我说的,我不惊讶你在这里,卡梅隆,但——"

"你为什么把你的班级纪念戒指给她?"卡梅隆从口袋里掏出戒指,扔在吧台上。西蒙捡起来,仔细端详,脸上露出一丝淡淡的微笑。当他把戒指翻过来看下面时,笑容又消失了。

"这不是我的。"他低声说。

"哦,得了吧。我看过照片了。"

布林克斯小心翼翼地把戒指放在吧台上。"黛芬妮是我最好的朋友,"他说,"听着,我知道这听起来很奇怪,但我们真的只是朋友。最好的朋友。"

卡梅隆正要反驳。但他又想起让娜姨妈总是调侃他和伊丽莎白。一种沉重的感觉像铅球一样压得他喘不过气来。和两个月前相比,他寻父之旅没有任何进展。

"你从没和她上过床?"卡梅隆讨厌这个问题听起来如此粗鲁。

"不，我没有。"布林克斯笑了笑。然后他的脸色变得严肃，"听着，如果你想，我可以配合做 DNA 亲子鉴定。我有百分之百的把握。"他拿起纪念戒指，又翻了一遍，然后把它放在吧台上。"稍等，我马上回来。"

几分钟后，他拿着一本破旧的精装书回来了，手里还捏着什么东西。当他把书放在吧台上时，书散发出一阵灰尘。封面上写着索维尔海湾高中，1989 届。那些扫描发布在网上的照片——包括西蒙和黛芬妮在码头上的那张，大概都出自这本书。然后布林克斯伸出手掌。"这个才是我的，你看。"

卡梅隆拿起戒指，左手拿着，右手拿着他带来的一枚。重量感觉完全一样。如此接近，却又……不对。

布林克斯把头转向吧台后面。"后面有一片很大的未完工空间。我把它用作储藏室。不过我想，高中的东西都住在这里也挺合适的。毕竟这里本该是我们的地方。"

"我们的地方"？这是什么意思？卡梅隆把戒指翻过来，本以为会看到 EELS 的刻字，但出乎意料的是，上面写着 SOB。

他问道："SOB 是什么？"

布林克斯笑了笑。"是我名字的首字母缩写。我叫西蒙·奥维尔·布林克斯（Simon Orville Brinks）。都不用我多说，这个缩写本来就是个笑话，我这个狗娘养的（Son Of Bitch）运气不错吧？"

卡梅隆盯着吧台上的两枚金戒指。"你在上面刻了自己名字的缩写？每个人都这么做吗？"

"我想大多数人这么做了。"布林克斯耸耸肩，"很多人都想弄个个性的标记。一些青年团体成员刻了'GOD'。我确信不止一人使用'ASS'（屁股），我也想刻'ASS'，但我妈会揍我的。"

"你还记得这个吗？"卡梅隆拿起刻着EELS的戒指。不管他是谁，他一定是很喜欢海洋生物。或者寿司。他是不是要为第四个字母多付一点钱？

布林克斯摇摇头。"我也希望我知道。"

"你不知道EELS？"

布林克斯轻声补充道："我也不认识我父亲。"

"是啊，但即便如此，你最后还是成了亿万富翁。"卡梅隆的肩膀耷拉下来。

"我工作很努力，"他听上去有些紧张，"听着，我也来自索维尔海湾。你知道我和你母亲是怎么认识的吗？还成了最好的朋友？"

"嗯……不知道？"老实说，卡梅隆没想过这个问题。应该是在学校认识的吧，就像其他人一样。

"我们住在同一栋垃圾公寓楼里。大三和大四的时候，她在那里住过一段时间。"布林克斯说，"在高速公路的错误的一侧。"

"我不知道索维尔海湾高速公路还有错误的一侧。"

布林克斯放声大笑。"现在,整个地方似乎都在高速公路错误的一侧,但事情正在变化。"他语气一转,开始说起生意。"最近几年有了很多新的开发项目。我正在建设海滨公寓。非常不错的房产。"

卡梅隆点点头。有那么一瞬间,他在想布林克斯是否会雇他来做这个项目。但他很可能会要求布林克斯提供推荐信,那是不可能的。即使是最好的朋友的儿子也不行。

"总之,"布林克斯俯下身,把手肘撑在吧台上,"我约你在这里见面,是因为我觉得你看到它可能会很开心。"他盯着鸡尾酒菜单说:"我为她打造了这个地方。"

卡梅隆环顾一周狭小的休息室,彻底被搞糊涂了。这间在国会山一栋不起眼的公寓楼的地下室里的小得离谱的酒吧……是为他妈妈开的?

"我们曾经幻想过这种事,那是二十世纪八十年代的事了,那时地下酒吧还不是什么时髦的陈词滥调。"布林克斯翻了个白眼,"我都不知道两个十几岁的孩子是怎么想出这种主意的,但我们总是长时间讨论这个想法。"他的脸色变得更加阴沉。"当然,那是在她……出现问题之前。"

"问题。"卡梅隆喃喃自语。

布林克斯仍在研究手中的菜单。"她甚至想好了这个地方的名字,一个奇怪的名字。"他半笑着抬起头,"荫鱼。这是一种……"

"这是一种小鱼,"卡梅隆插嘴道,"它们生活在河流和其他淡水中。可以在非常恶劣的条件下生存。极端温度、缺氧的水域都行。因此,当环境恶化时,它们通常是最后幸存下来的。它们就像小鱼世界里的蟑螂。不过它们的名字更酷。"

布林克斯瞠目结舌。"你是怎么知道这些的?"

卡梅隆耸耸肩,解释说他在哪里读到过一次。"我擅长记住随机的信息。我也没办法。"

布林克斯笑了。"你和你妈妈一模一样,你知道吗?"

卡梅隆张大了嘴巴。"是吗?"

"哦,当然。她想在毕业后参加智力竞赛节目《危险边缘》。"他清了清嗓子,"她的家人从来不理解她。我想,她对他们隐藏了真实的自己。甚至对她姐姐也是。"

卡梅隆眼角挂着大滴热泪。他能感觉到自己的嘴唇不由自主地扯出一个苦笑。

布林克斯说:"她遇到不愉快的事情时也会做出这种表情。"

卡梅隆用拳头抵住紧抿的嘴唇。"我一直以为这种过目不忘的记忆力是我父亲遗传给我的。"

"也许也有他的一部分遗传,"布林克斯说,"黛芬妮没有告诉我你爸爸是谁。"

卡梅隆气呼呼地说:"你不是一个人。"

"黛芬妮有时很神秘。我们是亲近的朋友,她人生很多方面都没有跟我分享过。这就是其中之一。我相信她有她的理由。"

"是啊,因为她的原因,我从小就没有父母。我相信她抛弃我也有正当的原因。"

"我毫不怀疑这点。"布林克斯真诚地说,"她爱你,卡梅隆,胜过世界上的一切。这一点我很清楚。她所做的一切,都是出于爱。"

什么东西在叮当作响,可能是吧台后面传来的。是那个草发女孩在偷听吗?他女儿叫什么名字?娜塔莉?一阵晕眩感袭上心头。她知道整件事的来龙去脉。她父亲最好的朋友怀孕了,然后走上了不归路,她的儿子有一天可能会来找他们。和往常一样,卡梅隆是最后一个知道的。

布林克斯叹了口气。"我很遗憾无法告诉你更多的信息。你大老远跑到这里来,期待着一件事,却发现……另一件事,我觉得很糟糕。"

"你知道她在哪里吗?"卡梅隆双手合十,放在膝盖上。他真的这么问了吗?他真的想知道吗?

西蒙只是摇摇头说:"不,现在不知道了。我已经好几年没见过她了。"卡梅隆多少有些宽慰。

"她做了——她去过哪里?"

"那时她住在华盛顿东部的某个地方。有一天,她出现在我家。需要现金。我当然给了她。但很明显她还在抗争,卡梅隆,当时她在吸毒。"他皱起眉头,"也许我不该给她钱?我也说不清楚。我当时真想把她拖到我家,让她住在客房里。帮她康复。但我要照顾娜塔莉,力不从心。而且……你无法帮助破罐子破摔的人。"

"没错。"卡梅隆假装笑了笑,"有其母必有其子。"

"别看扁自己,卡梅隆。"

"我甚至都不会用正确的方法放垃圾袋。"

布林克斯不解地看了他一眼。

"在水族馆。我一直在那里工作,切鱼、打扫卫生。还有垃圾桶——哦,算了。"卡梅隆停止了毫无意义的胡言乱语。西蒙·布林克斯是著名的房地产大亨和地下酒吧的老板,他出身贫寒,但靠自力更生获得了巨大的成功,他不想听水族馆管理员的问题。

停顿了很久,布林克斯说:"黛芬妮会为你感到骄傲的,卡梅隆。"

"是的,当然了。"卡梅隆在吧台上放了一张五美元的钞票,希望能支付一杯荫鱼的啤酒的价格。差不多够了。

布林克斯把钞票推回去,但卡梅隆已经走到了门口。

新路线

回到露营车驾驶室，卡梅隆猛砸方向盘。他看了看手机，期待着艾弗里的信息，希望能找个借口给她回个电话，把过去一个小时发生的事情告诉她，但什么也没有。那现在怎么办？他用手指敲打着仪表盘，看着国会山络绎不绝的行人——吃晚饭，拿干洗衣物，逛商店橱窗的。他们都过着正常而快乐的生活。

去他妈的。

他不知道自己坐了多久，手机终于响了，吓了他一跳。一条短信，但不是艾弗里发来的，是布拉德。一张照片。卡梅隆点开一看。一个小婴儿眯着眼睛看着他，红扑扑的小脸蛋裹在浅蓝色的毯子里。它看起来确实像外星人，不过是可爱的外星人。伊丽莎白的脸只出镜了四分之一，但卡梅隆可以看出她脸上洋溢着笑容。不会死于猝不及防的分娩：二十一世纪的福利。

卡梅隆闭上眼睛，深吸一口气，回了一条短信：兄弟，你当爸爸了！几秒钟后，布拉德回复了一个头脑爆炸的表情符号。

他顺便给艾弗里发了一条信息。嘿，我们能谈谈吗？他把信息发送到蜂窝网络的深渊里，然后挂挡驶出停车位。

离开西雅图时，交通状况非常糟糕，卡梅隆说不清自己在堵车中坐了十分钟还是三个小时。露营车缓缓前行，急速车辆的刹车灯交融在一起，形成一片红色的雾气。副驾驶座上的手机响个不停，刹车时他偷偷看了一眼，不是艾弗里，是布拉德发来的宝宝的照片。他把手机塞到座位上的快餐袋下面。眼不见，心不烦。

但他的大脑有别的想法，而且那个声音无法停止。在他大脑深处的某个地方，有一个声音在奚落他。这一切都不是真的。它喋喋不休。好得不像真的。这不是你的生活。这里不是你的家。他不是你的父亲。她不是你的女朋友。

至少他不讨厌自己的工作。托娃向他保证过很多次，特里肯定会正式聘请他的。这是他应得的。即使是卡梅隆也必须承认，他的技术有了长足的进步，他能把每块玻璃都擦得干净透亮。他现在能在一小时内拖完整个水族馆，包括所有犄角旮旯的地方。

但紧接着，一个尖锐的声音插了进来：他为什么还不录用你？尤其是今天下午卡梅隆还问起这件事？

你没有自己想象中的那么好。这个声音讥讽道。甚至连经营一家小镇超市的资格都没有。

"闭嘴。"卡梅隆喃喃自语，拐到最左侧车道，踩下油门。

最终，车流逐渐稀疏，不知何时，油灯亮了起来。卡梅隆眨了眨眼睛思考着。他距离索维尔海湾只有二十几英里。他也许能赶回去。但这有点冒险。他在下一个出口下了高速路，找到一个加油站。

便利店收银员面带微笑递给他一袋薯片和一瓶苏打水。这是晚餐。卡梅隆没有回应，他好像不记得该怎么笑了。收银员故意搭讪，问他今晚过得怎么样时，他的表情僵在那里。

他没有理会，而是告诉她加一包烟。

当汽油从油泵喷嘴注入露营车时，他不停地刷着手机，纯粹是条件反射，眼睛虽然看着滚动的文字和照片，但大脑没有记住任何内容。直到一张照片引起了他的注意。

凯蒂。

她解除对他的屏蔽了吗？他点了一下她的名字，果然，她的资料加载了。她就在那里，带着傲慢的微笑。就像她创造了这个世界，而他只是幸运地生活在其中。

今年夏天，她发布了无数新照片。卡梅隆飞快地浏览着她的信息。有一半的照片都是某个混蛋搂着她，他戴着一副包边墨镜，像个白痴，卡梅隆根本看不清那人的蠢脸。

他们同居了吗？他可能会记得在租约上写上自己的名字。他有一份无聊的办公室工作。开着一辆崭新的越野车，从来不需要四轮驱动。使用电动牙刷。周末他们可能会和他的父母一起聚餐。

这些人都滚远点吧!无论卡梅隆如何努力,他都不可能得到平常、幸福的生活。即使在华盛顿也不行。

他打开地图应用程序。输入一条新路线。索维尔海湾到莫德斯托。

15 小时。

早 到

周三傍晚,当托娃抵达水族馆时,大门是敞开的。她比往常来得早了点,因为特里打电话给她时听起来很紧张。她的晚餐盘子还没洗,匆匆给猫咪倒了一碗粗磨饲料,然后就赶紧出门了。

是因为那扇敞开的门吗?她的胃一阵翻滚,想起了卡梅隆没关后门,马塞卢斯试图逃跑的事情。但片刻之后,特里大步走了出来,面带微笑,挥了挥手。

"这里发生了什么事?"她走近问道。

"大日子!不仅仅是因为今天是你的倒数第二天。"

托娃歪着头。

"我们将收到一个快递。"特里继续道,兴奋得飘飘然,"我没想到在你离开之前会送来。我叫你来是因为我觉得你会想在这里迎接它。"他笑了,"它。听听我在胡说什么!她。我觉得你应该想见她。"

"她"到底是谁?

还没等托娃开口，一辆卡车就隆隆驶进了停车场。随着一连串响亮的滴滴声，卡车向大门倒去。一个大块头男人从冷藏柜里把一个木箱装上叉车。起初，送货员似乎坚持要把这个大箱子放在原地，但特里说服了他，让他帮忙把箱子搬进去。托娃抓紧包，跟在两人后面，看着他们引导着巨大的箱子经过敞开的大门，艰难地绕过弯曲的走廊。

她跟着他们走进泵房，把箱子放在那里。当他们把箱子放在地板上时，箱子发出哗哗的响声。转眼间，送货司机已经开着叉车消失了。

"帮我盯一会儿，好吗，托娃？"特里说，"我得去签个字。"他跟着送货员小跑着离开了。

托娃仔细看了看箱子。一边用镂空模版印着：这面朝上。另一面写着：活章鱼。

"帮我盯一会儿。这是什么意思？"托娃透过鱼缸背面狭窄的玻璃板，问马塞卢斯。活章鱼的箱子静静地放在房间中央，托娃怀疑里面到底有没有活物。她到底要盯什么呢？

马塞卢斯挥了挥手臂，做了个不置可否的手势。他也不知道。

"我想我们会知道的，不是吗？"托娃喃喃自语，"无论如何，看来你要有个新邻居了。"

马塞卢斯附近的一个水箱已经清理干净了。那里以前是太平洋荨麻海星的住处。它们去哪儿了？空缸看起来太干净了，水也太清澈了。托娃从水泵房探出头来，却不见特里的踪影。她迅速拖出阶梯凳，掀开章鱼缸的盖子。马塞卢斯从水面探出一只手臂，托娃把手放了下去。他用手臂搂住她的手腕，这个动作现在已经再熟悉不过了，有一种近乎本能的感觉，就像刚出生的婴儿会紧紧抓住母亲的手指一样。

但马塞卢斯不是婴儿。就章鱼而言，他已经是个老人了。现在他的替代者来了。走廊里回荡着脚步声，托娃把手从水里抽出来，爬下去，把凳子塞到水箱下面。特里拿着一把锤子大步走回来时，她正用衬衫下摆擦干手臂。

"你觉得怎么样？我们要把她打开吗？"

"你的新章鱼？"托娃确认说。

"是的！其实比计划提前了一点。她是被阿拉斯加的一个动物保护组织救活的，她曾被螃蟹笼子困住、试图挣扎出来时把自己弄伤了。我不能拒绝。"特里用锤子的尾端敲开了箱子的一条边。

托娃抱着胳膊。"比计划提前了？"

特里叹了口气。"马塞卢斯……好吧，托娃，我相信你已经注意到了，但对于一只太平洋巨型章鱼来说，他已经很老了。"他把板条箱的盖子掀起来，咕哝着说。"这老家伙还挺有活力的，不是吗？下定决心要超越平均寿命。但圣地亚哥医生和我都不确定他还能活多久。今天早上他的情况很糟糕，可能只剩几周或几天了。"

"我明白了。"托娃说着瞥了一眼马塞卢斯的水箱，他一定躲在自己的巢穴里，因为现在已经看不到他了。

"他竟然活了这么久，"特里向托娃投去好奇的目光，"你知道马塞卢斯也是被救出来的吗？"

托娃抬起眉毛，很惊讶。"我不知道。"

"他来到这里的时候，情况很糟。少了半只胳膊，身体都被咬烂了。我以为他熬不过年底。现在已经四年了……"特里微笑着摇了摇头，"他一直是个好孩子。除了晚上在楼里游荡的时候。"

托娃的脉搏加快了。过了这么久……她作为帮凶，终于要被骂了。是她扔掉了那个可怕的夹子。

特里看着她的表情说："没关系，托娃。说到底，我不确定任何安全措施会起作用。"他又摇了摇头，"我希望新来的会更听话一点。"

木箱里是一个铁桶，桶顶有细网。里面有东西在砰砰作响。

"好了，我们来看看，好吗？我们应该帮她想个名字，但我答应把命名权给艾迪了，她昨晚半宿没睡，一直在动脑筋列清单。"提到女儿，特里笑了。托娃知道艾迪四岁时给马塞卢斯取名，所以现在她已经八岁了，还沉浸在给章鱼取名的喜悦中，真是太可爱了。

托娃说:"我相信她会想出好名字的。"

木桶的盖子很容易就打开了,托娃不禁笑了起来。马塞卢斯绝不会在这样一个脆弱的外壳里忍受长途之旅。要是他,早就在不列颠哥伦比亚海岸的某个地方溜走了。

"她在这里。"特里轻声说。

托娃探头看去。章鱼蜷缩在桶底,因为里面无处可藏。托娃惊讶地发现这只章鱼是鲑鱼粉色,与马塞卢斯的锈橙色截然不同。

"你现在要把它移到水箱里吗?"

"今晚不行。我得等圣地亚哥医生。她明天一早就来。"

托娃看着新章鱼试探性地从蜷成一团的身体里伸出一只触手,过了一秒立刻缩回去。

"你觉得她会喜欢新家吗?"

"我真的不知道,托娃。"

她眉毛一挑,对他的坦诚感到意外。毕竟,她只是在聊天而已。

"别误会,我们会尽力的,"特里继续说道,"但看看马塞卢斯。我们收留他的时候救了他一命,但他从来都不乐意被困在水箱里。"

"他相当无聊。"托娃同意道。

特里笑了。"索维尔海湾水族馆的生活从来没有让它满足过。"

托娃靠在旁边的椅子上,缓解着背上的疼痛,歪着头看着箱子。"那我拖一下周围就可以了?"

"你不必打扫这里,托娃。你知道的。"特里小心翼翼地把箱子盖上。

"我不介意。这是我应该做的事。"

"好吧,卡梅隆会帮你的,他应该快到了。他说今晚可能会晚点来。"特里看了看表,最后拍了一下箱子的盖子,然后离开了。他嘴里嘟囔着水温和酸碱平衡的问题。

水泵房里只剩下托娃和两只章鱼,她总觉得哪里不对劲。

"好吧,"她喃喃自语,拿起自己的包,"我想最好还是从地板开始吧。"去储物柜的路上,她从前门向外看去,本以为会看到卡梅隆的旧露营车会停在她的掀背车旁边。但是没有露营车。

一个小时后,托娃在特里的办公室门口徘徊,手指翻动着钥匙卡。他还没回去。托娃很高兴自己能碰见他。

"明天下班后,我把这个放在你桌上行吗?"她举起卡片说。

"当然,听起来不错。"特里用手指敲着桌子,似乎还在因为兴奋而跃跃欲试,"我刚和圣地亚哥医生通了电话。她明天会来检查我们的新成员。她认为我们可以让她在桶里多待一段时间。"

"我明白了。"托娃说,努力传达自己声音里的淡漠。她该如何向特里解释，她并不在意这只新章鱼？在她看来，再也不会有第二个马塞卢斯了。

特里继续说："看起来，我们应该会直接把她放入马塞卢斯的地方，当时间到了，水箱腾出来之后。"

托娃吞了吞口水。

"卡梅隆今晚没来？"特里站起身，整理办公桌上凌乱的文件。

"没有。"托娃迟疑地说。

"很奇怪。我希望他没事。"特里拉上电脑包的拉链，"抱歉让你一个人打扫整个地方。"

"我一点也不介意。"托娃微笑着说，"我会怀念在这里打扫的时光。"

特里摇摇头。"你真的很特别，托娃。我们都会想念你的。"

"谢谢你这样说。我也会想念你们所有人的。"

他正要绕过走廊，托娃在后面喊他："特里，还有一件事，谢谢你。"

特里歪着头。"谢什么？"

"谢谢你给我这份工作。"

"我别无选择。"特里说。

"什么意思？"

"雇你的时候。我别无选择。我知道你不会接受我说不的。"他咧嘴一笑，"你是个很强势的女人，托娃。你知道吗？"

托娃研究着闪闪发光的瓷砖。她的运动鞋在她的脚下留下了一个转瞬即逝的印记。"是的，嗯。保持忙碌是件好事。"

特里看了她一眼。"我说你强势，不只是因为没人能像你这样挥舞拖把。虽然这也是事实。"他又咧嘴笑了，这次笑得更温柔了，"你知道吗，我小时候在牙买加时，我的曾祖母常说她老当益壮。她活了九十多岁。在她最后的日子里，她还在厨房里为我们这些孩子烤葡萄干面包。她也喜欢忙碌。"

"听上去，她是个了不起的女人。"

"和你一样。"特里的大手紧紧抓住托娃窄小的肩膀，"如果你改变了主意，托娃，你知道，索维尔海湾水族馆永远都有你的一席之地。"

"我很感激。"

特里小心翼翼地踩着刚拖过的地板往外走。

孤立无援

前门咔嗒一声打开时,托娃刚刚把推车放回储物间。特里是不是忘了什么东西,所以回来取?

但她在走廊里遇到的却是卡梅隆。他正怒气冲冲地走向休息室,眉头紧皱。看到她时,他停住了脚步,脸上的怒气消退,露出了惊讶的表情。他说:"我没想到你还在这里。"

托娃双手叉腰。"你去哪儿了?"

"这重要吗?"

"是的,这很重要。这是你的工作,你几个小时前就该到了。"托娃抿了抿嘴,"这可不仅仅是'有点晚'。你还错过了一个相当重要的时刻。馆里新来了一只章鱼。"

卡梅隆没有回应。男孩的样子让托娃想起了压缩的弹簧。他僵着肩膀,走路时跺脚,还有他不看她的样子。她把手放在他的肩膀上。"你还好吗?发生什么事了吗?"

他甩开她的手,开始踱步。"发生什么事了吗?让我想想。

伊森是个多管闲事的混蛋，他没办法不多管闲事，而且对我也没有任何信心。我们的友谊到此为止了。我在莫德斯托的其他朋友呢？他们刚生了个孩子，乐队也结束了。说到莫德斯托，我提起过我的妈妈吗？一个糟糕的女人，她抛弃了我。这是我一辈子的遗憾。我姨妈想做个母亲，她也尽力了。但她不应该一直惯着我。我以为我在这有个女朋友。但她完全不理我了。我猜她是因为我爽约而生气了，但我亲自去解释了，事出有因，我可悲的人生中最重要的一次会面。我真的是这么以为的，"他停下来，又吸了一口气，"还有，我的行李呢？我两个月前飞来这里的行李？显然是去意大利度长假了。现在我已经不需要了。"

托娃意识到自己的身体完全靠在水箱上，仿佛这些话是一阵强风。她直起身子，整理了头发，好像头发也被吹乱了。她并没有真正听懂，但她点点头附和。

"这还不是最精彩的部分，"卡梅隆从口袋里掏出一枚笨重的戒指。似乎是一枚男生的班级纪念戒指，不过托娃只瞥见了一眼，然后男孩就合上了愤怒的拳头，包住了戒指。他又开始踱步了。"最棒的是，这一切都完全没有意义。根本不是他。"

"谁不是谁，亲爱的？"托娃把手放在他的肩膀上，但他又一次闪开了。

"他不是我爸爸。我来到索维尔海湾的原因。我花了那么多时间追踪的那个人。他只是我妈妈的一个老朋友。这甚至不是他的戒指。"

"那是谁的?"

"我想我永远不会知道了。"

托娃哑口无言。最后,她只说了一句,"我很抱歉,卡梅隆"。

"我也是,"他吞了吞口水,"这一切都是浪费时间。"

"当你失去某人时,难过是正常的。"托娃轻声说。

卡梅隆嘀咕了几句,然后大步流星地朝大门口走去。托娃什么也没听见,只能跟在后面,尽力跟上。他真的要离开吗?

他没有从前门出去,而是走进了泵房。她惊讶地看着他绕过房间中央的活章鱼箱子,一把抽走狼鳗水箱的盖子,把纪念戒指扔了进去。戒指悄无声息地浮到了水箱底部,在一团沙子中消失了。

"EELS(鳗鱼)。这个戒指属于你。"他痛苦地呢喃。

托娃盯着鱼缸。到底是怎么回事?一条狼鳗回过头来,它的针牙在蓝光下闪闪发光。

她清了清嗓子。"你想坐下来喝杯咖啡吗,亲爱的?显然,我今晚的工作已经结束了,但我们可以谈谈明天要做的事。我的最后一天。确保平稳过渡。"

"咖啡?"卡梅隆觉得这个词很陌生。有那么一瞬间,他看起来很疲惫,就像一只疲软的风向袋。他快速摇了摇头,就这样,暴风雨又开始肆虐了。"不想,我只是顺路去休息室拿我的连帽衫。"

他大步走出泵房,托娃跟在他身后。"那明天怎么办?"

"没有明天,"他侧过头说,"特里从没答应正式聘用我。我为什么要留下来?我得有多没用,才会在清理垃圾桶和拖地板的工作中被淘汰?我无意冒犯你。"

"哦,这肯定是个误会。特里要操心的事太多了,新的章鱼——"

"我受够误会了。"他躲进休息室,过了一会儿才出来,腋下夹着运动衫,"总之,我走了。"

"什么意思?"

"我要回加利福尼亚了。"卡梅隆避开她的视线,脸上挂着一副悲伤戏谑的笑容,"公路旅行时间到了。"

"你现在就要走?"

"是的。"卡梅隆生硬地说,"本来早就走了,但我是个白痴,今天早上我把大部分东西留在了伊森那里。洗的衣服。吉他。我是回来拿东西的。"他举起运动衫,"来都来了,干脆把这个也带走。"

"你要走,但你还没告诉特里?"

"他会知道的。"

"你觉得明天你不出现会怎么样?"

"他会解雇我?"

"那谁来为我们的……朋友准备食物呢?"

"不是我的问题。这又不是什么高深的尖端科学。"

托娃瞪了他一眼。"一个人不应该以这种方式结束工作。"

卡梅隆耸耸肩。"我怎么知道？我从来没有机会辞职。我总是被解雇。我就是这样的人。"他大步走进特里的办公室。她跟在后面，看着他从打印机托盘上取下一张纸，潦草地写了一张纸条，折好后放在特里的办公桌上。

"好了。这样好些了吗?"

她把纸条捡起来，递还给他。"不提前打招呼，让你的老板孤立无援，你不是这样的人，你可以做得更好的。"

"不，我不能。"他的声音有些颤抖。他把纸扔到桌子上，"我真的做不到。"

我被囚禁的第 *1361* 天
——哦，少说废话了，好吗？我们有戒指要拿

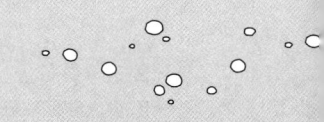

人类批评狼鳗总是毫无保留。如果每次有人说狼鳗长得狰狞、丑陋或畸形，我就能得到一只蛤蜊，那我会吃成一只非常丰满的章鱼。

这些评价并没有错。客观地说，狼鳗长得很怪异。我从未进入或探索过它们的栖息地，但这与它们不幸的长相无关。

事情发生在很久以前，在我被抓获和囚禁之前。那时我年轻、天真，用你们人类的话说，我正在公海寻找一个可以落脚的地方。岩穴在向我招手，对我来说，那是一个完美的家。我没有意识到那里已经有住户了。

以我的聪明才智，我本该更加小心谨慎。我刚从岩石的缝隙里探出头，它就发起了攻击。狼鳗的针牙和肉质大嘴不仅丑陋，而且相当强壮。我为自己的错误付出了三次代价。

第一，我付出了自尊的代价。

第二，我的一只胳膊。第二天，手臂开始重新长出来，但为时已晚。

第三，我的自由。如果不是我判断失误造成了这样的伤害，也许我早就躲过了所谓的营救。

我以极大的耐心等待托娃离开。最近，拧开泵壳变得越来越困难，但我还是努力把它拆了下来。当我从这个小缝隙里钻出一半时，我已经感觉到了后果，这些天来，后果来得越来越快。

我剩下的时间不多了。

我轻声细语地进入狼鳗的水箱。一条雄性狼鳗瞪着我，它醒目的脑袋在洞口徘徊，过了一会儿，它的雌性同伴也加入了。

你们今天看起来都很可爱，我说着，抱住了水箱对面的玻璃。它们眨了眨眼睛。我的心怦怦直跳。

我沉入水底，我保证我无意在这里逗留。

它们的水箱底部铺着沙子，我的铺的是较粗的砾石，当我开始在下面搜寻的时候，惊讶地发现竟然如此柔软。这对鱼在观察我，它们已经从巢穴里出来了一些，突出的下颌像往常一样机械地开合着。它们薄薄的背鳍像丝带一样荡漾着，但没有靠近。

我扫了扫植物底部的沙子，最后一只手臂顶端的吸盘碰到了一个冰冷而沉重的东西。我抓起那枚笨重的戒指，把它卷进粗壮的肌肉里，安全保存。我看了一眼狼鳗，它们还在注视着我的一举一动。希望你们不要介意我拿走这个。

即使是返回水箱的短途旅行也会消耗我的体力。我一天比一天虚弱。我带着沉甸甸的戒指,溜进巢穴休息,因为下一次旅行我还需要体力。最后一次。

该死的天才

卡梅隆发现，蛇形皮带是个十分贴切的名字。这东西在露营车的引擎盖下蜿蜒盘旋，像一条很长的蛇。干燥的空气中弥漫着灰尘和刹车片烧焦的味道，早晨的阳光毫不留情。每隔几秒钟，随着嗖的一声，一阵风就会打在他的头上，又是一辆半挂卡车在高速公路上呼啸而过，它们就像一队巨型甲虫，威风凛凛的护栏似乎嘲笑着停在路肩的露营车。卡梅隆站在支起的引擎盖前面，一只手拽着断裂的安全带，另一只手从手套箱里拿出新的皮带。

"这到底是怎么回事？"他喃喃自语，盯着车辆的内部结构。他认出了主要部件：发动机缸体、散热器、蓄电池、量油尺。还有装着用来清洁挡风玻璃的蓝色小东西。

新皮带一直放在手套箱里。他为什么不换呢？刺耳的声音永远不会自己消失。

在过去十二个小时的驾驶中，它肯定不会消失。

也不完全是这样。在俄勒冈州和加利福尼亚州交界处以南一百多英里的雷丁市外的这段贫瘠的州际公路上，吱吱声和动力转向系统一起消失了。还有什么是卡梅隆搞不坏的吗？难堪的失败之后夺门而出的做法本身就是一次难堪的失败。

多么讽刺啊！

"好吧，我能做到。"他呼出一口气，然后又眯着眼睛看视频，把手机放在保险杠上。别无选择。如果他继续开，用不了多久发动机就会过热，然后变成一坨大便。虽然视频里不是这么描述的，但……情况不妙。

另外，装上新皮带并不难，而他卡梅隆·卡斯莫尔是个该死的天才。

是时候表现得像个天才了。

EEL 戒指

星期四下午,托娃工作的最后一天,珍妮丝·金和芭芭拉·范德霍夫带着一个长方形盒子出现在她家的门廊上。

"进来吧。"托娃说,"对不起,家里有点乱。所有的包装都是……"她用手臂扫了扫杂乱的东西。"我去煮咖啡。"有一样东西还没收拾:咖啡壶。这将是最后一件东西。

她从珍妮丝手里接过盒子,以为是炖菜,但它太轻了。她把盒子放在厨房操作台上,翻开盖子,露出一个鱼形的小蛋糕。糖衣上写着祝贺您退休。

"你们不用这么破费!"托娃笑了,"但这是准确的。我真的要退休了。"

"终于退休了。"珍妮丝说着,拿出一包纸盘和一次性餐巾。

"我相信你能说服查特村的人雇你打扫踢脚线的。"芭芭拉补充道,然后坐到了厨房餐桌旁的椅子上。

"不排除这个可能。"托娃微笑着说。咖啡煮沸时,渗滤壶发出嘶嘶声，当猫走进厨房时，托娃弯下腰用手抚摸它的后背。

珍妮丝怀疑地看着猫。"这个小家伙怎么办？"

"它不能跟我走，"托娃说，"我想它得回归全职野外生活，除非你俩有人想养宠物？"

珍妮丝举起双手。"彼得会过敏。而且，洛洛很怕猫。"

猫轻盈地跳上芭芭拉的大腿。一边大声地呼噜着，一边向上伸展着，用毛茸茸的脑袋撞她的下巴。

"我喜欢狗，"芭芭拉说，她抓了抓猫的耳朵后面，"哎呀，你可真软啊？我跟你说过安迪的孩子们去年捡到的那只猫吗？它现在住在他们的卧室里，和他们一起睡在床单和毯子下面。我告诉安迪，她得确保给猫除跳蚤。你永远不知道动物会从外面带来什么。总之，然后她说……"

"看，芭芭拉，他完全喜欢上你了。"珍妮丝咯咯笑起来。猫咪正在舔芭波的手背，好像在给她梳理毛发，呼噜声像电锯一样响。

"我已经给它驱虫了。"托娃不满地抗议道。

芭芭拉把目光从珍妮丝身上移到托娃身上。"可我喜欢狗！"

托娃笑了。"人是会变的，芭芭拉。"

"即使是像我们这样的老人。"珍妮丝补充道。

"哦，好吧。我会考虑的。"芭芭拉喃喃地说，但她现在正在揉猫的灰色肚皮。它幸福地闭上了眼睛。

托娃给大家倒咖啡。"你们都吃过晚饭了吗？我可以热点东西……"

"哦，你不需要这么做。"珍妮丝挥手，"你在这里忙得不可开交。"

托娃的嘴角勾起一抹俏皮的微笑。"我们晚饭吃蛋糕吧。"

托娃在水族馆的最后一次值班是一个人在打扫。她最后一次在环形走廊拖地。最后一次擦拭每块玻璃。最后一次擦拭海狮雕像的尾巴。谁知道什么时候会再有人来打扫呢？

刚开始做这份工作时，她最喜欢的就是与海洋生物为伴。在这里，她既可以找点事做，又不用应付别人。但现在，一个人打扫似乎有些奇怪。毫无疑问，卡梅隆应该在这里。她很惊讶自己对此如此确信。

但他现在可能已经在加利福尼亚了。

打扫完后，她最后一次巡逻昏暗的走廊。她对蓝鳃鱼说："再见，亲爱的。"

接下来是日本蟹。"再见了，亲爱的。"

"保重，"她对尖吻杜父鱼说。对狼鳗说："再见了，朋友们。"

隔壁，马塞卢斯的水箱平静而安详。托娃凑过去仔细观察岩石巢穴，寻找它的踪迹，但什么也没有。她整晚都没看到它。

她回到泵房，从水箱后面也看不到它，从上往下看也没有。

她把凳子放回原处,从桶上方可以看到新来的章鱼女士仍然紧紧蜷缩在桶底,周围散落着一些贻贝壳。"你看到什么了吗?他走了吗?"她用手捂住嘴,"他不会……"她哽咽着说不出话来。

新的章鱼蜷缩得更紧了。

托娃回到走廊,手放在马塞卢斯水箱冰凉的玻璃前。与石头和水告别没有意义。她眼角渗出一滴泪水,顺着布满皱纹的脸颊滚落,落在刚拖过的地板上。

托娃按照约定去还钥匙卡,特里的办公桌杂乱一片。她无奈地耸耸肩,把塑料卡放在了最上面。

穿过大厅时,她的运动鞋踩在地板上吱吱作响。今晚下班后,她会把运动鞋扔掉。这双鞋陪她经年累月在这里打扫,已经破烂不堪,连二手店都不会要。

快到门口时,她停下了脚步。门前的地上有一个皱巴巴的棕色物体,好像挡住了她的去路。她借着昏暗的蓝光眯起了眼睛。是纸袋吗?她进门的时候怎么没看到?

一只触手晃动了一下。

"马塞卢斯!"托娃喘着粗气,冲过去跌坐在他身边坚硬的瓷砖地板上。她的后背发出很大的响声,但她几乎没有注意到。年老的章鱼脸色苍白,就连他那双明亮的眼睛也显得黯淡无光,就像一块浑浊的大理石。她轻轻地抚摸他的身躯,就像抚摸生病孩子的额头一样。他的皮肤又黏又干。他伸出一只手臂，缠绕在她的手腕上，正对着那道银币疤痕，现在它已经褪色，变成了一个幽灵般的戒指。他眨了眨眼睛，无力地捏了捏她。

"你在外面干什么？"她轻声斥责道，"我们回水箱吧。"她松开了他的触手，站了起来，然后试图把他抬起来，但她的背部吃力，一股不祥的疼痛从她的脊椎下方袭来。

"待在这里，"她命令道，然后以最快速度赶往储藏室。几分钟后，她推着黄色拖把桶回来了。桶里有几加仑的水，是托娃用旧牛奶壶从水箱里舀出来的。当他眨眼时，她松了一口气。他还在。她用布蘸着水箱里的水，拧在他身上，弄湿了他的皮肤。他发出了一声像是人类一样的叹息。

他似乎恢复了行动能力，费力地抬起一只触手。托娃把水桶拉到他身边，他费力地扒着黄色桶外缘往里爬，托娃帮忙抬了一下他的屁股（等同于他屁股的地方）。扑通一声掉进桶里的冷水中时，

"你在外面干什么？"她又问。然后她看到了那个东西。

一个金色的东西在地板上闪闪发光，就在马塞卢斯刚刚瘫倒的地方。她蹲下身，把它捡起来。索维尔海湾高中，1989届。昨天卡梅隆把它扔进狼鳗的水箱时，她就觉得这看起来像个班级戒指。

马塞卢斯是怎么把它弄出来的？为什么？

索维尔海湾，1989届？这是黛芬妮·卡斯莫尔的吗？但这是一款男性戒指。卡梅隆以为这是他爸爸的……

她把戒指捧在手掌里，冰冷而沉重，就像记忆一样。埃里克也有一枚这样的戒指。她为这枚戒指的象征意义感到骄傲。就像所有的父母一样。她以为那晚他戴着它。这枚戒指也消失在大海中了。

她把戒指翻过来，眯着眼睛看着刻在底部的字母。她耳膜感受到强烈的心跳。她用衣服下摆擦拭戒指，又看了一遍。

这不可能。

这就是。

EELS。

埃里克·欧内斯特·林格伦·沙利文。

低　潮

她脑海中涌现的揭示性的片段相互碰撞，乞求她将它们联系在一起。

有过一个女孩。

埃里克……和那个女孩。

埃里克有一个孩子。

孩子在不为人知的地方长大了。她不敢相信自己从未在卡梅隆举手投足间看出任何端倪。他左脸颊上有个心形酒窝。她一直很喜欢那个酒窝，但不知道为什么。

"你知道的，是吧？"她对桶里的马塞卢斯说，"你当然知道。"她俯下身，又摸了摸他的身体。"你的智慧远远超越了我们人类的认知。"

马塞卢斯用一只触手的尖端抵住了她的手背。

托娃再次瘫倒在地，这次她用手肘撑着水桶的边缘。当滚烫的泪水开始溢出，她已无力阻止。随着她瘦弱的肩膀耸动，泪珠扑簌簌地落在水面上，每一声动物般的啜泣都伴随一串泪珠坠下。这里没有人。没有人在看。她卸下拘谨，任由悲痛在体内流淌。终于，泪水一滴一滴变缓，她开始打嗝，眼球又热又干。

她不知道自己在这种无以复加的悲痛中停留了多久，可能是几分钟，也可能是一个小时。当她终于抬起头时，她弓着的肩膀疼痛难忍。

"没有你我该怎么办？"她说着，忍住了一个嗝，他眨了眨万花筒般的眼睛，它比以前更浑浊了。特里说，他可能只剩下几周或几天的时间了。她坐起来，用手背拭去泪水。"如果只有这么点时间了，那我该拿你怎么办呢？"

她站起来，挺起肩膀，活动酸痛的后背。"来吧，我的朋友。我送你回家吧。"

如果那天晚上索维尔湾海滨有落单的渔民或在夕阳里散步的人，他们一定会看到这样的一幕：一位七十多岁的老妇人，顶多九十磅重，用一个黄色的桶拉着一只六十磅重的太平洋巨型章鱼，沿着木板人行道向码头走去。不过，那晚唯一的目击者是海鸥，它们从垃圾桶里四散飞出，在托娃推着马塞卢斯经过时向她发出愤怒的叫声。这段路程走得并不快，但马塞卢斯在水桶两侧各伸出一只触手，就像坐在车窗没关的汽车里一样。

托娃笑了。"微风吹拂的感觉很好，不是吗？"

潮水已经退去。托娃几乎听不到海浪拍打岩石的声音，因为太远了，感觉离海滨小径至少有一英里远。月光在上百个浅水池里闪烁，像巨大的银币散落在裸露的海滩上。

托娃警告说："前面会很颠簸。"

岩石和巨石砌成的防波堤横跨光秃秃的海滩，延伸到海面上，优美的曲线像芭蕾舞演员的手臂。夏日午后，这里挤满了海滩爱好者和喜欢冒险的野餐者，他们喜欢在风景如画的地方坐下来舔冰激凌甜筒。现在，这里空无一人，只有一只孤独的海鸥停在最顶端。

推着水桶经过铺着鹅卵石的栈桥可不是件小事。回去之后，她的背肯定会疼。托娃和马塞卢斯终于快走到尽头了，低潮时，岩石下的水至少有几英尺深。在一臂之遥的栈桥顶端，一只孤独的海鸥瞪着他们，然后发出一声骇人的叫声。

"哦，安静点。"托娃斥责道，那只鸟扑棱着翅膀飞走了。

她低下身子，坐在一块沾满盐水的石头上，一只手在水桶里摸了摸，清了清嗓子，然后开始了她一直在脑子里排练的简短演讲。

"我必须感谢你，"她说，他最后一次握住她的手臂，"特里说你是被救的。我猜你可能宁愿自己没有获救，但我很高兴你获救了。"

她眨了眨眼睛，把眼泪憋了回去。又来了！

"你带我找到了他。我的孙子。"说到最后两个字,她的声音有些颤抖,但同时一股暖流涌上心头。她从未想过自己会说出这两个字。如果威尔能在这里见到他就好了。如果莫德斯托不是在一千多英里之外就好了。

"你偷了他的驾照。你这个淘气鬼。"她笑着摇摇头,他的手臂捏着她的手,"你想告诉我,但我没在听。"

在高高的夜空中,一架飞机飞过,遥远的引擎轰鸣声在平静的海湾上空回荡。"你的一生都在水箱里度过,这不公平。我保证,马塞卢斯,我会尽我所能,让你的替代者成为最娇生惯养、最聪明的章鱼……"

这句话的重量击中了她。她不能去查特村。她不能去。

深吸一口气后,她继续说:"我们必须说再见了,朋友。但我很高兴特里救了你。因为你救了我。"

她慢慢把水桶放倒,桶距离海面大约有三英尺远。在地心引力产生作用的漫长的一瞬间里,马塞卢斯的触手仍紧紧抓住她的手,他那奇怪的身体悬在半空中,眼睛紧紧盯着她。就在她即将被拉下水时,他松开了触手,掉进了漆黑的水面上,溅起一朵重重的水花。

所有的一切

"我可爱的孩子。"托娃在水族馆旁码头的长椅上凝望着远方。银色的月光下,水面波光粼粼。

过去两个小时发生的事情似乎并不真实,更不用说过去两个月发生的事情了。马塞卢斯走了。她的孙子卡梅隆也走了。明天起,她的房子也算是没了。但她不会搬去查特村了。

托娃不会离开。

她该怎么做?她一点头绪也没有,只好坐在长椅上,盯着水面,不知过了多久。大海千变万化,不受世界一般规律的影响,就像一只巨大的章鱼在重塑自己的身体,以便从细小的缝隙中溜走。不知何时,她看了看表。现在一定很晚了。差一刻钟到午夜。

马上就是新的一天。她当祖母的第一天。

埃里克不知道自己要做父亲了。他怎么能在有了孩子之后结束自己的生命?他不可能这么做。他也没有。她坚信这一点,纤细的手指紧紧抓住长椅。这一定是个意外。喝醉酒的孩子。判断力受损。

他会是个好父亲的。是的，他只有十八岁，但看看玛丽·安的孙女塔图姆。她做得很好。埃里克会爱死卡梅隆的。所有的事——所有的一切——本可以完全不同。

"你说什么？喂？"一个女人的声音在码头上响起，把托娃从沉思中惊醒。有谁会在这个时候出现在这里？

一个穿着运动短裤和亮粉色运动衫的人正急匆匆地跑上码头。托娃意识到是那个经营桨板店的年轻女人，她的店就在木板路尽头房地产经纪人办公室旁边。

"你好。"托娃擦了擦眼睛，调整了一下眼镜，然后从长椅上站了起来，"你还好吗，亲爱的？这么晚了还出来跑步？"

年轻的女人在靠近长椅时放慢了脚步，气喘吁吁。"你是托娃。"

"我是。"

"我是艾弗里，"她气喘吁吁地说，"我不是出来慢跑的。我在店里处理文件，看到灯亮着，就猜到有人在水族馆。"她的眼神里有一种平静的绝望，这一点托娃再熟悉不过了。那是一个人努力撑着的眼神。

她顺着艾弗里的目光望向水族馆大楼，那里的灯确实还亮着。黄色的拖把桶又回到了储藏室。托娃本打算在她离开的时候关了所有的灯，然后锁上门。

艾弗里吞了吞口水。"总之，我以为是……"

"卡梅隆？"

"是的。"她脸上露出如释重负的表情，"他在吗？"

"恐怕不在了。"

"你知道他在哪儿吗？我整个下午都在给他打电话，但他都不接。"

托娃摇了摇头。"他离开这里了。回加州了。"

"什么？"艾弗里的嘴巴张得大大的，"为什么？"

"这是个相当复杂的问题。"托娃的语气听上去很慎重。她坐回长椅上的位置，女孩坐在另一端，把光着的腿压在身体下面。托娃继续说："我想，在他心里，误会太多了。"

艾弗里的眉毛拧在了一起。"误会？"

"他的原话。"她向这位年轻女士挑了挑眉，"我肯定他认为你……怎么说，你放他鸽子。"

"什么？"艾弗里一跃而起，"是他放我鸽子！然后给我发信息说他需要谈谈。需要谈谈的从来就不是什么好事？"她靠在栏杆上，"该生气的人是我。我是担心他才过来的。"

托娃想起了卡梅隆在水族馆走廊里的咆哮，正准备告诉艾弗里，但又犹豫了。她不该多管闲事。但是……他是家人，家人不都是这样的吗？这个想法几乎让她笑出声来。也许是违背了自己的判断，她最后还是说："我相信他确实试着告诉你他不能去了。"

"不，他没有。"

"他说他去过你店里，"托娃摇摇头，"另一个误会？"

艾弗里靠在栏杆上，额头抵在握紧的拳头上。她喃喃地说："马可。"

"你说什么？"

"我儿子。他十五岁。我去银行的时候，他看管店里。我问他卡梅隆有没有打电话或来过店里。他说没有。我眼角瞥见他得意的傻笑时，就该知道肯定没好事。"艾弗里懊恼地拍了拍栏杆，"我已经很努力了，我发誓，但我的孩子有时就是个小混蛋。"

"所有的孩子都有这样的时候。"托娃站起来，站在年轻女人身边，"也许你儿子是想保护你。"

"我不需要保护。"艾弗里哼了一声，"我本该看穿他的小把戏的。"

"别自责，亲爱的。做父母需要一颗强大的心脏。"

停了很久，艾弗里说："卡梅隆去加州是因为我。"

"嗯，不仅仅是因为这个。还有一个很大的误会。关于他所谓的父亲。"

"哦，是的。那次会面……跟他想象的不一样。"她又呻吟起来，"我昨天就该给他打电话的。店里很忙，我很生气……"她从短裤口袋里掏出手机,"我要和他谈谈。"

托娃看着艾弗里拨号。电话直接转到语音信箱。

"他真的走了,是吗?"艾弗里轻声说。

"也许吧。"

两个女人静静地看着月光下的水面,感觉过了很久。最后,艾弗里说:"这里很宁静。我很久都不来码头了。"

"这是我最喜欢的地方。"托娃轻声说。

艾弗里把目光投向远处的黑水。"我曾经劝一个人从这级台阶上下来。阻止她……你知道的。"

"天哪。"

艾弗里用半哽咽的声音继续说道。"是个女人。就在这里,在这个地方。几年前。我一大早出去划桨板,她就坐在栏杆上。在和谁说话。我猜她在自言自语。她看起来很不好。应该是吸食了什么东西。"

"哦,这样。"托娃说,声音微弱。

"她一直在说一个可怕的夜晚。一场事故。一声巨响。"

一声巨响。

托娃微微点了点头,发现自己说不出话来,女孩继续说道。

"我一直以为她打过仗。也许是爆炸造成的创伤。"

她听错了。虽然是同一个单词。不是一声巨响(boom)。是一个帆桁(boom)。

托娃闭上眼睛，想象着这种事是多么容易发生。船头被什么东西撞偏了，一阵狂风在错误的时间将刚刚松弛下来的船帆吹向反方向。帆桁疯狂摆动。砸在他的头上。他落水了。

是个意外。可能是这样，也可能是其他什么原因。船长是个出色的水手。但船上有偷来的啤酒，还有一个女孩。

艾弗里说："有时我在想，她后来怎么样了。她是否还活着？我救她是否有意义。"

托娃用力吸了一口气，看着艾弗里的眼睛。"非常有意义。我很高兴你救了她。"她说。她是认真的。

昂贵的路杀

在 682 英里标记处,卡梅隆停止担心发动机温度。它起作用了。他真的修好了。露营车不会在州际公路中间爆炸。

在 747 出口,他发出了稚嫩的笑声。韦德镇(Weed)[1]!他打开闪光灯,把车停在路肩,打算拍张路牌给布拉德。加利福尼亚州,韦德镇什么时候能不好笑。但他的手机不在老位置上,杯架里是空的。真奇怪。他是不是把手机落在后座了?他继续开车。

在 780 英里标记处,他意识到自己为什么找不到手机。他把手机落在了前保险杠上,就在他换皮带的地方。他几乎可以看到手机就放在那里。这意味着,现在它已经成了一块昂贵的路杀。他放声大笑。他已经将近三十个小时没合眼了。

在罗格河谷的某个卡车停靠站,他明智地决定停车休息六个

---

[1] Weed 也有大麻的意思。

小时。醒来后,他在公共厕所用冷水洗了一把脸,然后在餐厅买了一杯黑咖啡带走。临走时,他把大半包香烟扔进了垃圾桶。

在119号、142号和238号出口或出口附近,他不断回想着那份愚蠢的辞职信。在295号出口处,他开始在脑海中撰写道歉信。

在横跨哥伦比亚河的一座桥上,他再次进入华盛顿州。当然是向北走——他一直在向好的方向走。他要回到正确的道路上。

达拉马

托娃最后一次在炉子上烧水煮咖啡。壶的漆面闪闪发光,鳄梨绿与黑色线圈相映成趣,昨晚才擦过。一尘不染。这还重要吗?它肯定会被拆掉,取而代之的是那种时尚的新炉灶。没人想要一个用了几十年的老电器,即使它还能很好地工作。

托娃已经获准在查特村加快办理入住手续,这是她游说了几个星期才得到的结果。她的高级套房下周就可以入住了。今天早上一起来,她就给他们留了电话,她不知道有多早,假设她昨晚还睡了一觉的话。整个过程都很恍惚。查特村还没有回电,但很可能只是因为他们的办公室还没开门。现在才刚过七点。

无论如何,托娃都不打算去。

她忙了一个上午。擦了所有的踢脚线。擦了窗户。擦亮了橱柜上的五金件。擦洗了每个门把手。她本该筋疲力尽,但她从未感到如此亢奋。没有窗帘和家具,她发出的每个声音都在裸露的墙壁和地板上回响,甚至连喷壶发出的嘶嘶声都显得过于响亮。

但忙碌是件好事。打扫卫生总是好事。有事可做是好的。

她要去哪儿？她应该在中午前搬走的。她已经通知昨天搬走大部分家具的搬家公司，她要改变目的地。幸好天刚亮就有人接了电话。但目的地会是哪里呢？也许找一个仓库？

至于她自己和她的私人物品，珍妮丝和芭芭拉都有多余的卧室。在合适的时间，她会先给珍妮丝打电话。也许在做出其他安排之前，她可以轮流借住她们家。她的花纹帆布手提箱，也就是她和威尔度蜜月时带的那个，已经打包好了，随时可以出发。一想到要在一张陌生的床上过夜，她既兴奋又害怕。

前廊上传来沙沙声，她吓了一跳。她放下咖啡杯。

不可能是猫。芭芭拉昨晚发来了一张猫的照片。一开始，芭芭拉不想放他出门，这让它非常不安，所以它来去自如，但现在已经适应了。托娃还不知道该如何回应手机上收到的照片，但看到猫咪满是胡须的脸，黄色的眼睛里带着轻微的不屑，她不禁笑了。

这时，门铃响了。

当她打开前门时，简直不敢相信自己的眼睛。

卡梅隆的眉毛焦虑地皱着，就像埃里克考试时紧张的样子。有那么一瞬间，托娃的喉咙里有股熟悉的感觉，她多少次希望埃里克能像这样莫名其妙地出现在家门口。眼泪涌上眼眶。

"嗨。"卡梅隆说，来回晃动脚步。

托娃只能说:"你好,亲爱的。"

"嗯,对不起,那天晚上我太混蛋了。你是对的。我不应该离开。"卡梅隆双手插在口袋里,"很抱歉这么早就来了。我本想打电话的,但……故事有点离奇。"

"没关系。"托娃打开门,感觉手臂不是自己的,就像她离开了自己的身体。

"我知道你不欠我什么,"卡梅隆的声音就像带电的电线,嗡嗡作响,"但你能告诉我特里一般什么时候上班吗?我需要和他谈谈。当面谈。"

"如果我没记错的话,大概十点。"

"十点。好的。"卡梅隆长长地出了口气,"你觉得他现在有多生气?"

"一点也不生气,我很确定。"

卡梅隆疑惑地看了她一眼。

托娃踱步穿过门厅,从原本空荡荡的挂钩上取下自己的包,从前面的小袋子里拿出一张折叠好的纸。她把纸条递给他,脸上浮现出一丝阴谋得逞的微笑。

"我的纸条?"他瞠目结舌,"你拿走了?"

她歪了歪头。"我不应该拿的。但我还是拿了。"

"但是……为什么?"

"你说自己是那种推卸责任的人,可是我心里是不相信的。"

"那么……特里不知道我离开了？"

"我相信他一点也不知道。"

卡梅隆的脸红了。"我不知道该怎么感谢你。我也不知道你为什么对我这么有信心。我不值得你这样。"

当然，她还有别的东西要给他看。更重要的东西。她的礼貌去哪儿了？"请进，"她带他穿过门厅，"我想请你坐下，但是……"她用手臂扫了扫空荡荡的书房。

"哇，这房子真不错。"

托娃笑了。"我很高兴你这么想。"遗憾刺痛了她。这栋房子是男孩的曾祖父建造的，而这是他唯一一次踏进这栋房子。"在这里等一下。我还有一样东西要给你。"她继续说道，然后匆匆跑向卧室和她的行李箱。

一分钟后，她回来了。她伸出手，然后把它丢在他抬起的手掌里。他翻了翻，眉头紧锁。那个雕刻，那个让他困惑的雕刻。他以为那是鳗鱼的意思，就像海洋生物一样。到底为什么会有人把这个刻在班级纪念戒指上呢？想到这里，托娃抑制不住地笑了。即使是最聪明的人，有时也会弄错。

她说："他的全名是埃里克·欧内斯特·林格伦·沙利文。"

卡梅隆的嘴唇翕动着，没有声音。托娃等待着。她几乎可以看到他脑子里的轮子在转动。埃里克就是这样的人，当他脑子里的齿轮在转动时，他的表情就会显现出来，而他一直喜欢动脑子。卡梅隆和埃里克有很多相似之处，但不是全部。比如他的眼睛。那一定是他母亲的眼睛。黛芬妮的。

那是一双可爱的眼睛。

托娃从不喜欢拥抱别人，但当卡梅隆抽动的时候，她发现自己就像磁铁一样紧紧圈住他。他的双臂环绕着她的脖子，把她紧紧地挤在胸前。她把脸颊靠在他温暖的胸骨上，似乎过了很长时间。她不禁注意到，他的T恤上似乎有污渍，闻起来有一股机油的怪味。也许这是有意为之？托娃再也不会对T恤随便发表意见了。

他后退一步，一脸茫然地笑着说："我有个祖母。"

"嗯，怎么样？"她笑了，仿佛体内的阀门被打开了，"我有个孙子。"

"加州怎么了？"

他耸耸肩。"我改变主意了。你说不放弃是对的。我能做得更好。"打量着书房，他赞赏地点了点头。"这房子真的很酷。建筑风格……"

"是你曾祖父建的。"

"真的吗？"卡梅隆脸上露出惊讶的表情。他走到壁炉架前，那里曾经摆放着一排以他父亲为主题的相框，他温柔地抚摸着壁炉架，几乎有些犹豫，就像用手抚摸熟睡动物的侧腹一样。

托娃紧随其后。"我有幸住在这里六十多年。"她抬起手腕，看了看手表。"外加三个半小时。"

"哦,对了。你把它卖了。"

"没关系。我需要放手。这里有太多的记忆了。"托娃不确定自己是否相信这些话,但至少她已经习惯了。

卡梅隆在研究他的运动鞋。"我很高兴能在你搬到养老院之前在这里遇到你。"

"哦,"托娃说着,拍了拍空气,好像要把他的话赶走,"我不会去那儿的。"

"你不去?"

"天哪,不去。"

"那你要去哪儿?"

托娃的胸腔深处发出一阵畅快的笑声。"你知道吗?我也不知道。去芭芭拉家,或者珍妮丝家。借住一段时间。直到我想清楚接下来要做什么。"

"好计划。"卡梅隆说,"作为一个住在露营车里的人是这么认为的。"他咧嘴一笑,脸颊上的心形酒窝凹了下去,刹那间,他看起来就像个顽皮的孙子。托娃低头看了一眼,确认她的拖鞋还在地板上,因为她感觉自己飘了起来,不知不觉中优雅地向天花板展开,就像马塞卢斯在他的水箱里一样。她的心充满了氦气,将她托向天空。

她笑着说:"我想我们都无家可归了。"她指了指走廊,"你想看看你父亲长大的地方吗？"

埃里克的旧卧室是最难打扫的地方。三十年来，它一直空着。她定期清扫房间，甚至偶尔换洗他床上的床单，但在二手店的人把家具拖走后，她发现自己对角落里的灰尘望而却步。仿佛那里还包含着他的一些片段。

硬木地板上，埃里克曾经铺过地毯的地方已经褪色。阳光从没有窗帘的窗户斜照进来。海风轻轻摇曳着窗外一棵老松树的枝条，光线在对面的墙上投下一个幽灵般的影子。有一次，在一个月圆之夜，小埃里克忘记拉上窗帘，他看到了那个影子，飞奔进托娃和威尔的房间，钻进他们的被窝，确信自己被鬼缠上了。托娃一直抱着他，直到他睡着，然后整晚都抱着他。

卡梅隆的目光扫过房间的每一寸角落。也许他正试图把它记在脑子里，像珍妮丝·金的电脑一样扫描它。当他说"我真希望见他一面"时，托娃正要从房间里退了出来，给他一点私人空间。

她又走了回来，把手放在他的手肘上。"我也希望你能见他。"

"你是怎么继续下去的？"他低头看着她，艰难地咽了口唾沫，"我是说，他前一天还在这里，第二天就走了。你是如何从这样的事情里恢复过来的？"

托娃犹豫了一下。"你无法恢复。不会完全恢复。但你会继续前进。你必须这样做。"

卡梅隆注视着埃里克床铺所在的地板，若有所思地咬着嘴唇。突然，他穿过房间，用运动鞋戳了戳其中一块地板。

"这里发生了什么事？"

托娃歪着头。"什么意思？"

"你整个房子的地板都是红橡木的。但这一块是白蜡木。"

"我不明白你的意思。"托娃摇摇晃晃地走过去，调整了一下眼镜，仔细端详着这块地板。似乎没什么特别之处。

"你看，纹路不一样。还有表面处理，几乎吻合，但又不完全吻合。"他从口袋里掏出一串钥匙，跪在地上，开始把一条用来开酒瓶的钥匙链插入地板之间的缝隙。几分钟后，令托娃震惊的是，木板弹了起来，露出了下面的空地。

"我就知道！"卡梅隆眯着眼睛看着空洞。

"天哪，谁会做这种事？"

卡梅隆笑了。"任何一个十几岁的男孩都会做。"

"但他需要藏什么呢？"

"呃……嗯，我的朋友布拉德经常偷他爸爸的杂志，然后——"

"哦！"托娃脸红了，"天哪。"

"但我觉得这里没有那种东西。"卡梅隆拿出一个小包裹。当他把它递给托娃时，塑料包装发出嘎吱嘎吱的响声。点心小蛋糕。以前是。现在它们像石头一样硬。

"哇，奶油小蛋糕。老式的。"卡梅隆说着，拿起包装研究起来。"你知道吗，我曾经在某个科学频道看过关于它们的节目。都市传说认为这种蛋糕能在核浩劫中存活下来，但实际上并非如此，因为它们用作稳定剂的二酸甘油酯不会……"

"卡梅隆，"托娃轻声打断了他，"里面还有别的东西。"

"这里面？"他举起石化的蛋糕，眯起眼睛。

"不，那个里面。"她的注意力集中在地板的隔间里。

那是托娃母亲的一条刺绣茶巾，裹着一副扑克牌大小的东西。

卡梅隆把它拿出来递给托娃。当她揭开茶巾时，手指在颤抖。里面是一匹彩绘木马。

"我的达拉马。"她沙哑地低语道，手指抚摸着雕像光滑的木质背部。每块碎裂的木片都被完美无瑕地粘回原位。甚至连油漆都被修补过了。

第六匹马。埃里克把它修好了。

卡梅隆俯身注视着这件工艺品。"达拉马是什么？"

托娃不满地咂舌。这孩子满脑子都是关于地板材料、点心蛋糕稳定剂和莎士比亚的知识，但他对自己的家族传统却知之甚少。

她把达拉马递给他。

他接过来，她看着他研究雕刻精美的曲线。过了很久，他抬起头。"你是怎么把班级戒指拿回来的？"

她笑了。"是马塞卢斯。"

我自由的第 1 天

一开始,我像一捆冰冷的肉一样沉下去。我的触手失去了知觉。我就像被扔进海里的一大块漂浮物,昏迷着走向海底。

然后,随着一阵抽搐,我的触手苏醒了,我又活过来了。

我这样说并不是要给你们虚假的希望。我的死亡迫在眉睫。但我还没死。我有足够的时间沐浴在浩瀚的大海中。也许还有一两天的时间。在黑暗中徜徉。在海底一样的黑暗中。

黑暗适合我。

获释后,我急忙游离岩石。很快,就出现了一个落差。向下,向下,向下。进入大海的深处,没有光照的地方。少年时,我曾在那里找到一把钥匙。现在,我又回到了那里,和一个被爱的儿子早已碎裂的尸骨躺在一起。

老实说,我没想到我们的相处会以这种方式结束。我被囚禁了将近四年,没有一天不在思考自己的死亡。我确信自己会在水箱的四面玻璃墙内死去。我从未想过自己会再次感受到大海的自由。

你问我感觉如何?很舒适。它是家。我很幸运。我很感激。

但我的替代品会怎么样呢?很快,特里就会开始清洗和改造我的鱼缸。他不会向公众隐瞒这些活动。他会在玻璃上贴一个告示:施工中。敬请期待新展品!

出门时,我在她的木桶前停了下来。我爬上桶边偷看她。她很年轻,受了重伤。自然很害怕。但这只新章鱼会有一个朋友。一个我到生命尽头才有的朋友。托娃会保证她的幸福。我愿意把我的生命托付给托娃。我的确不止一次把生命托付给她。就像我把死亡托付给她一样。

人类。在大多数情况下,你们都是无趣而愚蠢的。但偶尔,你们也会非常聪明。

一切之后

一个月后,装修完工,一辆挂着得州牌照的搬家卡车驶过索维尔海湾。托娃没有注意到。她正在准备战斗。

她叫道:"你完蛋了。"她摊开游戏板,把字母牌打乱。外面,一阵秋风拂过水面。冬天马上就要来了,白色的浪花拂过无色的水面,与灰色的天空融为一体。

"得了吧,我随随便便赢你。"卡梅隆从托娃新公寓的豪华厨房里走出来,手里端着一盘切达奶酪和圆饼干。托娃皱起了眉头。她一直在极力游说他尝尝压缩饼干配碱渍鱼,这才是一个合格的瑞典人该吃的东西。但卡梅隆解释说,这些饼干是乐途杂货店的特价商品。买一送一。她不能为此生气。

托娃知道特里会很高兴让卡梅隆继续在水族馆工作,但工作时间和薪水都不够,不过卡梅隆答应留下来培训接替他的人。现在,卡梅隆在亚当·赖特和桑迪·休伊特家附近的一栋定制住宅里为承包商工作,工作时间很长很辛苦。他正在考虑一月去埃兰的社区大学上课，学习工程学的先修课程。他不顾托娃的反对，坚持自费。托娃会想办法再劝劝他的。

"你先来。"托娃整理着她的字母棋。

"不，你先来。年长的先走，不是颜值优先。"卡梅隆一边耍嘴皮子，一边研究自己拿到的字母，右手不经意地摆弄着父亲的班级纪念戒指。

她嘲讽地笑了笑。"我这里储存了五十年的填字游戏经验。"她点了点太阳穴。

卡梅隆咧嘴一笑。"我他妈什么都不知道，真的，但我玩这种游戏很厉害。"

他妈，真的。这样的语言已经融入了她的生活，用什么她都不会换。她以"JUKEBOX"开场（77分，非常幸运的抽签结果）。卡梅隆的是"JAM"（39分）。

"我很高兴你在这里。"她轻声说。

"你在开玩笑吗？我还能去哪儿？"

"和你的让娜阿姨在一起。"

卡梅隆翻了个白眼。"她过得很好，相信我。我跟你说过沃利·帕金斯和他的……"

托娃举起一只手："是的，你说过。"

"这里真是太棒了。让娜姨妈一定会来的。她已经在说要去华盛顿东部找她的姐姐了。对此我告诉她——祝她好运。谁知道她会在那里挖出什么乱七八糟的事呢?"卡梅隆的脸绷紧了,但很短暂,"伊丽莎白已经打算在春天和孩子一起来。当然,布拉德也是一样,但我猜他害怕带着亨利宝宝坐飞机——害怕病毒还是什么的。不过伊丽莎白会说服他的,如果需要的话,卡梅隆舅舅会施加压力的。"他笑了。

托娃也笑了。家里又多了一个孩子。虽然她还没见过伊丽莎白和布拉德,但不知怎么的,卡梅隆让她相信自己也是他们的祖母。她凝视着窗外。这里真是太棒了。整个客厅从地板到拱形天花板都是飓风级玻璃,只开了一道法式门,通向一个建在坚固木桩上的阳台。涨潮时,托娃喜欢在阳台上喝咖啡,听海水拍打着阳台下的甲板。

感恩节来临之际,托娃和卡梅隆准备了三人桌。

本来是四人桌的,但艾弗里退出了,答应稍后带馅饼过来。显然,她决定感恩节当天继续营业,但不想让她的员工们工作。人们在节假日开始节假日购物,多可笑啊。但艾弗里总是说,今年店里的生意很好,就像索维尔海湾一样,正处于上升期。她可能不想错过这一天的好生意。卡梅隆表示理解,反正他也经常见到她。

马可今天可能会和艾弗里一起来。向托娃解释时,卡梅隆的声音低沉而严肃。前几天,他在下班回家的路上买了一个绿色的橄榄球。他说,马可也许想在沙滩上玩玩。也许吧。如果他不玩,也没关系。

伊森提前半小时就来赴火鸡宴。有时候,他所有的空闲时间似乎都在托娃的公寓里度过。但事实上,托娃并不介意。大多数时候,他坐在客厅古玩架旁边的躺椅上,旁边放着托娃的达拉马。伊森喜欢用威尔的老唱片机听唱片,他对这个设备几乎充满了虔诚。虽然托娃从未想过研修摇滚音乐教育,但她正在接受这种教育。有伊森在身边真好。

当伊森脱掉外套时,卡梅隆大叫起来。"你从哪儿弄来的?"

"哦,这个?"伊森的眼睛闪烁着光芒。他用手摸了摸自己的肚子,肚子紧贴着一件明显有点小的黄色T恤。胸前花哨的字写着飞蛾香肠。

天呐!飞蛾香肠是什么?

卡梅隆的眼睛还是瞪得像碟子一样。"那是我的!我从——天哪,我多久没见过了,我的行李终于到了吗?"

"你那个红绿色的背包是你的行李?"伊森眨了眨眼睛,"今早我在门口发现它时,还以为今天是我的幸运日呢!"

"终于找到了。"卡梅隆笑了,"那个包走遍了全世界。我打赌它肯定有不少故事要讲。"

吃完火鸡和肉汁后,伊森、卡梅隆和托娃把一堆脏盘子扔在水槽里,裹上衣服去海滨散步,皮吉特海湾就像码头外巨大灰色幽灵一样颤抖着。老式售票亭的斜裂窗孤零零矗立在乌云密布的天空下。

在水族馆前，他们停下脚步，三人都在欣赏新的雕像。铜像有八只触手，衣钵一样的身体。圆圆的、深不可测的眼睛长在头部两侧。

水族馆犹豫接受她的巨额捐款，但托娃坚持要捐。银行账户里闲置的钱太多了。现在，她每周都要经过新雕像三次，每次都是在她去做志愿者的时候，她会发小册子，站在巨大的太平洋章鱼水箱前，帮助游客了解这种生物。格里帕皮帕仍然非常害羞，她大部分时间蜷缩成粉红色的小球，吸在水箱角落的玻璃上。托娃猜想，真是一个名副其实的小可爱吧。不过没关系。当人少的时候，托娃会一边和她说话，一边偷偷擦去玻璃上的指纹。她控制不住自己。

附近水箱里海参数量一直保持稳定。让特里感到欣慰的是，皮帕似乎不愿意在走廊里游荡，收集丢失的工艺品。

托娃也暗暗地感到高兴。马塞卢斯不是一只普通的章鱼。

他们继续沿着海滨，经过码头。马塞卢斯的防波堤。潮水高涨，紧紧地贴在海堤上，就像寒冷的冬夜里有人把毯子拉到下巴上一样。轻柔的海浪与墙边蚌壳状的巨石玩起了躲猫猫。卡梅隆和伊森在过去的半个小时里一直在喋喋不休地谈论橄榄球，所以托娃把他们晾在一边。

如果他们继续沿着海岸往上走,最终会经过她的老房子下面,房子就坐落在山坡上。有时,托娃会在黄昏时分去那里散步,当她经过时,阁楼上的大窗户常常会在树丛中闪烁着金色的光芒。有一次,她确信自己看到了一串固定在窗户上的纸娃娃。

她只回过一次家。一个有着得克萨斯口音的女人给她的手机打电话,她是从伊森那里得到她的号码的。这位女士似乎在乐途杂货店买了几个猫粮罐头,并提到有一只灰猫不肯离开她家的院子。现在,猫喜欢在退潮时到托娃家甲板下的海滩上捕捉石蟹。它更喜欢户外活动,似乎还不太相信这个地方是它的新家,托娃也不能责怪它。这是很难适应的。但随着天气越来越冷,他也越来越愿意妥协,花更多时间待在公寓里,蜷缩在阳台上或坐在窗前,黄色的眼睛盯着天空中游荡的海鸥。

当他们绕回码头时,托娃溜走了,站在栏杆边,独自一个人。对着带走了她珍爱的儿子和特殊的章鱼的海湾,她高深莫测地低语道:"我想你们,你们俩。"她轻叩心扉。

然后她转身回到其他人身边。他们该回来了。

艾弗里要来吃派了。毕竟,在这一切之后,还有一场拼字游戏要赢。

致　谢

　　我的祖母收集猫头鹰。她家铺着红色长绒毯的餐厅的瓷器柜里塞满了猫头鹰。小时候，我经常在地毯上玩耍。我住在隔壁，可以自由地穿过我们共同的后院，从纱门躲进他们的厨房，那里总是有自制的饼干，没有人阻止我穿着袜子在油地毡上溜冰。

　　那是二十世纪八十年代，这些猫头鹰都是老式的，不像现在婴儿满月宴装饰品的粉色小鸟那么呆板。我祖母的猫头鹰塑像眼睛炯炯有神，嘴巴尖尖的。和真的猫头鹰一样，它们几乎不表达情感。

　　我从不知道她为什么喜欢猫头鹰，但年复一年，直到她去世，我都用猫头鹰主题的胸针和茶巾包装礼品盒。在某些方面，托娃是以我的奶奶安娜为原型塑造的。托娃的人生经历是虚构的，但她和我奶奶安娜都是坚忍不拔的瑞典人。从容不迫。无尽的仁慈，但在情感上又难以捉摸。喜欢把爪子扎进一根孤零零的树枝，像猫头鹰一样停留在那里。作为这种文化的后裔，我有时很难表达感性的东西。但我要努力尝试表达，因为这本书能在你们手中，我想感谢的人有很多。

　　首先，我衷心感谢海伦·阿茨玛（Helen Atsma），她是我在 Ecco 出版社的得力编辑。从我们第一次会议开始，她的远见就帮助这个故事找准了读者市场。海伦，你善于修剪薄弱部分，让叙事大放异彩，我非常感谢你的指导。同时，也非常感谢米里亚姆·帕克（Miriam Parker）、索尼娅·丘斯（Sonya Cheuse）、T J. 卡尔霍恩（TJ. Calhoun）、薇薇安·罗伊（Vivian Rowe）、蕾切尔·萨金特（Rachel Sargent）、梅根·迪恩斯（Meghan Deans），以及 Ecco 出版社的每一位员工，感谢你们的才华、善良和耐心。

同样，也要感谢艾玛·赫德曼（Emma Herdman）和她在布鲁姆斯伯里英国公司的团队，你们的热情一直鼓舞着我，能在大洋彼岸与如此出色的团队合作，我感到非常幸运。

感谢我的经纪人克里斯汀·尼尔森（Kristin Nelson），她在 2020 年秋天的一封电子邮件改变了我的生活。谢谢你的幽默感，克里斯汀，在我们第一次视频通话时，我四岁的儿子反复出现在屏幕上抱怨想要一盒果汁。我仍然不敢相信自己能幸运地成为你的客户之一。我非常感谢尼尔森文学代理的每一位员工，尤其要感谢玛丽亚·希特（Maria Heater），她审阅了我的投稿，发现故事里有一个章鱼叙述视角时，在空白处写道："这不是天才就是疯子。"

梅耶文学社的珍妮·梅耶（Jenny Meyer）和海蒂·盖尔（Heidi Gall）加入了我的团队，负责处理国际交易，这让我感到非常激动。他们出色地完成了将这个故事带给全球读者的工作。

几年前，当我写下本书开头场景的第一稿时，是为了回应一次写作研讨会上讨论用意外视角写作的提示。我最近在长视频网站上观看了一段视频,视频中一只被囚禁的章鱼撬开了一个装着点心的上锁的盒子,于是我就想到了这一点,我创作了这只对人类感到无聊和气愤的暴躁章鱼。那时我对章鱼一无所知,现在也不是专家。但我确信,它们是地球上最迷人的生物。

感谢你,视频中的章鱼。感谢所有其他章鱼偶尔让我们人类一窥你们的世界。我特别感谢西·蒙哥马利(Sy Montgomery)写的一本精彩的非虚构类书籍《章鱼的灵魂》,讲述了她在新英格兰水族馆跟随章鱼饲养员进行的引人入胜(感人至深)的旅程。此外,还要感谢阿拉斯加海洋生物中心和塔科马动物园水族馆回答我提出的头足类动物问题,更重要的是,感谢你们的保护和拯救工作。

我将永远感谢琳达·克洛普顿(Linda Clopton),她是上面提到的写作研讨会的老师,也是她指导我完成了最初的创作尝试。她从我下笔第一个字开始就支持我写这个故事。

那次研讨会还让我结识了一些作家,他们构成了我主要评论小组的基础,直到今天。迪娜·肖特(Deena Short)、珍妮·凌(Jenny Ling)、布伦达·洛德(Brenda Lowder)、吉尔·科布(Jill Cobb)和泰拉·魏斯(Terra Weiss),你们的反馈异常宝贵,定期在线上会议与大家相聚一直是我生活的一大亮点,尤其是在疫情期间。

特别是泰拉,她每天都要忍受我的短信,而且总是能从自己忙碌的生活中挤出时间来参加我们每周的点评电话会议。这些检查让我能够按部就班地完成这本书。泰拉，这个故事的每一页都有你的印记。如果没有你无尽的耐心为我解开情节上的疙瘩，如果没有你温柔地提醒我让人物保持一致，我永远也写不完这本书。

对于我的在线写作小组"Write Around the Block"，特别是那些投稿支持小组的成员，感谢你们的反馈和支持：贝基·格兰菲尔（Becky Grenfell）、特雷·道威尔（Trey Dowell）、阿莱克斯·奥托（Alex Otto）、海莉·黄（Haley Hwang）、杰瑞米·米歇尔（Jeremy Mitchell）、金·哈尔特（Kim Hart）、马克·克拉马茨斯基（Mark Kramarzewski）、蕾切尔·克拉克（Rachael Clarke）、亚娜·米勒（Janna Miller）、西恩·法伦（Sean Fallon）和莉迪亚·柯林斯（Lydia Collins）。感谢克斯汀·巴尔茨（Kirsten Baltz）提供的海洋生物学专业知识。感谢杰恩·亨特（Jayne Hunter）、罗尼·西瓦尔（Roni Schienvar）和林·莫里斯（Lin Morris）一直以来对我的支持。

感谢杜佩奇学院写作班的同学们，以及指导老师马尔黛尔·福蒂埃（Mardelle Fortier），很高兴与你们一起研讨本书的部分内容。感谢格蕾丝·温特（Grace Wynter）对我早期第一章的深思熟虑的反馈。感谢格温·杰克逊（Gwynne Jackson）帮我修补情节上的漏洞。感谢我的好朋友格格西娜·佩德森（Gesina Pedersen）和戴安娜·莫罗妮（Diana Moroney），感谢你们一直倾听我的心声，并在我需要的时候帮助我。

最重要的是，感谢我的家人。

感谢我的母亲梅里迪斯·埃利斯（Meridith Ellis），她向我展示了一个人可以有多么坚强。她充满爱心，关心他人，而且坚强无比。在仰卧推举或一英里计时比赛中，她也许还能赢我。我知道她会一直在我身边，给我一个温暖的拥抱，并在酒桌上促膝长谈。

感谢我的父亲丹·约翰逊（Dan Johnson），他在我上学前班时就教我读书。我对书籍的热爱要归功于他。他一直是我最大的支持者，我非常感谢他。

献给我的好孩子们，安妮卡（Annika）和阿克塞尔（Axel），他们可能还太小，不太记得那奇怪的一年，在全球疫情期间，我们都被困在家里，妈妈莫名其妙地决定今年要完成她的小说。感谢你们在我需要戴上耳机工作的时候（大多数时候）一起安安静静地玩耍。感谢你们的傻气和天马行空的想象力，在生活变得沉重的时候，你们给我带来了轻松愉快的甜蜜时光。感谢 Netflix，以及 2020 年取消的屏幕时间限制。感谢零食。这么多零食。感谢果汁！

最后，感谢我的丈夫德鲁（Drew），在我把写作从爱好变成事业的道路上，他每天都在支持和鼓励我。他是我最严厉也是最好的测试读者，无论我写了什么奇怪的东西，他总是愿意看一看，并提出自己的见解。没有人比他更适合和我一起走这条路了。我爱你。